KB093164

지적
거인

이재영 장편 SF소설
Intellectual Giant

이재영 지음

아마존의나비

발행일 : 2019년 8월 15일 초판 1쇄 발행

지은이 : 이재영
펴낸곳 : 아마존의 나비
펴낸이 : 오성준
마케팅 : 김현철

등록 : 2014년 11월 19일 (제2018-000191호)
주소 : 서울 마포구 양화로 56 동양한강트레벨 1022호
전화 : 02-3144-8755   **팩스** : 02-3144-8757
이메일 : osjun@chaosbook.co.kr

디자인 : 디자인콤마
인쇄처 : 이산문화사
ISBN : 979-11-90263-00-9 03810
정가 : 12,000원

© 이재영, 2019
아마존의 나비는 카오스북의 임프린트입니다.

이 책은 저작권법에 따라 보호를 받는 저작물이므로 무단복제를 금지하며 이 책 내용의 전부 또는
일부를 이용하려면 반드시 저작권자와 아마존의 나비의 서면동의를 받아야 합니다.

차례

제 1 부

―

신의 정령

재회, 라일락 향의 기억

변할 것은 없었다. 형태의 유명세에 청중들의 눈에 어린 호기심뿐. 감색 양복으로 갖춰 입은 김형태가 청중들을 향하여 인사하고 돌아섰다. 호기심 많은 사람들의 몇 가지 질문이 이어졌고, 그때마다 김형태는 "아 그러니까 질문을 요약하자면 이런 것이지요?" 하며, 청중의 질문을 답하기 쉽게 요약한 뒤 약간의 아카데믹한 용어를 섞어 답해준다. 이해는 안 되지만 조건반사적으로 고개를 끄떡인다. 흔한 강연회장의 모습이지만 오늘은 유난히 혐오스럽다. 날카로운 질문 하나로 형태를 박살내놓을까 하는 생각이 들었지만, 뭐 이 나이에 그따위 짓을 할 이유는 정말 없다.

나는 사실 과학을 버렸지만 지구 주위를 끝없이 도는 달처럼 과학 주위를 서성인다. 나는 과학 분야의 스타들을 잘 안다. 그러나 나는 그런 스타도 아니고 스타가 될 수도 없다. 스타가 되려고 인생을 던진 시절이 있었지만 지금은 아니다. 당시 나는 과학의 전당에 내 이름을 걸어보고자 했을 뿐, 인간 세계를 경멸했었다. 밥이야 먹었지만 그 외의 욕망은 모두 내버린 상태였다. 연애만 안 하면 결혼도 안 할 것이고 그러면 내 한 몸 과학에 헌신하는 일이 가능하리라 믿었었다.

어느 날 나는 연구실을 박차고 나왔다. 무슨 일인가 있었지만 기억은 흐릿했고, 그 후로 연구가 싫어졌다. 가끔 당시를 돌아보지만, 묻혀 있는 단층처럼 앞뒤의 생각에 균열만 보였고, 그런 날은 어김없이 꿈을 꾸곤 했다.

그렇게 나는 연구를 포기하고 과학 관련 책들을 번역하며 지내고 있다. 그나마 두꺼운 과학책을 지속적으로 내는 출판사가 있어 일감은 떨어지지 않는다. 번역을 하다보면 가끔 어떤 과학적 성취와 명예욕이 아직도 내 마음을 흔들며 '너는 뭐야?'라는 생각에 이르러 울화가 치밀기도 한다. 이제는 과거 연구를 같이 했던 동료들도 만나지 않는다. 그들과 나눌 대화의 소재도 없다. 가끔 출판사 편집장이나 안면을 튼 번역가들을 만나 술 한잔에 세상 돌아가는 얘기로 수다를 떨어 보지만 텅 빈 허무는 채워지지 않는다. 그렇게 집에 돌아오면 책상 위의 원고가 나를 응시한다.

그런데 며칠 전 내 번호를 어떻게 알았는지 형태가 카톡으로 자신의 과학 콘서트 소식을 알려왔다. 그가 발표한 이론이 학계에 인정받았음은 물론 온갖 매체를 통해 보도되면서 일반인들에게도 널리 알려진 덕에 이루어진 콘서트였다.

어떻게 할까? 한번 가볼까? 무시라도 당하지 않을까? 형태는 한때 나를 천재로 인정했었는데…. 이런저런 고민으로 망설였지만 정작 아침이 되자 나는 거울을 보며 옷매무새를 만졌고 결국 콘서트가 진행되는 대학 강연장으로 향했다.

형태의 강연에서 숨어 있던 과학 혐오가 다시 고개를 내밀며 그 옛날 실험실을 나왔던 기억의 파편이 되살아났다.

강연장을 빠져나와 커피를 뽑아들고 연단 근처 창가에서 우두커니 캠퍼스를 바라보았다. 그냥 집으로 가버릴까도 생각했지만 기왕에 온 걸음 형태를 만나 볼 마음이 조금 더 컸다. 아까 강연 도중 형태와 짧은 눈인사를 나누었으니 끝나고 나오면서 나를 찾겠지.

청중들의 무리가 빠져 나가고 띄엄띄엄 나오는 인파들 중에 형태가 보였다. '그러면 그렇지' 나는 다소 안도했다. 형태가 예의 그 반듯한 자세에 조금은 들뜬 표정으로 다가와 인사를 건넸다.

"형, 오랜만입니다."

"아, 축하한다."

"고마워요, 형. 여기까지 찾아주셔서"

"소식은 간간이 들었네만, 잘 지내고 있지?"

"아내를 먼저 보낸 것은 아시지요?"

얘기하는 형태의 눈에 물기가 어려 보였다.

"얘기 들었어. 많이 힘들겠군."

"고통이 사라진 것만으로도 그 사람에겐 잘된 일일지도…."

"그래도…"

난 딱히 할 말이 떠오르지 않아 커피를 마셨다.

"그 사람이 눈을 감으면서 말하더군요. You are the wonderful guy."

창밖으로 낙엽 한 장이 떨어졌다. 낙엽의 비상과 추락. 공중을 수직으로 가르지 않는 저 활강은 항상 비장하게 다가온다. 텅 빈 허공에 아직도 남아 있는 낙엽의 궤적을 더듬기라도 하듯 나는 허공을 응시했다. 이제는 볼 수 없는 여인의 얼굴이 아련히 떠올랐다. 나뭇가지 너머로 하늘은 유난히도 깊고 푸르다. 푸른 하늘엔 바스러질 듯 가을바람이 흐른다. 푸른 바람. 형태에게서 냄새가 났다. 진한 커피 향에 취해 그 냄새를 느끼지 못했었다. 나는 안다. 그것이 라일락 향이며, 형태를 생각할 때마다 떠오르는 아련한 냄새임을.

낙엽

후, 한숨을 내쉬었다.

느닷없이 종헌의 죽음이 겹쳤다. 대학원 시절 체육대회 축구 시합 도중 갑자기 쓰러져 한마디 말도 없이 세상을 떠난 종헌.

늘 활기에 넘쳤던 촌놈 종헌은 그렇게 낙엽처럼 스러져갔다. 낙엽 한 장이 다시 하늘에서 떨어진다. 낙엽이 떨어진 자리엔 국화가 노란빛을 까칠하게 하늘로 쐈았다.

낙엽은 소멸을 오래 전부터 준비하고 있다. 떨켜가 시간이 되었음을 알리면 낙엽은 공중으로 비상한다. 바람에 실려 하늘을 날다 결국 대지로 돌아간다. 낙엽 태우는 냄새와 낙엽 밟는 소리가 가을을 만든다. 죽음 직전의 이파리들은 고운 색으로 단장을 한다. 푸른 가을 하늘에 붉은색 노란색으로 치장하는 가을 단풍은 모든 소멸되는 존재의 모습이다.

소멸되는 존재는 더 이상 볼 수 없기에 아름답다. 한 조각의 기억 속에 더 이상 한마디 말도 더할 수 없는 존재. '아름답다'와 같이 숫자로 계량 못 할 언어로 소통하는 인간은 본질적으로 고독할 수밖에 없다. 나의 아름다움이 너의 아름다움일 수는 없다. 결국 우리는 서로 다른 생각을 하면서도 서로 같은 생각을 한다고 착각한다. '좋다'와 '싫다'는 모호한 감정이 대립될 때 비폭력 대화의 끝은 혐오로 귀결되곤 한다. 굵직한 바리톤의 음정을 느끼하다고 여기는 사람을 만났을 때, 대화의 끝은 혐오였다.

그러나 존재가 소멸하면 존재에 대한 의식의 갈등도 사라진다. 아인슈타인이 엄청난 바람둥이었어도, 죽고난 지금 이제 더이상 그가 바람을 피울 수 없기에 그 사실이 비난거리가 되지 않는다. 더욱이 더 이상 획기적인 연구를 통해 그가 나를 긴장시킬 일도 없다. 나는 그저 그의 연구를 매우 좋은 발상이었다고 소개해주기만 하면 된다. 이제는 상식이 되었지만 사람들은 내가 아인슈타인의 이론을 떠벌이면 매우 좋아한다. 지적 허영은 이런 것이다.

더 이상 변할 수 없는 소멸된 존재의 항상성은 그의 인생을 들여다보는 비평가들에 의해 도전받는다. 동시에 비평가들은 죽은 자가 남긴 흔적을 파헤치고 소비한다. 셰익스피어를 파먹으며 얼마나 많은 사람들이 영문학자로 살아가고 있는가. 셰익스피어가 더 이상 글을 쓸 수 없기에, 셰익스피어의 작품은 더 이상 셰익스피어의 것이 아니라 독자의 것이라 강변하며 오늘도 자신들의 살아있음을 확인한다.

비평을 넘어 인간들은 최고조의 황홀경을 느끼기 위해 광란의 살육까지 자행한다. 사육제. 집단의 광포. 존재를 소멸시켜 숨겨진 욕구를 배설하는 것이다. 잔혹한 공격성을 합리화할 절호의 기회이다. 이 살육의 현장에 종교, 정치, 도덕이라는 판단의 기준이 동원된다. 부적격 판정을 받은 자는 관중의 환호 속에 소멸되어간다. 혐오감은 환호성이 된다.

성경을 처음 대했을 때, 이러저러한 자를 죽이라는 명령은 내게 지독한 혐오감으로 다가왔다. 집단적 살상에 대한 허용, 그에 따른 반작용으로 얻어지는 집단의식의 강화가 결국은 권력을 세울 것이기 때문이다.

권력은 서른 살의 젊은이를 십자가에 메달았다. 공개 처형의 현장에서 소리치는 종교인들과 이성을 잃은 무리들의 아비규환. 그렇게 고통 속에 죽어간 한 인간은 구경거리가 되었다. 좀 더 잔인하고 짜릿한 구경거리를 원하는 군중들이야말로 그

죽음의 완전한 무대장치가 아니었을까?

하늘을 날며 떨어지는 낙엽의 활강은 적어도 개인의 눈에 포착된 비밀스러우면서도 소란하지 않은 것이고 어떠한 혐오나 환호도 없이 깊은 기억을 불러내는 상징이다. 낙엽의 활강은 형태 부인, 그리고 종헌의 죽음을 교차시켰다.

선팅된 통유리가 정오의 시간을 오후로 옮겨놓은 듯했다.

"형님, 아직도 커피 많이 드시는군요."

"끊어야지."

난 커피를 끊겠다고 생각한 적이 한 번도 없었으면서 툭 내뱉었다.

"그래 요즘 어떻게 지내나?"

"일에 빠져 살고 있습니다. 그렇게라도 해야 이 상황에서 잠시라도 해방되지요."

"아이들은 어떻게 하고?"

"부모님이 봐주고 계십니다."

"힘들겠네…."

한동안 말이 없었다.

유리의 선팅이 만든 기막힌 위장으로 하늘은 그 특유의 깊고 푸름, 그 무심함을 숨기고 있었다.

"제수씨가 참 똑똑하시고 고우셨는데…."

주책맞게 한 소리를 꺼내다 "아니야, 아니야" 팔을 크게 들어 형태의 어깨를 감싸 안았다.

"산 사람 살아야지. 어떻게 하겠어."

스스로가 이처럼 혐오스러울 수 있는지. 차라리 입을 다물고 있는 게 훨씬 나았다.

심포니

형태와 종헌은 내 후배이고 그들은 서로 동기였다.

둘은 친하면서도 라이벌이었다. 형태는 도회지의 유복한 아이고 종헌은 촌놈이었다. 축구를 하면 형태는 깔끔한 기술을 선보이려 했고, 종헌은 시골 아이처럼 악으로 밀어붙이는 모습이 역력했다. '으이구, 촌놈'은 내가 늘 종헌을 친근하게 부르던 수식어였다.

- 형, 어제 시집간 고등학교 동기가 연락 왔어요.
- 야, 시집갔으면 끝이지 왜 너한테 연락한대냐?
- 그리고 너희 학교는 남녀 공학이었냐? 우리 땐 남녀 공학은 턱도 없었는데.
- 시골 학교라 학생 수가 적어서 그래요.
- 와 너 완전히 이상한 고등학교 다녔네. 하하.

여학생들과 눈이 마주칠 일이 없었던 내 학창시절의 경험으로 그것이 아무렇지 않는 종헌이 신기했다.

– 종헌아 우린 심포니나 가자.
– 그래요.

심포니에선 사이폰 커피를 끓여준다. 그리고 클래식 음악이 흐른다. 가끔 난 그곳에서 '남몰래 흐르는 눈물'이나 '별은 빛나건만' 같은 오페라 아리아를 신청하곤 했다. 두 개의 유리로 된 사이폰은 아래 글라스엔 물을 담고 위에는 커피 원두를 갈아 넣는다. 알코올램프에 불을 지피면 아래쪽 잔에서 물이 끓으며 수직으로 연결된 유리관을 따라 위로 상승한다. 아래 유리병에서 끓어오른 증기는 상단부 커피 가루가 담긴 글라스로 물을 밀어올려 이송한다. 이때 열심히 원두 가루와 응축된 물을 저어 섞으면 원두 가루에서 커피 물이 배어나온다. 충분히 저은 후, 알코올 램프를 치우면 아래 유리병이 식으면서 커피 물은 필터를 통과해 추출되고, 아래 글라스의 증기는 위로 올라가면서 기포 모양을 낸다.

– 형, 이게 리플럭스 컨덴세이션(reflux condensation) 맞죠?
– 인석아. 그러니 공돌이 소리나 듣지.
– 여자 친구 앞에선 입 딱 붙이고 있어라.
– 형, 커피 맛과 저어주는 속도와 시간은 분명 연관이 있겠죠?
– 와, 너 정말 대단하다. 그래요 그래, 으이구 이 촌놈.

두 개의 방을 연결한 대롱을 바라본다. 대롱의 벽을 타고 커피 물이 내려온다. 얇은 물막에는 파도가 일렁인다. 파도는 바다에 가야만 볼 수 있는 것이 아니다. 액체와 기체가 마주한 경계마다 서로의 속도가 다르면 파도는 일렁인다.

도심의 파도는 비오는 날 카페 통유리에도 일렁인다. 종종 나는 한없이 작아들어 파도와 함께 헤엄치는 상상을 한다. 내 몸은 유리에 착 달라붙어 흘러내린다. 파도의 일렁임에 따라 사람들의 모습이 작아졌다 커진다. 방금 지나간 거대한 파도에 쓸렸다면 나는 이렇게 창문 안의 사람들을 들여다 볼 짬이 없었을 것이다. 창문을 타고 흐르는 빗물이 만드는 얇은 막에 거대한 물덩어리가 지나간다. 만일 서퍼들이 나처럼 작아져 이 창문의 빗물에 뛰어든다면 황홀한 서핑을 마음껏 즐기리라. 창문을 타고 내리는 거대한 물 덩어리, 이것을 고립파동(solitary wave)이라고 한다. 이 파동은 솔리터리(solitary)하다. 다른 파동들은 여기가 눌리면 저기가 튀어나오는 그런 흔들림이지만 고립파는 자신의 거대한 모습을 그대로 유지하여 진행한다. 이 파동은 고고하고 고독하다. 그리움이란 없다. 그래서 어쩌면 비 내리는 창에 깃든 고립파의 고독이 사람들에게 그리움 없는 고독을 선사하는 건 아닌지. 물질세계에 감응하는 이런 신비로운 체험을 사람들에게 말하면 그때마다 이상한 표정으로 쳐다보는 바람에 말을 멈추곤 했었다.

파바로티가 부르는 '카루소'의 연이은 고음이 카페 심포니를 가득 채운다. 커피 잔에선 하얀 수증기가 피어나고 있다. 빗방울은 점점 세지고, 심포니 안은 커피 향으로 가득했다.

어느 날부터인가 종헌이 수염을 안 깎기 시작했다. 세수를 안 하고, 당연히 목욕도 안 했다. 히피는 세계 곳곳에 서식하나 보다.

– 너 요즘 냄새 많이 난다.

히죽 웃는 종헌이 뒤통수엔 까치집이 여럿 지어져 있었다.

– 상식의 지평에 진리의 탑을 높이 세우렵니다. 형님 하하하.
– 어이구, 까치집이 진리의 탑이면 두개골은 상식의 지평이 냐?

가끔 종헌은 방정식을 유도하다 막히면 내게 가져오곤 했다. 난들 뭐 딱히 나은 것은 없지만 일단 머리를 맞대다 보면 돌 머리들이라도 부딪혀 불꽃이 튀길 것이라고 여겨 이리저리 궁리 하곤 했다. 그때마다 내 입에서는 구호처럼 이런 외침이 터졌다.

– 야, 심포니 가자.

나의 유일한 유혹은 심포니에서 사이폰 커피를 마시는 것 이었다.

– 형은 왜 맨날 심포니로 가요?
– 혹시 거기 아가씨한테 마음 두는 거 아녀요?
– 예끼, 공부하는 놈이 여자에 마음 쓰면 되겠냐? 그리고 우

리가 사람이냐. 공부하는 놈이지. 머리 아픈데 심포니나 가자니까.

후문을 빠져나와 가까이 있는 심포니는 전등을 길게 드리워 테이블 위를 집중적으로 밝혀준다.

— 그런데 종헌아. 너 왜 세수도 안 하고 더럽게 사냐?
— 너랑 인제 여기 못 오겠다.
— 문제가 풀릴 때까지 그냥 이렇게 있으려고요.

테이블 위에서 사이폰 커피가 끓었다.
기포가 대롱을 타고 오른다.

— 종헌아, 너 옛날에도 세수 안 하고 산 적 있지? 분명 그럴 거
  야. 껄쩍지근해서 어떻게 사냐?
— 형은 그런 적 없어요?
— 나? 아, 나도 있었지. 초등학교 시절 이상하게 얼굴에 물을
  묻히기가 싫더라고. 그래서 한 며칠 세수를 안 했는데 아무
  문제도 없더라고. 그렇게 근 한 달을 세수 안 하고 목욕도 안
  하고 그러고 학교 다녔지. 그러던 어느 날 용의 검사를 하는
  데 선생님이 놀래 소리 지르고 한바탕 소동을 치렀지. 그날
  부터 우리 반에서 제일 예쁜 애랑 짝꿍을 하게 하더라. 그러
  면 세수할 줄 알았나봐. 하하.
— 그래서 세수했어요?

– 뭐 내가 공해라는데 어쩌겠냐? 다수의 횡포에 굴복했지.
– 에고 형, 실망이 크네요. 그깟 짝꿍 한 명 때문에 세수를 하다니, 실망이에요.

숱이 별로 없는 종헌의 눈썹이 치켜올라갔다.

– 그래 실망 많이 하고, 그 투쟁 정신 길이 살려 앞으로 절대 세수하지 말고 문드러져라.

더러운 스웨터를 입고 수염도 깎지 않은 상태. 더러움은 안도감을 준다. 더러움에는 나는 남의 의견 따위는 완전 무시하는 놈이라는 강력한 메시지가 담겨 있다. '난 내 멋대로 사는 놈이다.'
심포니에 투란도트의 '공주는 잠 못 이루고'가 울려 퍼졌다. 파바로티는 마지막 부분에서 항상 손수건을 꺼내 입을 닦으며 흥분을 감추지 않았다. 파바로티의 수염은 더러움의 또 다른 표시이다. 우리 더러운 놈들을 묶어주는 연결 코드. 이것은 사이폰 커피의 두 유리통을 연결하는 대롱 속 기포와 같이 섞일 수 없는 존재의 요동이다.

실종

형태가 학교를 그만둔다는 말이 떠돌기 시작한 것은 그해 겨울이었다. 항상 단정하며 예의 바르고, 도대체 후배지만 함부로 말도 못 붙일 정도로 빈틈없는 형태에게 무슨 일이 생긴 걸까?

논문도 좋은 주제로 동기들 중 누구보다 앞선 결과를 내고 있어 주변 사람을 압박하던 그였다. 집안도 누구 하면 알 만한 집안이란 말도 들었다. 그의 돌연한 자퇴 소문 앞에 딱히 이유를 가늠할 길이 없었다.

– 종헌아, 형태 얘기 뭐 들은 거 있냐?
– 그 자식, 언제 지 속마음 털어놓은 적 있나요? 술 먹으러 가도 혼자 쳐 먹고 한 잔 따라주는 법 없고, 그러다 가끔 울어요 그놈….
– 왜 우는데?
– 모르죠, 그거야. 행복에 겨워서 그러겠죠 뭐….
– 야, 넌 인정머리 좀 키워야 쓰겠다.

칼바람이 분다. 앙상하게 이파리를 벗어 던진 가지마다 칼바람이 분다. 아무래도 형태를 만나봐야겠다.

형태와 이러저러한 얘기 끝에 놀란 일은 사실 자퇴가 아니라 자살을 기도했었다는 것이다. 부러울 것 하나 없는 그가 젊은 나이에 생을 마감하고자 하는 이유를 이해할 수 없었다.

– 너 속마음 누구에게 털어놓은 적 있니?

고개를 가로저으며 형태는 창밖을 바라봤다.

- 왜 죽으려고 하는데?
- 삶이 피곤해요.
- 너처럼 잘나가는 애가 그러면 우린 다 죽어야겠다. 잘난 척
  그만하고 정신 차려.
- 형은 몰라요.

순간 형태의 눈에 깊은 어둠이 스쳤다.

남의 이야기를 들어준다는 것, 결코 쉬운 일이 아니다. 더욱이 이런 끝이 안 보이는 무거운 얘기는 나에겐 원래 감당이 안된다. 답이 있는 방정식을 풀거나 목적 함수가 분명한 최적해를 찾는 것에는 익숙하지만, 방정식도 없고 목적 함수도 안 보이는 이런 인간사를 해결할 인내력이 내게는 원래 없다.

내가 너라면 난 안 그런다, 내가 너라면 이럴 것이다, 열을 내고 장광설을 펴다 말도 안 듣는 놈, 화를 내며 넌 죽어도 싸다, 이렇게 말하고 마는 게 나라는 사실을 생각하면 애당초 그런 질문은 말아야 했다.

종종 상담을 직업으로 한다는 사람들을 만나면 존경스럽기 그지없다. 자기 인생 하나 추스르기 어려운 판에 남의 문제를 듣고 조언하는 사람들, 아마 신이 보낸 천사들일 테지만 난 아니다.

인간이면서도 인간 세상으로부터 유배된 어떤 존재이길 간절히 바라는 스스로 자폐된 사람, 이것이 진정한 과학자라고 생각했다. 벌써 몇 달째 방정식의 틈바구니에서 헤어나지 못하고

있는 나에게, 이제 인간이란 아주 그리운 존재이면서도 이 세상에서 가장 낯선 존재이다. 형태, 종헌이 이놈들은 엄밀히 말해서 인간이 아니다. 나와 같이 인간이 없는 물질의 세계에 기생하는 미지의 생물체이다.

나를 포함해 종헌과 형태 사이에 적어도 긴장이란 없다. 인간이란 요소가 철저히 배제되어 있기 때문이다. 언제든지 미분과 적분 특수 함수와 텐서가 어우러진 아비규환의 세계를 헤매고 있기 때문이다. 우린 배고픔도 기쁨도 슬픔도 방정식으로 표현해낸다. 그리고 그것이 방정식에 근사해졌을 때 진위를 떠나 우린 안도하고 기뻐한다.

이렇게 인간을 초월하여 살아야 한다고 굳게 믿는 나에게 형태의 흔들림은 하나의 사건이었다. 그것은 바로 복잡 미묘한 인간 세계에 적어도 한 발짝 걸친 채 지나야 할 사건이었다. 그런데 지금 형태가 사라진 것이다. 사전에 어떤 얘기도 어떤 징후도 없이 며칠째 보이지 않았다.

그에게 자살 의도를 들었던 나로서는 일단 학과장에게 형태 문제가 단순한 것 같지는 않다고 보고할 수밖에 없었다. 무엇인가 모르지만 힘들어 했었고 살기 싫다는 말까지 들었다고 보고했다. 학과는 학과대로 형태의 집에 연락을 취해 확인하는 등 할 수 있는 조치를 했다. 집에서도 형태가 어디로 갔는지 알지 못한다고 했다. 더욱이 형태가 하던 연구는 종료 시점을 얼마 남기지 않은 프로젝트와 연관되어 있어 연구 결과가 바로 적용되어야 하는 긴박한 상황이기도 했다.

- 자네가 좀 나서주게.

담배 연기를 내뿜으며 학과장이 나를 쳐다봤다.

- 자넨 논문도 다 끝났고, 여유가 좀 있으니….

순간 학과장은 자기가 한 말이 실수였다고 깨달았는지 미간을 찌푸렸다. 내 논문이 끝난 것은 사실이지만 아직 공식화된 것은 아니었기 때문이다.

- 형태가 자네를 많이 따랐잖아.
- 제가 나서도 별 뾰족한 수는 없을 것 같지만 많이 안타깝습니다. 교수님께서 그렇게 말씀하시니 할 수 있는 한 알아보겠습니다.
- 고맙네. 일단 최대한 빨리 알아봐주게. 필요한 지원이나 일이 있으면 내게 얘기하고.

연구실 책상으로 돌아왔다. 오래 키운 에피프레넘 덩굴이 물병에서 책꽂이 아래로 뻗어 있다. 물병 속의 뿌리부터 덩굴의 이파리 하나 하나를 쳐다보며 생각에 잠겼다. 무엇을 어떻게 해야 하나. 일단 필요한 단서를 모두 모아봐야겠다. 그리고 녀석이 있을 만한 곳을 모두 리스트하고, 움직이지 않고 알아낼 방법이 있으면 최대한 활용하자. 뾰족한 방법이 떠오르지는 않았다.

우선 가까운 데부터 시작하자. 평소라면 절대 하지 않았을 행동으로 추적해보기로 했다. 그것은 일단 내 자리 바로 옆에 있는 형태의 책상에 앉는 일이었다.

형태의 책상. 연구 관련 참고문헌과 마치 방금 읽었던 듯 논문 몇 편이 정돈되어 놓여 있었다. 무심결에 혹시나 하는 마음에 서랍을 당겼다. 완강히 저항할 줄 알았던 서랍이 스르르 열렸다. 마치 '흐흐, 이제 우리 형태의 세계로 여행을 떠나볼까' 하며 흰 이빨을 드러내고 웃는 듯한 차가운 느낌에 쾅, 서랍을 다시 닫을 수밖에 없었다.

내 책상으로 서둘러 돌아와 앉았다. 젠장, 내가 남의 서랍이나 뒤지다니. 이러려고 내가 이 일을 맡겠다고 했단 말인가. 우울감과 더러운 기분이 동시에 나를 조여 왔다. 아니, 형태의 서랍이 그냥 열린 게 기분 나빴던 것인지 모른다. 첫 단추에 무언가 문제가 닥쳐야 전투력이 고조될 터인데…. 서랍은 거봐 넌 아마추어야 아마추어, 하면서 날 조롱하는 듯했다. 아마추어는 혐오스럽다. 세상일은 프로인 양 착각하는 아마추어들로 인해 그르쳐진다.

괜히 내 책상 서랍을 열었다. 나에게 책상 서랍은 휴지통 이상의 의미가 없다. 그냥 되는 대로 꽉 찰 때까지 무엇인가를 쑤셔 둔 서랍. 서랍 속엔 과거의 잔상이 어지러이 널려있다. 쓰다 만 포스트잇, 볼펜, 샤프, 깨진 안경다리. 몇 장의 정리 안 된 사진, 몇 통의 엽서, 과속 벌금 스티커. 공연 관람권이 눈에 띄었다. 미팅 파트너와 같이 가기로 한 공연이었지만, 급작스런 연구 미팅으로 공연도 날아가고 파트너도 날아간 그 티켓이었다.

큭, 헛웃음이 새었다.

주인인 내가 봐도 이 책상 서랍의 주인이 어떤 자인지 가늠하기 어려웠다. 이놈은 대체 어떤 성격일까. 이것은 왜 여기 있으며, 이놈에게는 어떤 웅큼한 면이 있을까. 인간의 내면을 들여다보는 일은 불쾌하다. 신은 얼마나 불쾌할까. 인간의 내면을 들여다보는 일, 일종의 관음증이다. 남의 속마음을 알 필요가 있을까. 신이 인간의 추악함에 분노한다면 이미 공정한 게임이 아니다. 오히려 인간을 잘 설계했어야 마땅하다.

심호흡을 하고 다시 형태의 서랍을 열었다. 서랍 한 구석에 사진 한 장이 삐죽 나와 있었다. 찍은 지 오래 되어 보이지 않는 형태의 사진이었다. 단정한 이빨을 드러내고 웃고 있는 녀석. 역시 밉상일 수 없었다. 잘 빗어 넘긴 머리에서 귀티가 풍긴다. 그런데 이 사진을 언제 찍었더라. 사진 뒷면에 잘 모르는 전화번호 하나가 적혀 있었다.

추리소설의 주인공처럼 나는 갑자기 전화번호가 인도할 새로운 세계로 달려가고 싶은 욕망에 사로잡혔다.

미로

전화를 걸었다. 하지만 존재하지 않는 번호였다. 형태는 왜 이 번호를 사진 뒤에 적어 두었을까. 큰 기대를 가졌던 자신이 우스웠다. 그래 이제껏 복권 한 번 당첨된 적이 없는 나에게 요행이나 행운은 나의 것이 아니었다.

하릴없이 전화기를 만지작거리며 타이레놀 한 알을 삼켰다. 형태는 원자핵이 중성자와 반응하는 단면적 숫자를 잘도 외웠다. 사실 그가 투시력이 있다고 소문이 난 것도 그 때문이다. 언젠가 형태에게 숫자 암기 비법을 물어본 적이 있었다. 형태는 숫자와 알파벳을 연결해 단어로 만들어 외운다고 했다. 그렇다면 혹시 여기 적힌 번호의 숫자가 만드는 단어가 있을까. 0762를 알파벳순으로 나열해봤다. ahgc. 한글 자음 순으로 하면 ㅊ, ㅅ, ㅂ, ㄴ이다. 이것으로 만들 수 있는 단어를 유추해봤다. 치사한 비누? 이렇게 하면 정말 잊어버릴 수 없는 단어가 만들어지는구나. 형태는 이렇게 수많은 숫자들을 외우고 있었다. 그러나 어떻게 이 암호를 풀지? 멍하니 천장을 바라보다 갑자기 심포니가 떠올랐다. 시옷, 피읖, 니은. 어쩌면 비읍과 피읖을 같이 쓴다면 심포니일 것이다. 그렇다면 심포니에서 늘 마시던 사이폰 커피. 시옷 이응 피읖 그러면 786, 혹시 0768번인가.

전화를 걸었다. 뚜, 하는 통화음이 들린다. 아까보다는 좋군. 적어도 인간의 목소리가 들릴 터이니…. 여보세요, 혹시 김형태라고 아시나요? 잘못 걸었습니다. 아 죄송합니다.

기왕에 시작한 일, 문득 번호 끝자리를 하나씩 바꿔가며 전화를 걸어보자는 생각이 들었다. 번호를 조합해 거는 과정은 단조로웠다. 하지만 여덟 번째의 시도는 좀 달랐다.

— 여보세요. 혹시 김형태라고 아십니까?

- 네, 알긴 하는데, 제 전화번호는 어떻게….

가늘게 떨리는 여자의 목소리가 들렸다.

- 형태 사진에 있는 번호를 보았습니다. 물어 볼 일이 있어서
  그러는데, 혹시 만나 뵐 수 있는지요?

잠시 침묵이 흐른다. 견디기 어려운 긴 시간. 창문 밖을 내다
보았다. 잔뜩 찌푸려 있던 하늘에 눈이 내린다. 하얀 눈이 어지
러이 창문을 타고 흐른다.

- 어디세요?
- 아, 여긴 형태 연구실입니다. 저는 형태의 선배이고요. 실례
  가 안 된다면 형태 문제로 물어볼 일이 있는데, 형태가….

말을 하려다 말고 입술을 깨물었다.

- 알겠어요. 제가 그리로 갈게요. 학교 앞 비탈리라는 음악다
  방 아시죠? 거기서 봬요.

비탈리는 바이올린 연주곡 샤콘느를 지었다. 언제인가 나는
비탈리에서 샤콘느를 듣다 혼자 운 적이 있다. 나에게도 감정이
있다는 것이 신기하기만 했다. 어떻게 비탈리를 알까. 혹시 형
태의 여자 친구. 이리저리 호기심이 증폭되어 갔다. 내가 심포
니를 즐겨 다녔다면 형태는 비탈리를 즐겨 다녔다. 비탈리는 심

포니처럼 사이폰 커피를 끓이거나 하진 않았다. 젊은 연인인지 부부인지 남매인지 분간이 안 가는 사람 둘이 운영했다. 실내는 회색 톤으로 인테리어되어 있고, 공간이 좁아 열 명만 들어도 꽉 찬 느낌이 드는 곳이었다. 심포니의 앰프는 마란쯔였고, 비탈리는 데논이었다. 난 앰프의 성능을 구별할 정도의 민감한 귀를 가졌다는 것을 늘 종헌에게 자랑하곤 했었다.

비탈리에 약속 시간보다 일찍 나가 앉았다.

– 주문하시겠습니까?

주인 남자가 물었다.

– 아 예. 커피 한 잔 주세요. 그리고 음악 신청할 수 있을까요?
– 물론이죠.
– 그럼 샤콘느, 그리고 이어서 아이네클라이네 나흐트무지크 (Eine kleine Nachtmusik) 부탁합니다.
– 묘한 조합이군요.

사내는 빙긋 웃었다.

샤콘느가 나를 가슴 저리는 감정의 골짜기로 밀어 넣었다. 이런 감정은 어디서 오는 걸까. 화학적 작용이라면 어떤 화학 물질이 이런 감정을 자극하는 걸까. 문이 열리고 여자가 들어왔다.

화장기 없는 창백한 얼굴이었다. 나는 갑자기 비탈리라는 음악다방이 갤러리로 변한 착각이 일었다.

- 음악이 슬프네요.
- 아 그렇습니까? 그러면 다른 곡으로 부탁할까요?
- 그래주세요. 이런 곡은 싫어요.
- 그냥 대중가요 부탁해주실래요. 조동진의 행복한 사람, 있
  다면요.
- 조동진 좋아하세요?
- 네.
- 그렇군요. 차는?
- 커피 부탁드립니다.

주인 남자에게 어색하게 조동진의 음악을 부탁하고 우린 마
치 군대 암호 같은 짧은 언어로 문답을 시작했다.

- 저는 강민호라고 하고 형태 선뱁니다.

대답 대신 여인은 커피를 마셨다.

- 성함이?
- 아. 현신이에요, 신현신.
- 이름이 독특하게 이쁘네요.

나는 커피를 들이키며 말했다.

- 담배 한 대 펴도 될까요?
- 아. 좋으실 대로.

약간 당황해 하며 재떨이를 앞으로 밀어주었다.

– 담배 안 피우세요?
– 아 예. 못합니다.

갑자기 담배를 안 피우는 자신이 창피하다는 생각이 들었다.

– 그렇군요.
– 아 피울 수도 있습니다. 하지만 뭐….
– 아, 됐어요.

왜 이렇게 허둥댈까. 형태 이놈이 날 이렇게 궁지에 몰아넣는군. 나타나기만 해봐라.

현신의 입에서 담배 연기가 뿜어져 나왔다. 가는 담배의 끝에 한 줄기 연기가 피어오른다. 담배 연기는 하늘로 직선을 그리며 솟아오르다 중간 중간 동그랗게 두 갈래 버섯 모양을 만든다. 현신의 입에서 나온 흰 연기가 보텍스(vortex)의 버섯 모양이 되었다 사라지는 것을 물끄러미 지켜봤다.

– 형태는 어떻게 아세요?

창문을 바라보던 현신이 얼굴을 돌렸다. 매우 단정한 얼굴이다. 형태한테 잘 어울린다는 생각이 들었다.

– 교회 친구예요.

- 형태가 교회를 다녔나요?
- 그렇게 말하는 게 교인들에게는 얼마나 모욕인지 모르시나요?
- 아, 미안합니다. 제가 볼 때 현신 씨도 교회를 다니는 것 같지는 않아서….
- 어떻게 그렇게 단정하지요?
- 담배….

난 갑자기 내가 무슨 골동품이 된 것으로 느껴졌다. 하긴 내가 골동품일 이유는 당연했다. 대학 이후 난 인간과 거의 상관없는 소립자의 세계에 살지 않았던가. 소립자의 세계엔 놀랄 만큼 수명이 짧은 놈부터 존재가 예측되지만 한 번도 측정되지 않은 이론으로만 계산되는 것들도 있었다.

그런 면에서 인간, 더욱이 여자는 나에겐 이론으로만 상상할 수 있는 미지의 존재였다. 초등학교 4학년 이후 남자 반 여자 반 따로 생활하다 중고등학교로 올라서면서 완전히 달리 살았다. 내가 다녔던 공대는 금녀의 구역이나 마찬가지였다. 한 학년 구백 명 중 여학생은 건축과인가에 고작 세 명 있었으니 구경조차 쉽지 않았다. 어쩌다 친구들 소개로 미팅이라도 나가는 날이면 지금 상황과 똑같이 어벙하니 자리나 지키다 차이기 일쑤였다. 한 번은 미팅에서 맥주를 따라 '우리들의 건강한 성생활을 위하여'라고 외치며 잔을 번쩍 치켜드는 여학생을 물끄러미 쳐다보다 그만 잔을 놓친 적도 있었다. 복잡하고 다양한 존재를 분석하고 이해하는 것은 내 영역이 아니다. 그리고 나에겐 그럴 능력조차 없다.

– 혹시 형태가 실종된 거 아시나요?
– 그래요? 그럴 리가…. 형태는 늘 잘 지냈어요. 교회 일도 열심이고. 대학부 회장을 맡은 적도 있고. 여자애들한테 인기도 많았어요.
– 인기?

정말 생소한 단어이다. 시라소니처럼 혼자 돌아다니며 위험 조차 혼자 감당하는 나에게는 없는 단어. 생존을 위해서는 절대 외로워해서는 안 된다. 그러니 여럿이 함께한다는 것, 아니 지금처럼 미지의 존재인 여성과 함께한다는 것은 내게는 불편을 넘어 위험천만한 일이다.

변화

현신과의 만남을 통해 얻은 정보라곤 형태가 교회를 다니며 교회에서 인기가 많았다는 사실이었다. 현신과 형태 둘 사이의 관계는 여전히 미지수로 남았다. 물어볼 수도 있었지만 왠지 그러고 싶은 생각이 없었다. 일단 최대한의 정보를 모아야 한다. 우선 그의 교회부터 방문하기로 작정했다.

서대문에 자리 잡은 교회는 여느 교회와 별반 다를 바 없어

보였다. 늘 그렇듯, 변두리 교회는 한국전쟁 중 이북에서 피난 온 사람들이 모여 만든 교회라 아주 가족적이다. 낯선 이방인인 나의 출현은 적어도 이 교회로선 생소한 일이었을 것이다. 장로 장립식을 하는 주일이었다. 목사는 장로를 앞에 불러 세우고 오늘 아무개가 장로가 된다고 목청껏 소릴 높이고 있었다.

현신이 다가왔다.

− 오셨네요.
− 네 교회가 편안해 보입니다.
− 그렇다면 다행이네요. 이쪽은 성가대장 오빠예요. 형태와 친해요.
− 안녕하세요? 전 강민호라고 합니다.
− 반갑습니다. 성가대 김진석입니다. 형태하고도 잘 지냈죠. 이 교회는 모두 식구 같습니다. 형태도 그렇고 현신도 그렇고 다 형제자매지요. 어른들도 잘 알고요. 우린 어릴 적부터 같이 자라 흉허물이 없어요.
− 좋으시겠습니다.
− 민호 씨는 교회 다니시나요?
− 아니요.
− 그럼 전도 좀 해야겠네요.
− 아 그건 사절입니다. 언젠가는 교회에 나갈 수도 있겠지만 지금은 아닙니다.
− 이유라도?

- 아, 아직은 인간의 영혼같이 거창한 주제를 다루기에는 정신
  이 충분히 발달해 있지 않습니다.
- 호오. 겸손한 듯 엄청난 오만이군요.

현신이 끼어들었다.

- 아무튼 그건 그렇고, 형태가 며칠째 연구실에 안 보여 이렇
  게 찾아왔습니다. 집에도 없고. 형태를 찾아야 하는데 무슨
  정보라도 있으면 들어볼까 합니다.

나는 약간 사무적인 자세를 취하였다. 전도를 하겠다고 달려
드는 기독교인들한테 상당히 거부감을 갖고 있었기 때문이다.

- 형태는 다 좋은데, 가끔씩 한동안 증발하곤 했어요. 이번뿐
  아닙니다. 아마 대학원에서는 처음이겠지만, 고등학교 때도
  두 달 정도 사라진 적이 있었지요. 돌아와서도 아무 말 안 하
  고 어떠한 설명도 없어요. 그래서 우린 그놈을 괴물이라 생
  각하지요. 잘생긴 괴물….
- 그랬군요.

난 그가 자살을 결심했었다는 말은 하지 않기로 했다.

- 형태가 고등학교 때도 갑자기 사라졌다면 대학 입시에 차질
  이 있었을 텐데…. 하지만 재수 같은 거 하지 않고 대학에 잘
  진학했던 걸로 알고 있는데.

– 그러게요. 말씀 잘하셨어요. 문제는 그 녀석이 사라졌다 얼마 뒤 나타났는데, 그 후 엄청나게 공부를 잘하더라는 거예요. 그래서 모두들 의아해 하긴 했지만, 당시 우리 또래들에게 남 신경 쓸 여유는 없었지요. 아무튼 형태는 그 후 전교 톱을 차지할 정도로 돌변했던 것만은 사실이었습니다.

서대문에서 연신내를 지나 세검정 계곡을 지나는 길은 늘 그림 같다. 화강암이 부드럽게 흐르고 듬성듬성 살얼음이 하얗다. 이렇게 아름다운 경치에서 칼을 씻었다니.

교회에서 돌아오는 길에 성가대장이라는 김진석과 현신과 나눈 대화 내용을 머릿속으로 정리하는 동안, 형태에 대한 또 다른 의문이 뭉게뭉게 피어올랐다.

형태가 사라졌다 돌아온 후 갑자기 머리가 좋아졌다. 흥미로운 얘기였다. 형태는 왜 갑자기 사라졌을까. 더 머리가 좋아지려고? 도대체 무슨 일이 일어났기에 성적이 갑자기 좋아졌을까.

이제 무엇인가 문제에 한 발짝 접근하고 있다는 느낌이었다. 형태와 가장 친했던 사람은 누구일까. 현신일까.

형태의 실종과 총명함은 연관되어 있다는데, 그 총기를 형태는 어떻게 얻었을까? 누가 주었다면 누굴까? 아무도 모르는 것으로 보아 형태는 그 사람을 지워버린 것일지도 모른다. 그래서 역사는 늘 실제로 공을 남긴 사람들은 지워지고, 힘을 가진 자나 오래 살아남은 자에 의해 다시 서술되게 마련이다.

최근에 내가 아는 어느 단체도 중요한 일을 거의 도맡아 했던 사람이 있었지만, 단체장이 쓴 회고록 여기저기 다른 이름들을 거론하면서도 정작 그 사람의 이름이 보이지 않아 어쩌된 일이냐고 물었던 적이 있다. 그는 긴 한숨과 함께 말했다.

진짜 공로자를 지워버리는 것은 일종의 세상 법칙일세. 그래서 역사에 자신의 이름을 남기려면 누군가를 지워야지. 진짜 공헌한 사람을 지워 그 공을 자기 것으로 만들 수 있는 권력자를 위해 다만 찬양만 앞세우는 아첨꾼이 되어야 한다네. 그렇게 권력자는 자신을 드러내는 데 그 아첨꾼의 이름을 이용하지. 결국 누군가의 이름이 지워진 역사에 버젓이 이름을 올린 자들이 바로 간신이라는 뜻이지. 남의 밥상에 숟가락 하나를 얹는 일은 바보나 하는 일일세. 때가 아니면 조용히 자신을 돌볼 일이야. 남을 함부로 돕는 것은 정말 위험한 일이고….

형태도 사라진 기간 동안 누군가를 철저히 지우는 작업을 했던 건 아닐까. 그렇다면 그는 누굴까. 뜬금없는 신비감에 휩싸였다. 형태가 이미 싸늘한 시신으로 변하여 있을지도 모른다는 걱정보다 이놈이 지금 자기를 돕는 누군가를 만나 무슨 전대미문의 비전(祕傳)을 전수받고 있는 것은 아닐까 하는 생각이 들었다.

연구실로 돌아와 책상에 앉으니 기분이 가라앉았다. 그들로부터, 아니 형태에게 놀림을 당하는 기분이었다. 말도 안 되는 얘기를 듣고 신비감에 빠져든 자신이 영 거북스러웠다. 그런 일은 있을 수 없어. 벽을 향해 중얼거렸다. 형태란 놈, 일종의 연극을 한 거야. 몰래 공부를 하면서 일부러 성적을 대충 받고, 그러다 한두 달 사라진 척 다시 나타나 성적이 좋아진 것처럼 굴었던 거지. 그렇게 이놈은 일종의 연극을 한 거다. 그런데 무엇 때문에. 누가 그렇게 남의 성적에 신경 쓴다고. 그리고 그런 일이 뭐가 그렇게 대단해 앞날에 보탬이 된다고. 형태가 연극을 할 수밖에 없게 동기를 제공한 사람이라도…, 혹시 현신?

신의 전령들

머리가 아파왔다. 현신에게 다시 만나자는 전화를 했다. 비탈리를 다시 찾았다. 커피를 시키고 샤콘느를 부탁했다. 중간쯤 감상하다 문득 조동진의 행복한 사람이 생각나 어색하게 다시 청했다. 울고 있나요, 당신은…. 아직도 남은 별 찾을 수 있는…. 남은 별? 남은 별을 찾을 수 있다면 행복한 사람이라….

현신이 들어왔다. 커피를 시키더니 담배를 꺼내 물었다.

– 혹시 형태의 연애나 실연, 뭐 이런 경험에 대해 아는 게 있어요?

좀 더 고급 정보가 필요했다. 더 형태에게 밀착된 정보.

– 이상하죠? 항상 구름 위를 떠다니는 것 같았어요. 맞아요. 그런 느낌. 좋아했다가는 절대로 책임 같은 것은 지지 않을 사람이라는 그런 느낌이었죠. 모두가 그렇게 생각했어요. 언제

인가 우리 모두 국립미술관에 그림 관람을 갔지요. 형태가 가자고 팸플릿을 들고 와서.

현신이 뭔가 그녀가 목격한, 적어도 형태와 관련된 연애사건 이라 불릴 만한 사실을 말하려고 하는 중이었다.

 - 모두 그림 관람에 열중이었는데 갑자기 형태가 우리 주위에 서 우리와 같은 속도로 그림을 관람하던 어떤 여자를 아는 체 하더라구요. 그러더니 갑자기 우리 일행과 같이 다니자 고 제안해 관람이 끝나고 밥까지 같이 먹었어요. 우리들은 기분이 별로 안 좋았죠. 우리가 잘 모르는 여자를 끼워 넣은 것도 그렇고….
 - 뭐 그럴 수 있는 거 아닌가요? 서로 아무 사이도 아닌데, 형 태가 뭐 어쩌하든 무슨 상관입니까?
 - 그게 좀 서로 다른 입장이지요.
 - 아 그런가요?

아무튼 꼬인다. 이 부분은 사실 내가 잘 모르는 영역이었다. 일단 현신의 말을 곧이곧대로 들어보기로 했다.

 - 그래요 형태가 엄청 실수를 한 거라고 하고, 다음은 어떻게 된 겁니까? 아 참, 혹시 그 여자를 아시나요? 아직도….
 - 잘 모르죠.

현신은 잠시 생각에 잠기는 듯 뜸을 들이더니 갑자기 높은 톤으로 이야기를 이어갔다.

- 아, 잘 찾아보면 찾을 수 있을지도 모르겠네요. 제가 하도 웃긴 아이라고 생각해 나중에 다른 친구에게 말했는데, 마침 그 친구가 자기 과 여학생이라고 하더군요.
- 미안하지만 그 친구 연락처 알 수 있을까요? 일이 일인 만큼 빠르게 일을 진행해봐야 될 것 같아서요….

난 갑자기 형태라도 된 양, 그리고 만나서는 안 될 사람을 만나야 할 이유를 들이대는 것처럼 다소 계면쩍었다.

- 알겠어요. 친구에게 물어보고 확인되면 연락드릴게요.

현신을 보내고 난 뒤 나는 골똘히 생각에 잠겼다. 이놈이 그럴 놈이 아닌데. 뭔가 안개 같은 게 뭉게뭉게 피어오른다. 어쩜 현신이 뿜어댔던 담배 연기마냥 좁은 공간을 채워 어지러이 흩어지는 뿌연 복잡함. 분명 내 옆 책상에 존재했던 형태는 여느 대학원생들처럼 똑같이 복잡한 수식 더미에 묻혀 지내던 적어도 나와 동류였다. 2호관과 3호관을 연결하는 브릿지에서 자판기 커피를 뽑아들고 우리는 텐서 기호 지뮤뉴($G\mu\nu$)를 중얼거렸다. 사람들은 우릴 물박이라고 불렀다.

물박. 물 먹은 박사도 아니고 물 먹인 박사도 아니다. 물리학 박사. 우린 적어도 뉴턴과 아인슈타인의 후예이다. 눈에 보이는 현상 뒤편에 숨겨진 자연의 비밀을 캐는 신의 전령. 신의 세계를 침노하는 자들이다.

얼핏 보기에 우린 커피 잔이나 들고 돌아다니며 알아들을 수 없는 기호를 뱉어대고, 학술 발표장에선 삿대질까지 해가며 틀린 이론에 대하여 단호히 격돌하지만 어쩜 우린 몇 개 사단의 파워를 갖고 있는지 모른다. 우린 에너지의 근원과 그 변환을 알고 있기 때문이다.

형태는 그런 관점에서 우리 멤버로 전혀 손색이 없었다. 그가 교회에서나 아니면 대학원 진학 전 어떤 생활을 했는지는 우리들의 관심거리가 아니었다. 여긴 단지 인간이 없는 세계, 소립자와 우주가 어떻게 설명되어질까 그 표준 모델을 잡아가는 공간이다.

우리가 아는 인간이란 물리를 연구한 인간들이다. 캐번디시는 평생 여자를 모르고 살았다. 여자와 얼굴도 마주치지 않았다. 엄청난 부자였던 캐번디쉬는 자신의 하녀들이 절대로 자기와 마주치는 일이 없도록 계단을 따로 만들 정도였다.

뉴턴은 평생을 독신으로 살았다. 첫날밤 여자를 보고 느닷없이 도망갔다는 말도 있지만, 뉴턴이 그 정도로 경우 없는 자라고는 생각하지 않는다. 귀부인들의 사랑을 독차지했던 마이클 패러데이도 있었다. 가난한 제본공이었던 패러데이는 무급 조교로 연구 생활을 시작했다. 정규 교육을 받지 못한 관계로 수학으로 표현 못 해 그의 연구 노트는 모든 것이 산문으로 기술되어 있다. 현대 전자기학의 실증적 발견을 이룬 이 거장도 빅토리아 여왕의 수많은 호의를 거절할 정도였다.

대부분의 우리와 같은 종류의 존재들은 이렇게 여성과의 관계에 아주 서툴다. 장래가 촉망되었던 수학자 갈루아는 어떤 여인을 사이에 두고 다른 남자와 결투를 벌이다 비명횡사했다. 사랑은 현자를 바보로 만드는 묘약이다.

형태, 너는 아마 이곳에 들어오기 전까지만 해도 일반인이었겠지. 하지만 여긴 다른 세상이다. 다른 별이지. 여기선 자판기 커피를 빼어 물고 지뮤뉴를 떠벌이며, 우주의 차원과 초대칭을 논해야 한다. 그리고 넌 그 수많은 소립자가 구성한 알 수 없는 은하의 일부가 되는 거야.

죽은 과학자의 방에 관한 꿈

머리가 부서질 듯 아프다. 몸을 일으키려 했지만 말을 듣지 않는다. 일어나는 것을 포기하고 가만히 눈만 떴다. 시간을 알 수 없다. 짙은 커튼이 드리워 있고 등 하나가 불을 밝히고 있다. 꿈인가 현실인가? 등 옆엔 수백 년은 서 있었던 듯 오래된 현미경 하나와 그보다는 덜하지만 고풍스런 레밍턴 타자기가 금장한 자판을 드러내고 묘한 빛을 발하고 있다.

기억의 저편을 더듬었다. 분명 시간의 단절이었다. 기억 저편에서 난 현신이 알려준 그 여학생을 만나고 있었다. 그녀는 분홍색 모자를 쓰고 나왔다. 그리고 형태에 대해 여러 가지를 묻자

고통스러워하며, 알려고 하지 말라는 말만 단호하게 했다. 그러던 중 기억이 점점 흐려지더니 사라졌다.

어둠이 거치며 방안의 풍경이 눈에 들어왔다. 거대한 책장이 사면을 가득 채우고 있었다. 책장엔 가죽으로 제본된 오래된 책들이 가득 꽂혀 있었다. 책장 위에 몇 개의 액자가 보였다. 그중 한눈에 알아볼 수 있는 사람, 바로 소냐 코발랍스키(Kovalevsky, Sonya)였다.

소냐는 정말 아름다운 여인이다. 혹시라도 내가 결혼을 생각한다면 상대는 저런 여인이면 했던 사람. 미분방정식 분야에 일가를 이룬 러시아 수학자로 아름다운 얼굴에 마음마저 착해 남편이 병들자 죽을 때까지 병수발을 들며 남편을 사랑했던 여인. 그리고 남편이 죽은 뒤 다시 수학자로 돌아와 정열적으로 연구에 일생을 바쳤던 사람. 그녀는 러시아 과학아카데미의 첫 여성 멤버가 되었으며, 여성이 교수가 될 수 없었던 당시 유럽의 대학에서 처음으로 정식 교수로 임용되어 근거 없는 관습을 깬 첫 여성이다.

그 옆으로 아이작 뉴턴이 근엄한 표정 뒤에 엷은 미소를 숨긴 채 정면을 응시하고 있었다. 뉴턴의 사진과 나란히 아인슈타인이 있다. 특허청 직원 시절의 젊은 아인슈타인은 유태인의 눈을 갖고 있다. 그리고 엔리코 페르미가 환하게 웃고 있다. 환하게 웃는 입과 달리 싸늘한 눈은 진실을 꿰뚫는, 두 표정의 교묘한 조합이다. 웃으면서도 복잡한 방정식을 푸는 듯.

낯선 얼굴 하나가 눈에 들었다. 표정 어디에도 학자다운 기지와 근엄함은 찾을 수 없는 공사판 아저씨 같은 얼굴. 이 깡마른 사내를 어디선가 본 듯했다. 기억을 더듬었다. 어디서 봤더라. 저널 옵 피직스, 아 그렇지. 난 기억력이 좋지 않다. 뭐든 금세 까먹는다. 그래서 내 머릿속은 항상 간단하여 많은 것이 들어 있지 않다. 하지만 이상하게도 무언가를 골똘히 생각하면 약간의 노력으로도 난 정확히 그 기억을 꺼낼 수 있다. 컴퓨터로 치면 램 메모리 용량이 아주 작은 답답한 컴퓨터이다. 하드디스크 용량은 매우 크지만 램은 아주 빈약하다. 그래서 한 번에 한 가지 일밖에 못 한다. 멀티태스킹을 자랑하는 요즘의 컴퓨터와는 비교할 수 없는 저사양이다. 그러나 일단 어떤 문제가 생기면, 난 그 작은 메모리를 총동원하여 하드디스크를 뒤지고 뒤져 이내 또렷하게 필요한 정보를 찾아낸다.

아, 콜모고로프. 콜모고로프였다. 혼돈 세계의 규칙을 알아낸 사람. 혼돈에는 나름의 규칙이 있다. 혼돈은 어쩌면 우리 인간이 이해할 수 없는 불가지의 세계를 총칭하는 개념에 불과하다. 거대하면서도 정교한 기계처럼 행동하는 우주는 혼돈의 끝자락에 불과하다.

순간 눈으로 수만 개의 별똥별이 쏟아지는 착각이 일었다. 그 작은 별들의 원소가 내 망막을 두드리고, 조금씩 확대되면서 만델로프의 연속 기하를 만들어내고 있었다. 원의 끝없는 생성은 내 망막에 충일하게 퍼지면서 하얀 백색광으로 다가왔다. 문이 열린 것이었다.

열린 문으로 검은 물체가 서 있었다. 얼핏 무슨 기둥 같이 느껴졌다. 쏟아져 들어오는 환한 빛을 견디고 눈의 홍채가 가까스로 식별을 위해 애쓰고 있었다.

두꺼운 외투의 코트 깃을 잔뜩 세운 노인이 서 있었다. 노인은 목을 잔뜩 움츠리고 있다. 마치 머리가 가슴에 흡수되어 달려 있는 듯. 순간 두려움에 도망치려 몸을 뒤틀었다. 사지를 타고 전해오는 고통이 뼈마디를 다 부숴놓는 듯했다.

– 가만있게 젊은이. 움직이려 하지 말게.

노인이 천천히 다가오며 나직이 속삭였다. 노인의 흰머리와 대춧빛 얼굴, 그 속에서 형형히 빛나는 두 눈이 보였다. 흰머리가 후광을 반사하며 가볍게 흩날렸다.

– 오랫동안 자네를 기다렸네.

노인의 눈이 내 내면을 모두 더듬는 듯했다.

– 저를 알고 계셨습니까?
– 그렇다네. 이미 오래전부터 우린 자네를 기다려 왔네.
– 우리라 하심은?

노인은 아무 말 없이 빙그레 웃을 뿐이었다.

이상한 것은 공포감이 아니라 알 수 없는 푸근함이었다. 나를 기다렸다는 환영의 말 때문이 아니라, 노인의 형형한 눈빛이 많이 보아왔고 그렸던 눈이었기 때문이다.

과학자라고 하면 늘 서양인의 깊은 미간과 푸른 눈이 익숙하지만 동양인 중에서 이미 몇몇 대가의 눈을 보았었다.

대학 일 학년 때, 휴교령이 떨어졌다. 광주에서 소요가 일어났다고 언론이 하루종일 떠들어대고, 대머리에 어깨에 별을 단 군인이 무서운 표정으로 계엄령을 발표하던 그 시절이었다. 그 기간 동안 할일 없이 시간을 죽이던 나에게 날아든 한 장의 팸플릿은 나를 흥분시키기에 충분했다. 이휘소 박사의 죽음을 추모하기 위해 노벨상 수상자가 한국을 방문하여 강연을 한다는 것이었다. 세종문화회관 별관은 사람으로 가득 차 있었다. 거기서 난 CN Yang을 만났다. 엔리코 페르미의 제자. 그의 강연을 다 이해할 수는 없었지만 강연을 경청하는 수많은 선배 과학자들을 보며 나도 저 그룹에 낄 수 있기를 열망했다. 그들이 머리를 끄덕이며 알 수 없는 기호를 읊어가며 토론하는 모습은 일찍이 보았던 어떤 연극보다 환상적이었다.

수천 개의 눈동자. 형형히 빛나던 동양 과학자들의 눈동자들이 내 가슴을 파고들었다. 나도 그중 하나가 되기를 소망했다. 그들과 같은 눈빛을 소유하고 싶었다.

난 방금 들어온 그 노인의 눈에서 그토록 열망하던 바로 그 눈동자를 보았다. 영원을 꿰뚫는 눈. 범접할 수 없는 카리스마가 눈동자에서 형형히 뿜어져 나왔다.

이런 눈을 마주하는 일은 흔한 경우가 아니다. 세월이 지날수록 난 소위 박사라는 자들의 더러운 허위를 너무 많이 보았다. 그들 중 대부분은 유복한 가정에서 태어나 유학 후 어찌어찌 학위를 따고, 그렇게 딴 학위로 대학 교수 자리를 꿰차고 앉아 학생들 위에 군림하는 자들이었다. 이미 학문적 호기심과 진리에 대한 열정은 사라진 지 오래다. 어쩌면 애당초 존재하지도 않았을지 모른다. 그렇게 거만한 태도로 자신의 게으름을 위장하는 사기꾼들.

내 안에 존재하는 교수에 대한 혐오감은 대충 이런 것이었다. 연구하지 않는 교수. 이는 울지 않는 새와 같다.

몇 년 동안 개정하지 않은 노란 노트를 들고 강의실에 나타나 시간을 때우는 모습은 혐오감 그 자체이다. 난 언젠가부터 강의실에 들어가면 눈을 뜬 채 다른 생각을 하는 신비로운 훈련을 했다. 강의에 열중한 듯 보이지만 실은 다른 생각에 몰입하는 것이다. 그러기 위해 강의를 피해선 안 된다. 눈을 감아도 안 된다. 교수의 얼굴과 칠판의 글씨를 뚫어지게 봐야 한다. 그러다보면 어느 순간 교수의 얼굴과 칠판의 글씨가 사라진다. 나만의 세계로 들어가는 것이다. 싸구려 강의는 시끄런 팝송보다 더한 공해이다. 그런 관점에서 진정한 대가를 찾는 일은 엄청난 기쁨이다. 난 노인의 눈에서 오랫동안 찾던 그 지적 에너지의 충일함을 보았다.

꿈, 그리고 노트

노인의 손에 성냥갑이 들려 있었다. 노인의 인상이 좋다는 느낌이 나의 안전까지 담보하는 것은 아니다. 일단 내가 왜 이곳에 와 있는지 물어야 한다.

– 아무것도 묻지 말게 젊은이.

노인이 내 생각을 다 읽는 듯 조용히 말을 건넸다. 노인이 조용히 다가와 손에 든 갑에서 성냥을 하나 꺼내 그었다. 성냥에 불이 붙는 순간 유황 냄새가 코를 찔렀다. 노인이 책상 위 초에 불을 옮겼다. 책상이 환해지며 어둠 속에 가렸던 존재를 드러냈다. 매우 두툼한 노트였다. 노인이 노트를 들어 어느 페이지인가를 펴 든다.

– 오만이천사백삼십오. 이건 삼만칠천이백이십사와 연결되어 있군. 놀라운 사실이야.

노인이 흡족한 표정을 짓는다.

– 아무 논문이나 읽으면 안 돼. 대부분 쓰레기야. 쓰레기 더미를 뒤지며 인생을 허비해서는 안 되네.

노인이 혼잣말인지 내게 하는 말인지 분간이 안 가는 소리로 중얼거린다.

– 혹시 형태를 아십니까?

난 아무 질문도 말라는 노인의 주문을 무시하고 질문을 던졌다. 순간 노인의 얼굴이 벌게지며 하얀 눈썹 밑으로 형형히 빛나는 눈으로 나를 쏘아 본다. 질문하지 말라는 그의 명령을 어긴 탓일까. 시간이 정지된 것 같았다. 명치가 막힌 듯 숨을 쉴 수 없었다. 태어나 한 번도 남에게 이렇게 압도당해 본 적이 없었다. 난 반사적으로 여기서 물러나면 안 된다고 생각했다.

– 말씀해 주세요. 형태는 어디 있죠? 그리고 여긴 어딥니까? 사람을 이렇게 함부로 잡아놓을 수 있나요?

난 책상과 책장을 다 들러 엎고 이 방을 빠져나가 경찰에게 신고해야겠다고 생각했지만 몸이 천근만근이다. 몇 마디 말을 던졌지만 다시 방안이 뿌옇게 흐려졌다. 꿈을 꾸면서도 분명 이건 꿈이라고 생각하는 경우가 있다. 하지만 이젠 뭐가 꿈인지 뭐가 생시인지 알 수 없다. 방금 전의 노인과 이 희한한 방, 이게 분명 꿈이길 바랐다.

갑자기 쏘아 붙이는 여인의 목소리에 정신이 들었다. 카페 비탈리였다. 내 앞엔 현신이 알려준 여자가 앉아 있다. 커피에선 부드럽게 김이 오른다.

– 사람을 불러놓고 잠에 빠져들다니요? 그냥 돌아갈까 하다 혹시나 해서 앉아 있던 참입니다. 그나마 카페 분위기가….

정신을 차리고 입 주위를 얼른 손으로 훔쳤다.

– 감기 기운에 기다리는 동안 엑티피드 한 알을 먹었는데….

– 그 약, 수면 효과가 있어요.

– 미안합니다, 보자고 불러 놓고…. 약 기운이라지만 이렇게 사람 앞에서 혼수상태인 적은 처음입니다. 저는 형태 선배 강민호라고 합니다. 물리학 박사 과정에 있구요.

– 그러세요? 졸업하면 뭐 하시려구요?

갑자기 말문이 막혔다. 아마도 난 대학 교수 따위는 하지 않을 것이란 막연한 생각 외에 딱히 생각해 둔 것이 없다.

– 아, 아마 이 나라 저 나라 이 대학 저 대학 연구실을 전전 긍긍하는 국제적 미아가 되어 있을 겁니다.

속으로 꽤 괜찮은 답이라 생각했다.

– 그럼 먹고 사는 데는 지장 없나요?

– 그냥 뭐, 제 한 입 채우는 데야 문제 있겠습니까.

– 그럼 결혼은요?

– 하하 누굴 괴롭히려고요. 제 인생 하나로 괴로움은 족합니다.

– 사실 뭐 자유롭게 살고픈 마음뿐입니다. 어차피 제 생각을 나눌 상대는 없으니까요.

나는 아까 꿈인지 생시인지 모를 그 노인이 내게 했던 바와 비슷한 행동을 지금 이 여인에게 하고 있다는 생각에 움찔했다.

– 아 그건 그렇고, 형태 아시죠?

난 다시 사무적으로 질문했다.

– 형태가 증발했습니다, 갑자기…. 제가 형태를 찾아야 합니다.
– 그게 어쨌다는 말이죠?

여자가 퉁명스럽게 쏘아붙였다.

– 이상하군요. 사람이 없어졌는데, 아무렇지도 않으십니까? 형태한테 무슨 안 좋은 감정이라도….
– 과학자들은 다 이상하군요.

여자는 더 이상 말하고 싶지 않은 표정이다.

– 일어나시죠? 모임이 있어서 이만.

비탈리를 빠져 나왔다. 도로가에 젖은 낙엽이 붙어 있었다. 낙엽 위로 자동차가 두어 대 지나갔다. 갑자기 내가 저 낙엽 같은 신세라는 생각이 들었다. 형태를 찾는 일인데, 조심조심 이것저것 물어볼 일이지, 그냥 보낼 일은 또 무언가. 피곤하고 현기증이 일었다. 뭐 나중에 필요하면 다시 만나보자. 지금은 휴식이 필요해. 연구실로 돌아왔다. 며칠째 비워둔 책상이 정겹다. 얼마 전 읽다만 논문이 책상 위에 펼쳐져 있었다. 갑자기 스스로가 낯설게 느껴졌다. 내가 누구지. 이 자리에 눌러 앉아 서식하던 그 자 맞나.

– 이렇다 할 진전이 없습니다.

그다지 큰 기대를 안했던지 내 말에 학과장은 담배 연기를 훅 내뿜더니 천장을 쳐다봤다. 그 사이 일어난 일이란 게 요약하면 교회 한 번 다녀온 데 불과하고, 실종에 연결될 결정적 고리는 찾지 못했다. 다만 약에 취해 비탈리에서 꾸었던 이상한 꿈이 육감적으로 무언가 비밀스런 일에 연루되었을지도 모른다는 막연한 예감과 혹시 위험할 수도 있다는 불안감만 증폭되었을 뿐이다.

다시 책상으로 돌아왔다. 일단 형태의 책상에서 다시 출발해야겠다고 생각했다. 이제 형태의 책상이 내 책상과 다를 바 없이 친숙하게 느껴졌다. 책상 오른쪽 서류함 서랍을 열었다. 파일들이 알파벳순으로 잘 정돈되어 있다. Action, Algebra, Artificial Intelligent, Aristotle, …. 한눈에 알아보기 좋게 분류된 파일은 형태가 관심 있는 분야의 자료들과 계산 결과들이다.

난 Q라는 항목의 파일을 꺼내 들었다. Quantum Mechanics, Questions, …. 'Questions.' 너무 일반적인 제목이란 생각이 들었다. 파일을 열었다. 페이지마다 커다란 글씨로 키워드가 쓰여 있었다. 그리고 해당 키워드에 관련된 자신의 질문들이 나열되어 있었다. 이들 질문에 대한 답을 구하고 싶었던 것일까. 상당수 질문은 우리가 심포니에서 커피를 먹으며 떠들던 그런 주제였다.

질문들은 알파벳순으로 정렬되어 있다. 사실 이러한 형태의 작업은 아이작 뉴턴이 소년 시절에 했던 작업이다. 노트가 귀했던 당시 쓰다 남은 노트를 얻어 거기에 자신의 질문들을 사전 형식으로 만들었다. 이러한 노트 방식은 서양에서는 대부분의 학자들이 하는 일반적 방식이다. 철학자 헤겔은 대학 시절부터 자신의 언어로 각종 철학적 개념을 서술하였다. 항상 노트 한 장에 크게 키워드를 기록하고, 그것에 대한 철학적 논거를 펼쳤다. 이것이 수백 권이 되어 방을 옮길 때마다 지게로 옮기곤 했다. 이러한 지식의 갈무리는 모든 지식을 자신의 언어로 형상화하는 과정이다.

지금 우리 교육의 문제는 자신의 언어의 상실에 있다. 남의 언어를 얼마나 잘 외우는가를 테스트하는 대학 입시와 그에 따른 대학의 서열화는 한국을 학문의 황무지로 몰아넣는다. 앵무새와 앵무새 조련사가 있을 뿐이다. 다른 말을 하는 앵무새를 죽여 없애는 것이 앵무새 조련사의 일이다.

'내 사전에 불가능은 없다.'

어린 시절 귀에 못이 박히도록 들었던 나폴레옹의 이 말에서 사전이란 단어를 나는 단지 자신의 일생이란 개념으로 생각했었다. 나의 생에 불가능이란 없다. 이것이 딕셔너리를 뜻하는 것인 줄은 한참 후에 알게 되었다. 나는 권력을 쥐면 사람들이 이렇게 미치는구나, 하고 생각했었다. 프랑스어 사전에 불가능이란 단어를 삭제하도록 명령한 것일까. 그렇다면 어릴 적 읽었던 벌거숭이 임금님의 우화에나 나올 법한 대목이다. 사전에서 단어를 지우면 개념이 없어지는가. 우린 매일 절망하는데…. 나폴레옹이 네 잎 클로버를 따려다 목숨을 구한 이야기가 이 대목과 연결되면서, 나에겐 그가 아주 우스꽝스런 인물로 오래 각인되었다. 하지만 오늘 다시 생각해보니 나폴레옹 역시 자신의 언어로 사물을 정의한 자신만의 사전을 갖고 있었던 것이다. 이 인물도 제대로 된 공학 교육을 받았군.

자신의 언어로 형상화되지 않은 개념을 갖고 앞으로 나갈 수는 없다. 비록 오류가 존재하더라도 스스로의 이해의 한계를 명확히 하는 작업은 내가 어디까지 알고 어디부터 모르는가를 명확히 하는 과정이다. 자신의 분수를 아는 작업, 이것은 자기 자신만의 사전을 만드는 작업이다. 결국 한 인간이 죽을 때 남는 것이며 소멸되어야 할 것은 바로 사전, 그것이다.

형태는 자신의 사전을 만들고 있었다. 나는 익숙한 손놀림으로 문서를 뒤지기 시작했다. 문헌 조사는 연구 초기 단계의 기초 작업으로 나는 이미 충분히 숙달되어 있었다. 포스트잇을 이용하여 의미 있는 부분들에 표시해가며, 형태가 개념 정리를 못하고 남겨둔 문서 목록을 작성하기 시작했다.

네피림

항목에 나열된 질문들은 대체로 의미 있는 것들이었다. 일부는 기독교에 관련된 질문들이었다. 이들 질문도 광의적으론 물리적 세계의 인식에 연관되어 있기는 하였다.

네피림이란 단어가 들어왔다. 나는 얼핏 이 단어가 인도네시아 어디쯤에 있는 원시의 숲이라고 생각했다. 흥미 있는 단어로 여겨졌다. 형태는 네피림이란 키워드 밑에 몇 가지 사실을 나열해놓고 있었다.

1. 신의 아들들이 인간의 딸들의 아름다움을 사랑하여 낳은 자식들
2. 고대의 유명한 자들
3. 거인
4. 하나님의 진노의 원인

하나님의 진노는 40일간 주야로 쏟아 부은 거대한 홍수였다. 전 지구의 생명을 소멸시키되 오직 방주를 만든 노아의 여덟 식구와 노아가 방주에 태운 짐승들 암수 한 쌍만 남겨놓았다는 이야기였다. 그리고 질문들이 이어졌다.

1. 신의 아들들은 누구일까?
2. 노아의 홍수는 신의 아들들이 그 이후 인간의 딸들을

사랑하여 자식을 낳는 메커니즘을 완전 차단했을까?

3. 그렇지 않다면 지금도 신의 아들들이 인간의 딸을 통해 낳은 자식들이 존재할까?

4. 동정녀 마리아에게서 태어난 예수는 네피림이 아닐까?

일견 이해할 수 없는 질문들이었다. 나로선 형태가 이런 쓸데없는 단어에 집착하여 질문을 나열해 놓은 것이 신기할 따름이었다. 더욱이 이 단어의 출전은 성경이고 성경에는 온갖 믿기 어려운 이야기가 나오는데 그중 하나가 노아의 홍수다.

내가 아는 홍수 설화는 성경과 다소 다른 것이었다. 바빌로니아의 전설에 '누아'라는 수메르 왕의 이야기가 나온다. 당시 수메르에는 매우 강력한 거래법이 있었다. 법에 따르면 비록 왕이라 하더라도 빚을 못 갚으면 채권자의 종이 되어야 하는 엄격한 법이다. 누아는 유프라테스 강을 따라 위아래로 옮겨 다니며 장사를 했다. 누아는 배에 물건을 많이 실어 나르면 이익이 많이 생길 것을 알았다. 그러나 그 당시 배를 건조할 수 있는 방법은 조그만 상자 같은 구조를 기름 먹인 돼지가죽으로 감싸 물이 새지 않도록 한 카누 형태였다. 누아는 큰 배를 만들기 위해 작은 카누를 여러 개 이어 붙여 큰 밑판을 만들고, 그 위를 평평하게 만든 다음, 짐을 실을 수도 있고 자신과 가족들이 쉴 수 있게 했다.

어느 날 갑자기 억수 같은 장대비가 쏟아졌다. 금세 강이 범람했다. 위험에 빠진 누아는 가까스로 가족과 함께 자신이 만든 큰 배에 올랐다. 홍수로 배는 며칠을 떠내려갔다. 어느 날 누아가 배 주위의 물을 찍어 맛을 보니 짰다. 바다까지 떠내려온 것이다. 홍수가 멎었지만 누아는 수메르로 돌아갈 수 없었다. 다시 돌아가면 비록 자신이 왕이라 하더라도 홍수 속에 떠내려가 잃어버린 물건들로 인해 졸지에 채권자의 종살이를 해야 하기 때문이다. 누아는 계속 배를 타고 이동하여, 쿠웨이트 남쪽 바레인 근처에 정착하여 가족과 살았다.

그러나 성경 속의 홍수는 온 산을 다 덮어 숨 쉬는 모든 짐승을 소멸시켰다. 한편 노아의 방주는 홍수가 멎어 수위가 내려가면서 터키와 소련의 국경 지역에 있는 아라랏산에 멈추었다고 한다. 오늘날에도 일부 고고학자들이 이 방주를 찾기 위해 노력하고 있다. 군사 지역이어서 접근이 불가능하다고 알려져 있으나 빙하에서 방주의 흔적이 발견되었다는 사진이 보도되기도 했다. 빙하는 끊임없이 흐르고, 그 흐름이 만드는 파괴력은 가공할 만하다. 빙하에 덮인 노아의 방주가 암반보다 강하다는 말인가? 나무로 만든 방주가 빙하에서 그 모양을 유지하고 산 위에 존재하기는 어렵고 아마 화석이 되었어야 할 테다. 이토록 중요한 고고학적 가치를 지닌 것을 아직도 발굴 못 하고 있다는 것도 이상하다.

전 세계적 홍수, 그리고 그 홍수의 원인을 제공한 네피림의 존재, 그리고 그들에 대한 신의 진노. 난 갑자기 형태란 녀석이 묘한 놈이란 생각이 들었다. 이런 쓸데없는 공상적 이야기에 몰두하다니. 고대의 이야기는 고대인의 과학에 대한 무지와 현상에 대한 설명을 위해 과장되고 후세에 교훈적 요소를 남겨주기 위해 추출된 것에 불과하다. 결국 신화는 수많은 현상에 대한 질문에 대해 인간의 상상력이 내놓은 답일 뿐이다. 더욱이 고대의 사건에 대한 과학적 증명은 오로지 땅속에 기록된 흔적을 통해서만 가능한 것이고, 측정 불가능하거나 반복 실험을 통한 재현성이 없다면 이미 과학의 범주를 벗어난다. 과학의 끝을 달리는 녀석이 신화의 세계 속에 살고 있다니. 속이 불편했다.

하지만 네피림, 이 단어는 이상하게 지워지지 않고 내 머릿속을 맴돌았다. 그리고 이어서 형태가 던진 질문이 마치 여러 마리 뱀이 서로의 꼬리를 물어뜯을 듯 똬리를 감으며 맴돌았다.

네피림이란 단어가 주는 신비와 생경함은 형태의 실종과 어떤 연결이 있을지도 모른다는 막연한 추측을 불러일으켰다. 정리를 위해 파일을 세워 책상에 두어 번 툭툭 치는데 종이 한 장이 툭 떨어졌다. 낙서로 보이는 어지러운 글씨와 그림이었다. 사람의 두개골과 두개골 안의 좌뇌와 우뇌의 단면도 같은 그림이다. 거기에 창조. 타락. 구속. 세 단어가 여러 번 획을 다시 그은 것처럼 진한 글씨다. 각각의 단어를 쓰고, 생각하면서 그 위에 다시 쓰고 다시 썼던 흔적이다.

밑으로 잔글씨로 여러 숫자가 어지럽게 보인다. 일부는 알아볼 수 없게 뭉개져 있다. 종이의 형태로 보아 단순한 낙서는 아니었고, 누군가에게 설명하며 남긴 흔적 같다. 설명을 하면서 종이를 서로 주고받은 듯. 흘린 커피 자국도 보인다. 사람 두뇌 모양의 그림엔 크고 작은 사각형이 어지럽게 스케치되어 있다.

좌뇌와 우뇌 사이에 빈 공간이 중앙로처럼 있고 그 양옆으로 사각형이 나열되어 있다. 마치 뇌의 형상을 모방한 어떤 단지의 설계 스케치 같다.

좌뇌와 우뇌. 건물. 난 순간적으로 이것이 대학 캠퍼스 건물이면 참 좋겠다는 생각이 스쳤다. 좌뇌는 주로 생각하고 추론하는 곳이니, 연구실과 교수 방을 만들면 좋겠군. 그렇다면 우뇌 지역은 느끼고 활동하는 공간으로 강의실이나 체육관을 만들고. 두 건물을 브릿지로 연결해 서로 소통하되 기능적으로 분리하면 좋겠다는 생각이 들었다. '만일 대학을 세운다면 이런 식으로 해도 좋겠군' 생각하니 속으로 약간의 흥분이 일었다. 앵무새와 앵무새 조련사만이 가득한 곳이 아닌 전혀 다른 대학. 세속의 가치에 영합해 조악한 칭찬에 만족하는 곳이 아닌, 우주의 진리를 추구하는 신의 전령들이 가득한 영험 어린 대학.

형태 이 녀석이 이런 것을 생각하고 있었다니. 약간의 수치감마저 느껴졌다. 한 살이라도 나이가 더 먹었다는 것, 어린 사람에게 진다는 것, 이런 것을 받아들이기엔 아직 나는 너무 젊은 나이다.

인비지블 칼리지

형태의 메모를 보던 중 문득 머리를 스치는 기억과 함께 나는 17세기의 어느 장소로 빨려 들었다. 케임브리지 근처의 저택에 가발 쓴 남자들이 웅성거리고 있다. 그 가운데 흰색 가발을 쓴 한 남자가 플라스크를 들고 붉은 액체를 따르고 있다. 순간 기포가 발생하며 약간의 불꽃이 일었다. 좌중의 남자들은 심각한 표정으로 비이커 속에서 일어나는 변화를 숨죽여 지켜보고 있다. 그중에 한 사람은 내가 익히 알고 있던 젊은이, 아이작 뉴턴이다. 그리고 보니 이 실험을 주도하는 남자는 보일이다. 이곳은 케임브리지 근처의 우수한 과학도가 비밀리에 모이는 비밀 사교 장소. 바로 인비지블 칼리지(Invisible College)이다. 이곳에서 그들은 연금술 같은 신비로운 실험을 했다. 그럼에도 충분히 위험한 모임이었다. 이런 위험은 신성한 천체에 대해 발언할 때 극도로 커졌다.

과학자로서 순교적 처형을 당한 사람 중에 브루노가 있다. 이탈리아의 브루노(Giordano Bruno, 1548~1600년 2월 17일). 그는 우주는 무한하고 태양은 수많은 별 중 하나라는 주장을 비롯한 새로운 우주관을 펼치다 이단으로 체포되어 투옥되었다. 브루노는 8년간 옥에 갇힌 채 온갖 고문을 받아야 했다. 마귀 들린 자로 취급받다 마침내 10만 명의 성난 군중의 죽이라는 외침 속에 화형대 위에 섰다. "마지막으로 기회를 주겠다. 너의 주장이 틀렸다고 고백하라"는 심문관의 단호한 요구가 내려졌다. 이미 초죽음이 된 브루노는 구차한 생의 연장보다 진리가 판가름할 미래를 그리며 자신의 주장을 거두지 않았다. 불꽃이 타올랐다. 장작이 자작자작 타올랐다. 브루노의 발길 근처에서 불꽃은 범접하면 안 될 신의 전령을 태우는 일이 얼마나 어리석은 일인지 후회하듯 잠시 망설였다. 가급적 피를 흘리지 않는 신의 자비를 최대한 베풀어 처형할 것. 불꽃은 브루노의 정강이를 타고 순식간에 가슴까지 치뻗었다. 브루노의 몸이 고통으로 뒤틀렸다. 사지가 순식간에 타오르며 불꽃의 색깔을 오렌지색으로 바꾸었다. 머리 위에선 피가 끓어 수증기가 허옇게 피어올랐다. 군중은 한 인간의 처참한 죽음을 바라보는 순간에도 죽이라고 소리를 지른다. 살이 타 없어졌다. 그의 몸이 부서지듯이 풀썩 장작더미로 흩어졌다.

향기로운 제물. 신의 전령 브루노는 예수처럼 인류를 구원할 메시아도 아니고, 연구를 다 이루었다고 말할 수도 없는 한낱 과학자였을 뿐이었다. 진리를 안다는 것은 고통스럽고 때론 위험하다. 비밀스럽고 한눈에 이해되지 않는 이상한 연구를 진행하는 일은 사제들에게는 악령에 이끌린 자들의 기괴한 행동이었다.

이런 위험천만한 시대의 한가운데 보일은 인비지블 칼리지를 세워 젊은이들을 불러 모았다. 목숨의 위협 속에서도 진리를 향해 나가는 모임. 나는 대학이 이래야 한다고 생각했다. 이것이 비지블이어야지 왜 인비지블이란 말인가. 대리석으로 치장하고 상업주의에 찌든 오늘날의 대학들은 지하철 광고판에 탤런트를 앞세워 학생 모집에 혈안이다. 진리를 추구하는 자들의 모임, 그리고 그 진리를 위해 온전히 모든 것을 희생할 신의 전령들의 모임. 형태와 나는 가끔 인비지블 칼리지에 대해 이야기를 나누곤 했었다.

Invisible. 나는 이 단어를 찾아봐야겠다고 생각했다. 파일 목록을 죽 훑었다.

I〉Implicit, Intelligent, Invisible.

Invisible이란 단어가 크게 쓰인 종이는 깨끗했다. 아무 것도 기록되지 않은 말끔한 종이. 말 그대로 인비지블이다. 난 형태가 무슨 식물 즙으로 글씨를 써 놓아 해독하지 못하게 했을 거라고까지는 생각하지 않았다. 뒷면에 깨알 같은 글씨가 있었다. 형태의 글씨는 아니었고 아주 작은 글씨로 또박또박 쓰인 것이 여자의 글씨로 보였다. 전화번호였다. 난 그 번호를 수첩에 재빨리 베껴 적었다. 그러면서 그 번호가 전에 한 번 봤던 것 같은 생각이 얼핏 스쳤다. 형태의 사진 뒤에 쓰여 있던 번호에서 간신히 알아낸 번호, 그렇다면 신현신. Invisible, 신현신, 네피림….

난 일종의 육감적 위기감을 느꼈다. 어쩌면 이 여자가 나에게 어떤 종류의 해를 가할지도 모른다는 불안감이 엄습했다. 나를 정의하는 몇 개의 단어들을 바꿀지도 모른다는 생각. 천천히 입속으로 중얼거렸다.

'헌신된 과학자. Top Notch. Single. 무신론자.'

입술을 깨물었다. 독신주의까지는 아니지만 독신을 생각한 것은 과학자가 되기로 결심한 것에 뿌리가 있다. 난 세상에 인기 있는 연구는 하지 않기로 결심했기 때문에 틀림없이 돈과는 거리가 먼 매우 추상적인 어떤 연구를 하며 일생을 보낼 생각을 했다. 그런 와중에 내가 결혼을 결정한다면 내 일생엔 현실이라는 어마어마한 쓰나미가 밀어닥친다. 그 쓰나미는 결혼이라거나 어떤 여자에게 마음이 끌린다거나 하는 일종의 마음의 지진에서 시작된다. 그러면 추상적 연구에 헌신하기 위해 쳐놓은 나의 해변 오두막은 나뭇잎처럼 흩어지고, 나는 추상적 연구를 그만두고 살아도 송장 같이 살리라. 숨은 쉬지만 본래의 나를 잃은 존재. 이는 아마 살아 있음에도 죽은 목숨이나 진배없다.

한편으로 나는 어쩌면 유신론자, 아니 매우 독실한 크리스천으로 변할지도 모른다는 불안감이 있다. 그렇게 된다면 신은 내 인생에 들어와 이것저것 간섭하며, 이것은 이렇게 저것은 저렇게 생각하도록 조종할 것이 틀림없다. 그러면 난 어디로 간단 말인가. 적어도 지금의 난 지옥으로 자신만만 뚜벅뚜벅 걸어갈 자신이 있다.

내 인생에 끼어드는 두 존재는 나를 송두리째 변화시켜 다른 사람으로 만들게 틀림없다. 그것은 나의 죽음을 의미한다. 이들은 사랑이란 단어로 내게 접근하여 부드럽게 유혹하며 나에게 온갖 의무를 던져줄 것이 틀림없다. 나비의 날갯짓처럼 부드럽게 이 모든 변화를 받아들일 자신이 내겐 없다. 그래서 난 아주 두터운 외투를 입고 산다. 감정이 없는 인간처럼, 아니 인간이 아닌 것처럼. 공부하는 놈이란 말 속에 감추어놓은 나의 자기방어 기제. 남은 3주가 빨리 지나길 바랐다. 그 사이에 내 마음에 절대로 지진이 일어나지 않기를 바라고 또 바랐다. 하지만 전화를 해야만 한다.

또 하나의 실종

코팅된 유리창은 항상 심포니 안을 저녁 8시쯤으로 만들어 창밖 사거리의 풍경을 보여준다. 신호등을 기다리는 사람들. 가방을 수색하는 전투경찰들. 한 여학생이 전투경찰에게 가방을 수색당하다 한 뭉치의 인쇄물을 빼앗겼다. 실랑이가 벌어지다 전경 둘이 여학생 팔을 잡더니 어디론가 사라졌다. 여학생이 사라진 자리에 다시 사람 하나가 서 있다. 회색 스카프에 군청색 점퍼. 작지 않은 키에 눈이 큰 여인, 신현신. 분명하다. 이문동 근처에 사는지 전화를 하고 나면 어김없이 삼십 분 뒤에 나타난다. 현신은 신호등이 푸른색으로 바뀌길 기다리고 있었다.

나는 사이폰 커피의 향과 부드럽게 타고 흐르는 수증기의 유선을 가는 눈을 뜨고 지켜보고 있었다. 쟈니스키키 중 사랑하는 나의 아버지, '오 미오 바비'가 흐른다. 죠안 서덜랜드의 목소리다. 매우 섬세하고 애절한 이 노래가 아버지에 대한 애틋한 사랑을 느끼게 한다. 오랫동안 전쟁터에서 생사를 헤매다 가까스로 살아 돌아온 아버지를 위해 부르는 딸의 간절한 사랑의 노래 같다. 하지만 사실은 아주 엄한 아버지에게 자기 남자 친구와 시내에 가 약혼반지 고르는 일을 허락해 달라는 내용이다. 안 들어주면 마을 앞개울에 몸을 던져 죽겠다는 일종의 협박이다. 자식 이기는 부모가 어디 있을까. 이런 식으로 나오는 자식을 이길 수 있는 부모가 있을까. 물론 딸의 입장에서는 곡조만큼 애절하리라.

문이 빼꼼히 열리며 현신이 들어왔다. 안팎의 명암 차이로 눈을 찌푸리며 두리번거리더니 나를 알아보고 걸어왔다.

- 자주 뵙네요. 지난번 교회에선 어땠어요? 다음에 다시 오실 생각은 없으신지.
- 전도는 사절입니다. 그나저나 자꾸 시간 내달라고 해서 죄송합니다. 뭐 드실래요?
- 저도 사이폰 커피.
- 원래 사이폰 커피 일 인분은 주문을 잘 안 받아주는데, 제가 하도 단골이어서 해주거든요.

말을 해놓고 머쓱해졌다. 쓸데없는 얘기였다. 꼭 필요한 말만 해야 하는데.

사이폰에선 김이 오르고, 아래쪽 유리병의 물이 상부로 차오른다. 재빨리 저어주자 커피 가루가 뜨거운 물에 섞이며, 젖은 커피 가루가 소복하다. 커피 향이 은은하다.

- 현신 씨. 혹시 인비지블이란 말 아세요?

순간 현신의 눈가에 스쳐가는 긴장을 놓치지 않았다. 현신이 사이폰 커피 머신을 살짝 옆으로 밀치며 아무렇지 않은 척 얘기했다.

- 음, 글쎄요.

현신이 주머니에서 담배를 꺼냈다.

– 한 대 피울게요.

호호호. 갑자기 현신이 담배 연기를 내뿜더니 큰 소리로 웃었다. 웃음소리가 무언가 가소로운 것처럼 들렸다.

– 왜 웃으시죠?
– 그 사이에 뭐 좀 알아봤나요? 일전에 말한 그 여자는 만나봤어요? 뭐라고 하던가요?

난 갑자기 그날 액티피드 한 알에 그 여자를 앞에 두고 혼절했던 기억의 창피함으로 얼굴이 붉어졌다.

– 뭐 별다른 얘기 없었습니다만… 인비지블….
– 인비지블? 뭐 안 보인다는 그런 뜻 아닌가요? 영어 단어 테스트하시는 건 아니죠?
– 그럴 리가요. 단지 그냥 물어보는 거예요.

현신이 입술을 깨물며 미소지었다.

– 그런데 현신 씨, 한 가지 더 물어볼 게 있어요.
– 뭔데요?
– 네피림.

말이 떨어지기 무섭게 현신의 눈빛이 싸늘해졌다. 난 일부러 현신을 쳐다보지 않았다. 대수롭지 않은 질문처럼 능청을 떨었다.

– 몰라요.

현신이 약속이 있다며 자리에서 일어났다. 사이폰 커피는 입도 대지 않았다.

현신의 돌연한 변화의 이유를 이해할 수 없었다. 차가운 바람을 일으키며 빠져나간 문으로 잠시 후 낯선 사내 하나가 들어왔다. 멍하니 문을 바라보던 나의 시선과 마주친 사내가 순간 흠칫하더니 내 자리를 지나쳐 뒷자리에 자리를 잡았다. 심포니를 나왔다. 수상한 느낌에 상가 모퉁이를 돌며 뒤를 확인했다. 심포니의 그 사내였다. 모든 신경을 뒤쪽에 집중한 채 골목으로 뛰었다. 막다른 길이다. 앞에 놓인 쓰레기 수거함을 딛고 담장에 붙었다. 시간이 없다. 몸을 던졌다. 떨어지는 담장 밑이 생각보다 훨씬 낮다. 중심이 무너지며 땅이 빠른 속도로 머리로 다가온다. 이러다 죽는 것이라는 생각이 들었다. 머리를 둥그렇게 말며 팔을 펼쳐 있는 힘껏 땅을 두드렸다. 그러곤 두어 바퀴를 굴렀다. 다시 일어나 달렸다.

한 아해가 무섭다 그러오. 길은 막혔소.

이상의 시구(詩句)가 떠올랐다. 사력을 다해 달렸다.

추적자는 지치지도 않는지 계속 쫓아온다. 그리 넓지 않은 담벼락 사이 공간에 다다랐다. 사람들이 안 다니는지 보도블록 사이에 잡초들이 여기저기 돋아 있다. 오도가도 못 하는 어두운 구석이었다. 불쑥 다가선 검은 점퍼의 사내가 어찌할 겨를도 없이 다짜고짜 주먹을 날렸다. 눈에 불이 일었다. 콧등이 시큰하더니 시원하다. 코피가 나오나보군. 나도 모르게 몸이 위기 상황에 맞춰 대응하기 시작했다. 사내의 연이은 주먹을 똑바로 보며 기계처럼 주먹으로 상대의 콧등을 가격했다. 오른 주먹이 아프다. 예전에 한 번 부러졌던 검지 뼈가 또 부러진 것 같다. 주먹을 모로 쥐고 장지부터 새끼손가락까지 앞으로 내어 계속 뻗었다. 사내가 코를 부여잡으며 멈칫했다. 사내의 눈자위를 향해 주먹을 뻗었다. 사내가 픽 쓰러졌다.

쓰러진 사내를 향해 구둣발로 머리를 찼다. 사내가 재게 피하더니 누운 채 큰 원을 그리듯 두 다리를 한 바퀴 돌렸다. 그 발길질에 채여 반 족장 정도 날아 엉덩방아를 찧었다. 다시 일어선 사내가 무섭게 달려들어 내 멱살을 잡고는 얼굴을 향해 주먹을 날렸다. 우지끈, 광대뼈에 충격이 왔다. 스티키 핸드(sticky hand). 난 재차 날아드는 사내의 주먹을 마주하며 손을 타원으로 펼쳤다. 팔 안쪽을 부드럽게 감싸 아래로 흘리고, 다른 손으로 사내의 목젖을 쥐어 힘껏 눌렀다. 고통스러운지 사내가 저만치 나가 떨어졌다. 나는 반동을 이어 튕겨내면서 두 손을 합친 채 약 일 인치의 순간 충격을 가했다. 심장이 멎은 사람에게 전기 충격을 주듯. 중요한 것은 임팩트다. 싸움의 과학은 상대에게 가격할 때는 접촉 시간을 최대한 짧게 하고, 공격당할 때는 최대한 접촉 시간을 길게 만드는 거다. 가장 기본적인 역학의 법칙이다. 이를 연마하는 데 수많은 시간을 들여 무술의 고수들이 탄생한다. 하지만 실전 무술은 이 두 가지 원칙을 지키면 그만이다. 자전거를 배울 때 시선을 멀리 두고 쓰러지는 쪽으로 핸들을 돌리는 두 개의 원칙을 아는 것이나 진배없다.

상대가 고통스런 표정으로 드러누웠다. 이제 도망가야지 하면서 돌아서는 순간이었다. 픽. 아뜩한 충격이 뒷골을 파고들었다. 땅이 내 앞에서 벌떡 일어섰다. 그렇게 흐릿해져가는 내 의식에 회색 스카프와 군청색 점퍼, 그리고 긴 머리카락이 새겨졌다. 그리고 동시에 들려오는 둔탁한 소리와 마지막으로 흐릿한 눈에 들어온 잿빛 보도블록.

방주를 닮은 실험실

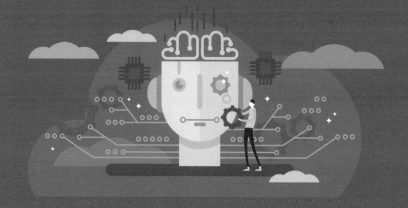

경계면

이른 새벽임에 틀림없다. 오래 잠들어 있어 그런지 잠이 안 온다. 예상대로 문은 밖에서 잠겨 있다. 방안엔 커피포트 하나와 인스턴트커피를 포함해 몇 종류의 티백이 담겨진 바구니가 있다. 차를 하나하나 꺼내 냄새를 맡았다. 얼그레이 향이 코끝을 간지른다.

커피포트에 전원을 넣었다. 낯선 방에서 물 끓는 소리가 퍼진다. 바닥에서 생긴 기포는 떠오르자마자 아직도 차가운 물을 만나 사라진다. 기포의 죽음은 이렇게 요란한 소리를 낸다. 나는 다시 작은 기포가 되어 물속을 떠도는 상상에 빠져든다.

나는 지금 커피포트 바닥에 있다. 내 몸 분자들의 일부는 열을 받아 흥분해 있지만 침착하게 냉담한 분자들도 많다. 여기저기서 흥분한 수증기 분자들이 서로 합쳐지면서 공간을 만들기 시작했다. 경계에 존재하는 물 분자는 흥분과 냉담의 두 경계를 오가며 요동친다.

기포들은 커피포트 바닥에 잔뜩 있는 작은 흠들에 붙어 있다. 그러나 "떠올라라" 하는 중력의 명령에 어느 순간 위쪽으로 날아오른다. 바닥을 떠나 하늘로 올라가는 기포는 더 이상 열을 받지 못하고 품고 있던 열조차 순식간에 잃고 물이 된다. 순간적 기포의 소멸. 순간적으로 사라진 공간이 만든 충격음이 물 끓는 소리다.

순교를 결심한 선교사들처럼 기포들이 냉정한 물 분자들 사이에 골고루 퍼져 소멸되며 이들의 온도를 올린다. 수많은 희생으로 물의 온도는 올라가고, 마침내 때가 왔다.

충분한 열이 만든 기포의 시대. 이제 더 이상 기포를 죽일 수 있는 배교자는 없다. 오직 기포의 명령에 순교자의 숫자가 늘어나고, 마침내 뎁혀진 물 분자 사이를 비집고 대기를 향해 상승한다. 이제 죽음의 아우성은 사라지고, 물 분자들이 기포를 피해 우왕좌왕한다. 온 세상이 이제 기포로 가득하다. 순교자는 더 이상 없다. 격앙된 선교사의 외침이 치열했던 좀전의 순교는 잊은 듯 열정적으로 물을 휘젓는다.

나는 컵에 뜨거운 물을 부었다. 얼그레이 티 팩이 황갈색 액체를 뿜어낸다.

새벽에 일어나 얼 그레이 티를 끓이며 즐거운 기포가 되는 상상 끝에 내가 수도사가 된 것은 아닐까 생각했다. 새벽에 잠을 깨 담배 한 대를 피운 후 블랙 티에 한 조각의 치즈로 허기를 달래고 아침 해가 돋을 때까지 일을 하는 것. 기나긴 기다림과 마지막의 황홀한 불꽃 같은 삶. 수도사보다 더 수도사 같았던 임마누엘 칸트가 떠올랐다.

난 어떤 종류의 인간인가. 난 분명 일의 노예다. 일이 많으면 밤을 새고 일이 없으면 정오까지 퍼져 자는 일의 노예. 일이 없더라도 정확히 제 시간에 일어나는 칸트는 규칙적인 사람이다. 아니 어쩜 그도 나와 똑같이 일의 노예였지만 그 일을 쪼개어 매일의 분량을 정량적으로 만들어내는 재주가 있었던 건지 모른다. 오랫동안 가정교사로 생계를 유지한 삶은 어쩜 그에게 어느날 갑자기 방대한 분량의 일이 들이닥쳐 매일의 규칙을 깨뜨리지 않게 하는 방패였을지도 모른다. 궁핍은 때론 자유를 주고 개성을 지켜준다.

하지만 나는 궁핍하지만 자유롭지 못하다. 지금 어딘지 모를 이곳에 있는 이유도 사실 형태를 찾으라는 명령 때문에 일어난 일이다. 이 일은 원하는 결과와 완수해야 할 기간이 정해져 있다. 그 요구는 남으로부터 받은 명령이다. 나 스스로 형태를 찾겠다고 나서서 일을 만들 수도 있었지만, 결국은 허락을 얻어야 한다. 그런 절차에 들어선 순간 이미 이 일은 내게 요구된 것이나 마찬가지다. 결국 다른 일들을 중지하고 원치 않는 지금의 일에 매달리는 과정 자체로 나의 계획과 리듬은 송두리째 무너졌다. 칸트라면 이 일을 어떻게 처리했을까? 새벽에 일어나 해야 할 일을 잘게 쪼개 하나하나 처리하겠지. 하지만 지금 이런 상황에서 칸트인들 별수 있으랴?

난데없이 몰려드는 상상들이 얼그레이 티의 효과라고 생각했다. 차향이 후각을 파고들었다. 시간이 정지된 듯 느껴졌다. 내 일과 시간을 빼앗긴 아까움과 형태를 찾을 수 있을지도 모른다는 일말의 희망이 롤러코스터를 탄 듯 어지러이 교차했다. 혹시 형태를 만나기라도 하면 무슨 말을 먼저 해야 할까? 여기가 어디며, 넌 왜 여기 있냐? 예전에 털어놓았던 자살 얘기는 대체 무엇이냐? 다시 돌아갈 수는 있는 거냐? 나는 이제 어떻게 되느냐?

어떻게 되느냐? 갑작스레 불안이 엄습했다. 혹시 내가 이곳을 빠져나가지 못하고 영원히 갇힌다면? 내 힘으로 이들을 당해낼 수 있을까? 지난 시간 나의 노력들은 다 어디로 갈까? 난 아직 장가도 못 갔는데. 큭, 헛웃음이 새었다. 사내아이들 열이면 아홉이 죽지 말아야 할 이유로 나오는 말. 어쩌면 이 말은 생물학적 존재로서 가장 본능적 반응일 수 있다. 한 번도 경험해보지 않았으면서 오감으로 상상하는 성적 판타지일 수 있다. 어쨌거나 둘은 떼어낼 수 없는 것이니 결국 그 말이 그 말이다.

태어나 성장하고 번식하는 일, 생물학적 본능이자 욕구이다. 자라기만 하고 번식하지 않는 생물은 멸종한다. 그렇다면 나의 유전자에 '너의 유전자를 뿌려라'라고 기록된 어떤 암호 체계가 작동하여 유전자적 본능의 대상을 항상 그리워하게 만들고 있다. 스멀스멀 피어오르는 육체적 욕망이 느껴졌다. 생명의 위협과 육체적 욕망이 동시에 목을 죄어 왔다. 벌컥 벌컥 차를 들이켰다. 뒷맛이 달다. 따뜻해진 목젖을 타고 알 수 없는 안온함이 밀려들었다. 어떻게 되겠지. 우선은 닥치는 일에만 집중하자고 되뇌었다. 다시 티백을 찾았다. 차를 너무 많이 마셨는지 오줌이 마렵다. 굳게 잠긴 문을 힘껏 두드렸다.

닥터들

멀리서 문 열리는 소리가 들렸다. 그리고 빠르게 다가오는 발걸음 소리. 발자국 소리가 방문 앞에서 끊겼다. 문이 열렸다. 나와 한차례 주먹질을 주고받았던 사내였다.

– 강민호 씨. 앞으론 책상에 있는 스위치를 누르십시오.

생각 밖으로 사내는 점잖았다.

– 화장실이 어디죠?

사내가 턱으로 복도 끝을 가리켰다. 나는 빠른 속도로 복도 끝으로 갔다. 사내가 한걸음에 나를 따라 잡을 수 있는 간격을 두고 따랐다.

– 성함이 어떻게 되나요?
– 닥터 노입니다. 다들 그렇게 부릅니다.

나는 급히 화장실로 들어갔다. 소변기를 앞에 두고 둘이 멋쩍게 섰다. 배뇨의 순간만큼은 긴장이 풀려야 한다. 난 자꾸 주먹질을 하던 사내와 지금 내 옆에 서 있는 사내가 동일인이라는 사실 때문인지 긴장을 풀 수 없었다. 사내가 먼저 지퍼를 풀더니 시원하게 오줌을 누었다. 파블로프 실험을 입증하듯 긴장이 풀리며 단번에 배뇨 욕구가 터졌다. 사내가 바지 앞섶을 추스르는 동안에도 나의 배뇨는 멈춰지질 않는다.

– 방광 사이즈가 크신가 보군요.

큭, 웃음이 새었다. 이건 내가 즐겨 쓰는 유머 중 하나인데 이런 상황에 이 말을 듣다니. 수업을 마치고 화장실에 가면 항상 우리 방광 사이즈가 비슷한가 보다, 이런 농담을 형태와 종헌에게 하곤 했었다.

– 당신도 저와 같은 상황이라면 이럴 수밖에 없을 겁니다.

난 약간 짜증 섞인 목소리로 말했다.

– 너무 긴장하지 마세요. 저도 똑같은 사람이니까요. 그리고
   그날은 미안했습니다. 저도 뭐 그렇게까지 할 생각은 없었
   는데, 워낙 잘 달아나셨고 상당히 위협적이셨습니다. 말로는
   도저히 안 될 것 같아 그랬지요.
– 앞으로는 말로 하세요. 나도 화나면 조금은 사나워지는 종
   자입니다. 닥터 노.

그 와중에도 눈치껏 화장실 주위를 살폈다. 혹시라도 탈출 가능성이 있을까 하는 궁리였다. 창문이 없이 탄탄한 벽으로 둘러싸여 있었다. 대리석 타일이 부드러운 질감을 자랑하며 할로겐 불빛에 고급스런 분위기를 자아냈다.

－ 오늘 아침 식사는 어제 만나셨던 분과 같이 하십니다. 저도 참석하고요. 그전에 저의 보스를 만나셔야 합니다. 따라오시죠.

닥터 노는 내가 말을 걸 틈조차 주지 않고 앞서 걸어갔다. 놓치기라도 하면 미아라도 될 것처럼 바짝 붙어 그의 뒤를 따랐다. 건물은 익숙지 않은 구조였다. 같은 모양의 기하 구조가 반복되어 주의를 기울여도 도저히 방을 찾아갈 수가 없을 거라 생각했다.

－ 닥터 노.
－ 왜 그러시죠?
－ 길이 복잡하고 구조가 비슷비슷해 혼자서는 길을 찾을 수 없을 것 같습니다.
－ 후후후. 민호 씨 처지에선 그럴 수밖에. 우린 절대로 당신을 놓칠 일 없습니다.

난 침묵했다. 왜 그러냐고 묻고 싶은 마음이 굴뚝같았다. 하지만 얼핏 실소하듯 내뱉는 소리와 나를 무시하는 태도, 그리고 건물 구조가 주는 압박감이 나를 압도했다. 완전한 포로. 쇠사슬도 수갑도 없이 난 이 공간에서 이 친구의 보조 없이는 어떠한 행동도 할 수 없는 존재다. 그래. 그렇다면 이제 영화 한 편을 관람하는 셈치고 우선 관찰에 집중하자. 알려고 하지 말고 그냥 상황에 집중하자. 그러다 보면 무슨 수가 생길지 모를 일. 속으로 중얼거리며 닥터 노를 묵묵히 따랐다.

방문 앞에 검정 바탕의 아크릴에 흰색 글씨로 이름이 새겨진 명패가 있었다. Dr. KO. 소리 없이 문이 열렸다. 방안은 마치 중세시대 어느 과학자의 연구실처럼 고풍스럽다. 오래 사용해 손잡이가 반질반질 윤이 나는 삼공 바인딩 펀처가 눈에 들어왔다. 그리고 아주 오래된 구식 레밍턴 타자기…. 이런 것들을 가지고 무슨 일을 한단 말인가.

반원형 책상이 묵직하게 자리를 차지하고 있었다. 그 뒤로 나이를 가늠하기 힘든 사내가 앉아 있었다. 둥근 안경테의 사내의 얼굴에 알 수 없는 자신감이 배어 있다.

– 방문을 환영합니다.

닥터 코가 고개를 숙여 인사했다. 나도 엉거주춤 인사를 했다.

– 민호 씨, 아주 흥미로운 인물이더군요. 형태와 비슷하지요. 아직 박사 과정에 있긴 하지만 당신의 연구 능력을 충분히 알 수 있더군요. 물론 얼마든지 지금보다 더 훌륭한 연구를 할 수 있는 사람이란 사실도 알고 있습니다.

나보다 더 나를 잘 아는 것 같은 그의 말에 기분이 상했다.

— 어떻게 그리 잘 아시죠? 저는 지금 이후 어떠한 연구도 하지
않을 수 있습니다.
— 오, 프리 윌!

닥터 코가 내 말이 재밌는 듯 유쾌하게 말을 이었다.

— 당신은 벌써 우리 세계의 코드를 알고 있군요. 그렇지요, 자
유 의지. 그것은 우리의 오랜 연구 주제 중 하나입니다. 자,
식사하러 갑시다.

닥터 코가 벌떡 일어나 앞장섰다. 복도 끝을 걸어가는 중에
도 도무지 창문 같은 것은 보이지 않았다. 닥터 코가 물었다.

— 민호 씨 자유란 게 존재한다고 봅니까?
— 글쎄요. 그런 건 생각해본 적 없습니다. 적어도 지금의 저는
자유가 없고, 그런 주제는 생각할 필요도 없는 것 아닌가요?
— 왜 그렇지요?
— 우리 같이 물질세계를 탐구하는 사람에게 인간의 가치나 이
념은 탐구 대상이 아니라고 생각합니다.
— 하지만 민호 씨 자신은 인간이지 않습니까?
— 그래서 저는 애써 저에게 존재하는 인간이란 특성을 인정하
지 않습니다.

– 어떻게 그럴 수 있지요?

– 저는 그러니까. 인간들이 보편적으로 하는 일들을 하지 않으며 살려고 애씁니다.

– 이를테면?

– 연애랄지….

갑자기 대답이 궁해졌다.

– 자연스럽게 자유를 얻을 방법이 있습니다.

닥터 코가 나에게 일종의 흥미를 유발시키는 듯 선문답을 이어갔다. 자유 따위가 뭐란 말이며, 언제 나에게 자유가 있었단 말인가. 남들이 강제하는 속박을 벗어나도 내 안에 존재하는 나란 놈은 매일 나를 감금하고 속박하는데. 하루에 내가 하는 말들의 80퍼센트 이상은 자신에게 하는 혼잣말이다. 그럴 때마다 혼잣말하는 놈이 나에게 이래라 저래라 얼마나 윽박지르던가. 닥터 코가 낮은 소리로 말을 이었다.

– 죽고 나면 자유스러워지겠지요.

– 무슨 의미가 있을까요? 죽은 자의 자유가.

– 진리를 아십니까?

이런, 내가 가장 혐오하는 단어, 진리. 난 이 단어를 늘 지렁이와 동일하다고 생각했었다. 진리. 지렁이.

- 진리요? 징그러운 것이지요.

　나의 의외의 답변에 말문이 막혔는지 닥터 코가 입을 다물었다.

합류

　식당 문이 열렸다. 천장이 높은 홀에 이미 여러 사람들이 자리를 잡고 앉아 있었다. 거기에 형태와 현신이 있었다. 형태와 현신이 나를 향해 반갑게 인사했다. 하지만 여기의 분위기와 돌아가는 상황을 좀체 파악하지 못한 나로서는 어색하게 손을 뻗어 그냥 나도 너 알아, 하는 정도의 표시밖에 할 수 없었다.

　현신이 일어나 다가오더니 갑자기 내 팔짱을 끼고 자기 옆자리로 끌고 갔다. 얘기치 않은 어색한 상황이 당황스러웠다. 형태가 소리 없이 웃었다. 형도 여자가 팔짱을 끼니 얼굴이 빨개지네, 하고 조소하는 듯했다. 심포니였다면 벌써 옆구리로 주먹한 방이 날아갔을 터였다. 어색한 걸음으로 테이블로 다가가 앉았다. 보글보글 순두부찌개가 끓고 있다. 연한 순두부와 모시조개가 붉은 고추장 국물에 끓고 있다. 작은 뚝배기가 앙증맞다. 그 옆엔 흰색 날계란이 놓여 있다.

- 식사합시다.

머리가 하얗게 센 노인이 말했다. 숟가락을 들다가 말고 잠시 민망하게 기다렸다. 모두 고개를 숙이고 뭐라고 중얼거리고 있었다. 기도를 하는 모양이군. 그들이 기도하는 동안 나는 접시에 놓인 날계란을 물끄러미 쳐다보았다.

닭은 왜 저렇게 큰 난자를 갖고 있을까? 대부분이 영양소라면 난자의 실제 크기는 얼마나 할까? 포유류의 난자는 현미경으로 들여다봐야 보이는데…. 갑자기 계란을 먹어서는 안 될 것 같았다.

형태가 계란을 탁자에 톡톡 치더니, 두 손으로 껍질을 깨고 순두부찌개에 넣었다.

닥터 코가 계란을 탁 테이블에 모서리에 탁 치더니 한 손으로 정확히 순두부찌개에 떨구었다.

— 박사님, 재주가 좋으시네요.

형태가 웃으면서 한마디 했다. 그 정도야 텔레비전 요리 프로그램에 나오는 쉐프들이 날렵한 동작으로 늘 보여주던 것인데.

— 왜, 음식이 마음에 안 드나 보죠? 민호 씨.

닥터 노가 나직한 목소리로 말했다.

— 순두부가 싫으면 다른 것으로 하세요.
— 그래도 될까요? 혹시 된장찌개가 된다면 그걸로 먹었으면 합니다.

음식 타박하는 어린아이 같은 생각에 쑥스러움이 없지는 않았으나 지금 생각으로는 계란이 든 음식을 도저히 먹을 자신이 없었다. 현신은 내가 음식 타박하는 꼴이 우스운지 손으로 입을 가리고 킥킥거렸다. 백발의 노인이 나를 빤히 쳐다보며 말했다.

- 계란을 싫어하나보군.
- 좋아하진 않습니다. 기하학적 모양이 아름답다는 생각이 들다가도 뜬금없이 그 본질이 떠오르면 도저히….
- 매우 불교적이군.
- 글쎄요, 전 고기는 먹습니다.

순간, 나는 이 백발노인이 비탈리에서 액티피드를 먹고 쓰러져서 꾸었던 꿈에서 나의 생각을 꿰뚫던 바로 그 사람이 아닌가 하는 착각에 빠졌다.

- 도대체 여긴 어디죠? 그리고 다들 무엇을 하시는 겁니까?

난 여전히 긴장을 풀지 못한 채 물었다.

- 천천히 얘기 하세. 우선 식사를 하고 실험실을 보여줄 테니.

노인이 밥을 꿀떡 넘기며 말했다. 반쯤 벗겨진 흰 머리와 둥그런 이마, 늘씬하게 사선을 그어 내려온 콧등은 젊은 시절 뭇여성의 마음을 설레게 했으리란 추측을 가능케 했다. 조용한 카리스마가 노인에게서 뿜어져 나왔다. 이미 모든 것을 꿰뚫고 있는 듯 그의 두 눈은 예지로 빛났다.

식사를 마치고 모든 사람이 차를 한 잔씩 들었다. 아무도 말이 없다. 내가 한 말과 실험실을 둘러보자는 노인의 제안이 모두를 긴장하게 만든 이유인 듯했다. 이렇게 빨리 모든 것을 털어놓으리라고는 나도 예측하지 못했지만, 어쨌든 나에게 자신들의 일에 합류하라고 강요하는 무언의 압박이 느껴졌다.

우리는 식당을 나와 실험실로 향했다. 알 수 없는 기호들로 가득한 문패가 달린 방을 여러 개 지나 무거운 철문 앞에 섰다. 노인이 얼굴을 들이대자 문이 소리 없이 열렸다. 실험실 천장이 매우 높았다. 중앙에 거대한 원통형 탱크가 위압적으로 서 있다. 고압인지 고진공인지 매우 정교한 밀폐 기술이 고려된 설계다. 비주얼 윈도우와 계측기가 삽입된 홀이 실험실 곳곳에 보인다. 계측기로부터 수많은 신호 처리용 전선이 복잡하게 중앙처리장치를 향했다.

비교적 익숙한 풍경이었지만, 한국에 이 정도의 실험실이 내가 모르는 곳에 있다는 사실에 약간 흥분됐다. 무언가 대단한 결과라도 튕겨 나올 만한 분위기. 노인이 앞장서 나를 인도했다. 중앙 홀을 지나 조그만 문을 지나자 다시 아까와 같은 규모의 널찍한 실험실이 나타났다. 넓은 홀 중앙에 거대한 배 한 척이 서 있다. 일견하기로는 길쭉한 박스 모양이다.

– 해양 연구를 하시나 보군요. 그런데 배의 모습이 특수한 목적을 같고 건조된 것 같지는 않습니다.

- 잘 보았네. 이 배를 처음 본 소감을 말해 주겠나.
- 글쎄요. 제가 볼 때 화물선의 일종으로 보입니다만. 전투를 위한 구축함 같은 배는 훨씬 폭이 좁지요. 강력한 추진 엔진도 있어야 하고. 그래야 파도에 맞서 안정성을 확보하지요. 이 배는 어디에도 스크류가 보이지 않습니다. 미스터리군요. 이 정도의 큰 배가 이동을 위한 장치가 없다니요. 배를 흉내 낸 창고 같다는 생각이 드네요.

배를 흉내 낸 창고, 갑자기 머리를 스치는 하나의 그림에 헉하니 말문이 닫혔다. 설마 형태의 노트에 있었던 노아의 방주. 그렇다면 이들은 이와 관련된 어떤 연구를 추진하고 있단 말이다. 갑자기 한껏 부푼 호기심에 앞뒤 재지 않고 질문을 던졌다.

- 이거 혹시 성경에 나오는 노아의 방주….

노인이 환히 웃으며 말을 이었다.

- 잘 맞추었네. 노아의 방주에 대하여 좀 아는가? 성경은 읽어봤나? 교회를 다니지는 않은 것으로 알고 있는데.
- 다 아시면서 왜 물으시죠? 저를 이곳에 데리고 올 때, 아니 저를 선택했을 때 이미 저에 대한 일상적 정보는 다 확인하였을 터.

노인이 빙그레 웃었다.

– 그런데 왜 이런 신화 따위를 연구하는 거죠?

난 갑자기 메소포타미아의 홍수 설화와 누아 일족의 방황을 얘기하고 싶었다. 그때 방주 중앙이 마치 괴물이 입을 벌리듯 천천히 열렸다.

혁명을 이끈 사람들

방주 안은 긴 복도와 많은 방으로 이루어져 있었다. 방마다 큰 유리문이 있어 안이 다 들여다보였다. 일부의 방에는 자연사 박물관에서나 볼 수 있음직한 오래되어 보이는 실험 기기들이 있었다.

– 옛날 실험 장치들이군요.
– 그렇다네. 이 방주는 인류 과학의 진보를 차례로 보이기 위한 것이네. 일종의 전시 공간이지. 하지만 단순한 전시는 아니지. 방주의 각방은 인류의 호기심과 고민을 연결하는 통로인 셈이니.
– 그렇다면 방주가 인류 진보의 상징이란 말씀이십니까? 제가 알기로는 방주는 신의 진노로부터 인류를 구원하기 위한 도구였는데.
– 과거에는 그랬다지만, 방주는 아직도 살아 있다네. 여전히 구원이란 상징성을 갖고 있다는 의미지.

- 지금 누구도 배를 인류 구원의 상징이라고 여기지는 않습니다. 기독교인들은 십자가를 구원의 상징처럼 생각하는 것 같던데요?
- 아하! 그렇지 십자가는 구원의 상징이지. 하지만 그 십자가에 달린 사람이 누군지 아는가?
- 예수죠. 그 정도는 저도 알고 있죠.
- 그렇다면 예수가 언제 어디서 어떻게 태어났는지도 알겠구먼.
- 정확하다고야 할 수 없지만, 모든 사람이 알고 있듯이 말구유에서 태어났다고 하는 정도….

말구유. 노인은 내 답을 우물우물 되씹더니 입을 다물었다.

- 말구유라. 이것을 물에 띄우면 어떻게 될까? 작은 배가 되어 둥둥 뜰 텐데…. 그것이야말로 노 없는 작은 방주라는 생각이 들지 않는가?
- …….
- 이제 알겠는가?

노인은 마치 내 머릿속에 들어앉아 생각의 회로를 훤히 꿰뚫어 사고의 모든 과정을 알고 있는 것처럼 물었다.

- Before and after….

노인이 나직이 말하며 걸음을 옮겼다.

– 방주 이전과 이후는 많이 다르다네. 방주 이전에 육지는 모두 하나의 거대한 섬이었지. 거대한 홍수가 땅의 샘을 터뜨려 섬을 갈기갈기 찢었지. 그렇게 대륙의 덩어리가 흩어지게 된 걸세….
– 그걸 어떻게 알지요?
– 하하하. 자네에겐 아직 이를 믿을 만한 어떠한 정보도 없을 걸세. 교과서는 아무 의미가 없다네. 우리에겐….

노인이 발길을 멈춘 곳은 1600년대 유럽의 실험실을 재현한 방이었다. 벽에 그림이 있었다. 험상궂은 혜성이 길게 꼬리를 드리운 채 밤하늘을 날고, 길거리엔 죽은 사람들을 태우고 있다. 죽음의 연기가 천지를 자욱하게 뒤덮고 있는 그림이었다. 책상 위엔 갈릴레이의 망원경과 뉴턴이 만든 반사식 망원경이 가지런히 자리하고 있었다. 그 옆으로 금속활자 인쇄기와 그것으로 찍은 첫 성경책이 밝은 불빛 아래 모습을 드러내고 있었다.

– 혁명이야….

노인이 그림을 보며 나지막이 읊조렸다.

– 유럽 인구의 반이 죽어간 이 시대는 어쩌면 노아의 홍수 때와 같은 절망의 시기였지. 하지만 이 시기는 새로운 시대를

예고하는 시대였다네. 저 혜성의 이름이 무엇인지 아는가?

– 글쎄….

– 핼리 혜성이야. 핼리는 당시의 영국 왕립천문대장이었지. 매일 밤하늘에 나타나는 거대한 혜성은 계시록에 나온 마지막 불의 심판의 징조로 받아들여지고 있었지. 페스트는 무차별적으로 사람들을 죽이고 있었고. 결국 계시록의 종말의 때가 바로 이때가 아닌가, 모두 그렇게 생각할 수밖에 없는 시대였지. 뉴턴은 종말의 시기에 대한 관심이 많았어. 성경을 탐독하며 오랫동안 성경의 연대기 연구에 시간을 쏟았다네. 물론 그가 사과는 떨어지는데 달은 왜 안 떨어지는가에 대한 연구와 그 답을 내놓은 일은 그보다 훨씬 전의 일이지.

– 그렇다면 뉴턴은 혜성이 지구에 떨어지지 않을 것이라는 사실을 미리 알고 있었겠지요. 그리고 당시가 종말의 시기가 아니라는 것도….

– 맞네. 하지만 뉴턴은 일체 입을 다물었지. 함부로 말했다가는 어떤 봉변을 당할지 몰랐기 때문이지. 뉴턴은 왕실이나 교황청 모두 지금이 종말의 시기가 아니길 바라고 있다는 사실을 가까스로 알게 되었지.

– 어떻게 알게 되었지요?

– 바로 핼리를 통해서일세. 사실 핼리는 혜성이 지구에 부딪치지 않는다는 것을 입증해달라는 교황청과 영국 왕실의 주문을 받았던 걸세. 주문의 이면에 일종의 희망 사항이 담겨 있었던 거지. 당장 지구 종말이 오기를 바라는 것이 신앙적일

수 있었겠지만, 신앙으로 배부른 자들에겐 지구가 천국이었을 터…. 핼리는 자기 실력으론 도저히 혜성의 궤도를 맞출 수 없었지. 그래서 뉴턴에게 고민을 털어놓은 거야. 뉴턴은 물론 일찌감치 이 문제를 풀었다고 얘기했네. 핼리는 뉴턴의 연구 결과가 교황청과 왕실로부터 신뢰를 얻기 위해서는 우선 뉴턴의 업적을 공인받는 게 중요하다고 판단했어. 그래서 뉴턴을 격려하여《프린키피아》를 먼저 출판하도록 한 거지. 아마 이런 계기가 없었다면 만유인력이 발표되기까지 또 얼마의 시간이 지났어야 했을 테지. 천국을 침노하는 다른 존재가 나타날 때까지 말일세.

- 뉴턴, 만유인력, 다 익숙하고 아는 개념이라 생각했는데, 그 말씀을 들으니 또 다른 신비의 세계에 들어선 기분이군요.
- 뉴턴의 사과는 신의 영역을 침노한 표식일세. 에덴동산의 선악과처럼….
- 더 큰 변화는 바로 이 인쇄기일세. 이것이야말로 기술의 혁명이지. 지식을 기계적으로 살포할 체계를 갖추었으니. 바로 미디어의 혁명. 페스트가 남긴 것은 수많은 사람의 시체뿐 아니라 그들이 사용하던 옷가지, 그리고 소유물들이었지. 이 중 옷가지 등은 모두 펄프로 만들어 종이를 대량으로 만들어냈지. 거기에 인쇄를 하게 되었으니 지식이 순식간에 유럽 전역으로 퍼져나갈 수밖에. 이 시대는 살육의 시대일 뿐 아니라 혁명의 시대이기도 했어. 오늘날 디지털이란 개념이 또 다시 미디어 혁명을 일으키고 있네만, 그 질적 충격에 있어

서는 당시의 사고의 혁명에 필적하지는 못할 걸세.
- 아주 재미있는 과학사 강의였습니다.

　과장된 박수라도 쳐주고 싶었다. 노인이 서서히 발걸음을 옮겼다. 연금술과 관련한 여러 실험실과 그림들이 진열된 방들을 지나 환하게 불이 밝혀진 방에 다다랐다. 방에는 팽팽하게 부풀린 돛을 세운 배가 있었다. 그 옆에 풍부한 수염의 노인이 앉아 있었다. 살아 있어 마치 말이라도 건넬 듯한 노인. 찰스 다윈이었다.

- 아, 여긴 진화론과 생물학에서의 진보를 드러낸 방이군요.
- 그렇다네. 비글호로 탐험하던 다윈은 갈라파고스 군도에서 다양한 핀치새 부리의 모양과 대륙에서 볼 수 없던 이구아나의 다양한 변종을 보고 생물의 기원에 대한 색다른 생각을 했지. 진화라는 개념을 주장한 다윈은 기독교도들에게 종종 원숭이로 매도당하기도 했어.
- 전 뭐, 그 문제에 대해 그리 진지하게 생각한 적은 없습니다. 지금 살아가는 인류가 중요하고, 지금보다 더 나은 상태로 변화해 간다면 좋은 일 아니겠습니까.
- 그게 그렇게 간단치 않다네. 이 부분은 기독교의 교리상 매우 중요한 자리를 차지해서…. 이 문제에 대해 함부로 말했다가는 바로 배교자로 몰리지. 중세시대였다면 아마도 불쏘시개가 되었을 걸세.

– 다윈이 진화론을 주장하기는 매우 어려웠겠습니다. 뉴턴에게는 핼리라는 조력자가 있었지만 말이죠.

– 다윈에겐 헉슬리가 있었다네. 이 열정적이면서 수다쟁이인 헉슬리는 이미 종교적 신념이 과학적 사실을 은폐할 수 없다는 신념에 찬 인물이었지. 그리고 당시에는 이미 물리학과 수학의 정교함이 매우 큰 진보를 이룬 상황이었지. 그래서 과학이 함부로 폄훼되는 시점은 아니었어. 다만 생물학에서만큼은 그 많은 변종과 해석에 대한 다양한 가능성 때문에 신앙적 기준이 여전히 중요하게 자리를 차지하고는 있었지. 불행인지 다행인지 수많은 공개 토론의 장에서 오리너구리부터 온갖 화석을 동원하여 토론에 임한 헉슬리가 근엄하게 성경 구절을 주창하는 성직자들을 물리쳤네. 하지만 다윈은 정말 본받을 학자임에 틀림없지.

– 왜 그렇게 생각하시죠?

– 종의 기원을 읽어봤나?

– 아니요. 그 내용은 이미 옛 지식이 되었잖습니까?

– 정리된 지식은 의미가 없다네. 중요한 것은 지식을 발견한 바로 그 인간이야. 그 발견의 자리, 발견의 순간에 존재한 그 인간 말이지.

노인은 나의 말을 언짢게 느꼈는지 목소리를 높였다.

– 인류의 문제는 항상 존재했고, 그 발견의 순간과 장소는 신

이 결정한다네. 그래서 책을 읽고 지식을 암기한 자들에겐 절대로 하늘의 신비를 알려주지 않지. 바로 그 자리, 그 순간을 찾은 자에게 신은 위대한 연관을 맺어주는 걸세. 그렇게 확인한 진리가 때로는 자신에게 일생일대의 고통을 불러일으키기도 하지. 브루노가 그랬고 갈릴레오가 그랬지. 자네 갈릴레오가 종교 재판을 당한 후 무엇으로 삶을 연명했는지 아나?

— 무슨 일이죠?

— 단테의 신곡에 나오는 지옥의 지도를 그려 팔아먹고 살았다네. 뉴턴의 단 한 명의 제자는 스승처럼 과묵하지 않아 마침내 런던의 공중목욕탕에서 때밀이를 하며 최후를 보냈고.

— 이런, 너무 비극적입니다.

— 다윈의 위대한 점은 종의 기원을 읽어보면 알 수 있어. 자기 이론이 틀릴 수 있는 가능성에 대해 전체 책 분량의 반이나 할애하여 나열했지. 오늘날 다윈을 공격하는 사람들 논리의 대부분이 그가 적어놓은 문제점을 재 언급하는 수준에서 나아가지 못한다는 것은 매우 흥미로운 지점이지.

허상과 실재

역사적으로 치열했던 과학과 신학의 충돌은 다양하게 있어 왔고 여러 문헌에 기록되어 있다. 신학은 항상 인간 사회의 기본을 정의하는 데 간여했으므로 권위를 갖는다. 이런 권위는 종종 새로운 생각을 갖는 사람들에 대한 핍박을 통해 유지되었다. 그를 위한 가장 편리한 수단이 이단 재판이다. 이단으로 판정되면 그 대상은 인간이 아니라 사탄의 대리인이기 때문에 무자비한 폭력이 행사되어도 무방했다.

이런 일은 종종 도덕적 형식과 현실에서의 차이를 만들기도 했다. 빅토리아 여왕 시대에 근엄하고 거룩한 여왕은 일찍 여읜 남편을 추모하며 수절했고, 영국은 국교인 성공회가 펼치는 도덕의식에 지배되었다. 금주령이 내려졌다. 자살한 목사의 모든 재산은 몰수되고 시신은 교회 묘지에 안장하지도 못하게 했다. 자살은 신의 소유인 생명을 스스로 다룬 가장 큰 범죄이기 때문이었다. 그러나 밤이 되면 수많은 영국인들은 펍과 클럽에서 이단적 사고를 토론하며 교회로부터 멀어져 갔다.

중세에서 르네상스로 넘어가는 과정이나 빅토리아 시대의 끝을 생각하면 결국 종교적 권위에 가장 강력하게 대항한 것은 과학 기술들이었다. 과학 기술에 의해 결국 시대는 바뀌었다.

사회를 지배하는 종교적 권위라는 것이 다 뭐란 말인가. 과학적 사실이면 족한 것 아닌가. 다른 사람이 동일한 실험을 해도 동일한 결과를 얻을 수 있는 예외 없는 법칙, 그것으로 족한 것 아닌가. 그런데 왜 이 사람들은 세상에 드러내지 않을 법한 이런 비밀스런 연구실에 아이러니한 전시 공간을 만들어 놓고 있단 말인가. 혹시 이 연구실 전체가 방주가 아닐까, 그렇다면 이제 지구 멸망을 준비하고 있다는 의미인가.

몰려드는 불안감에 다리의 힘이 풀린 건지 발을 헛디뎠다.

− 무슨 생각을 하고 있나?

노인이 웃으며 물었다.

− 과학자들이 왜 성경 주변을 헤매고 있는지 모르겠습니다. 우
주를 여행하는 시대에 성경의 신화는 의미가 없다고 봅니다.
신화란 과학이 답해줄 수 없었던 시기에 인간들이 품은 질
문에 답하기 위해 만들어진 교훈적 이야기에 불과한 것을.
− 신이 실재해도 그럴까?

노인이 정색을 하며 물었다.

− 신이 실재한다면, 그리고 신화가 사실이라면 물론 얘기는 달
라지겠지요. 하지만 인간의 창의성은 신을 창조할 충분한 능
력을 가지고 있는 게 사실입니다. 일본의 신사에만 가보십시
오. 수백만 신을 창조해 놓고 받들지 않습니까?
− 그렇지 인간이 신을 창조할 수 있지. 하지만 인간이 창조한
신은 허상에 불과해. 실재할 수는 없는 존재란 얘기야. 가공
의 신을 창조하고 그 가공을 설명하기 위해 형상을 시각화
해 받들어. 그것이 바로 우상이야. 그리고는 그렇게 만들어
진 신의 계시를 전하는 예언자를 또 만들어내지. 그게 바로
무당이지. 인간이 가공한 신은 반드시 우상과 무당과 함께

존재한다네.

– 그런데 우상을 만들지 못하게 한 신이 있네.

– 그렇습니까? 괴팍한 신이군요. 자기를 제대로 드러내 보일 도구일 텐데.

– 아니지. 난 너희 인간들이 상상으로 지어낸 가공의 신이 아니라 실재한다는 사실을 알게 해줄 좋은 방식이자 신호지.

– 그렇게 실재하는 신이 누구란 말입니까?

– 바로 성경에서 말하는 야훼이지….

노인이 눈을 감고 무언가를 조용히 중얼거렸다. 나는 딱히 할 말을 잊은 듯 조용히 서 있었다. 원래 신의 존재 따위에 대한 논쟁은 소싯적이나 했던 일, 나이 들어 그러한 논쟁에 직면하는 경우 다만 당신의 의견을 존중한다는 일종의 에티켓을 가지고 대할 뿐 논쟁 자체를 외면했었다. 더욱이 이렇게 나이 많은 노인이 정색하며 신의 존재를 설파하는데 무슨 말이 필요하겠는가.

옆방에는 흔히 보아왔던 양자역학 태동기의 과학자들이 전시되어 있었다. 프랑크, 보어, 아인슈타인, 하이젠베르그, 슈뢰딩거 등등이 당대의 복장으로 포즈를 취하고 있었다. 여느 대학의 물리학과 강당이나 회의실에 걸려 있는 얼굴들.

– 친숙한 얼굴들이군요.

어색한 침묵을 깨며 말했다.

- 그렇지….

노인이 감동스런 표정으로 그들을 바라보았다.

- 이렇게 지금 시대에 이르렀군요.
- 그렇다네. 미래는 저 방 안에 있지. 하지만 지금 보여줄 수는 없다네.

하하하, 나는 큰 소리로 웃고 말았다.

- 보나마나 텅 빈 방일 텐데요.
- 과연 그럴까?

노인이 싱긋 웃었다.

- 타임머신이라도 만드셨나요?

갑자기 지적으로 보였던 노인이 스필버그의 영화 빽 투더 퓨처의 그 정신 사납고 광적인 백발노인 과학자에 겹쳐지며 무척이나 안 어울린다고 생각했다. 무엇보다 이 노인은 키가 너무 작다. 노인은 말하는 내내 내 얼굴을 올려다보지 않으며 자신의 키에 시선을 맞추었다.

- 코젤리티(causality)에 문제가 생깁니다. 그럼 대혼란이 발생하겠지요. 우리의 자유 의지가 너무나 박약해지겠군요.

나는 그저 그런 일이 없기를 바란다는 태도로 중얼거렸다.

– 자네 말이 맞네. 그래서 지금이 중요한 거야. 지금 무엇을 하고 있는지. 미래를 알고 준비하는 자와 그냥 하루하루를 살아가는 자의 차이일세, 젊은이.
– 미래를 알고 준비하는 자는 존재할 수 없습니다. 미래는 이리저리 될 거라고 자신의 주장을 펴는 자가 있을 뿐. 이런 자들이야말로 다른 사람들의 인생을 피곤하게 합니다.
– 그것은 진짜 미래의 모습을 모르는 사람들에게나 해당하는 소리일세.
– 그렇다면 미래를 아십니까? 어떻게 알게 되죠? 알아서 무엇을 하나요? 그 미래가 과연 오늘 하루하루를 살아가는 사람들이 바라는 내일일까요?

나도 모르게 소리가 커졌다.

– 쉿, 조용히 하게.

노인이 발을 멈춘 방에 작은 플라스크가 있었다. 검은 액체가 담긴 플라스크 안에 좁쌀보다 작은 불빛이 주기적으로 깜빡거리고 있었다.

– 잘 자라고 있군.
– 이게 뭐죠?

─ 빛이 있으라, 하심에 빛이 있었고….

노인이 눈을 들어 천장을 바라보며 외쳤다.

─ 지금 이 플라스크 안에선 소리가 빛으로 변하고 있다네.

버블, 그리고 카오스의 죽음

플라스크에는 동전 크기만 한 세라믹 물체가 붙어 있었다. 양측에 붙어 있는 세라믹은 전기 신호를 받아 미세하게 진동하며 플라스크 안으로 소리를 발사하고 있었다. 그 안에 유령처럼 반짝이는 조그만 불꽃이 어떤 존재의 신비로움을 암시하는 듯했다.

노인이 플라스크를 주시하며 입을 열었다.

─ 오늘 우리의 세계는 이러한 조그만 점에서 출발했다네. 시간과 공간이 아무런 의미를 갖지 않는 불확정의 상태. 단지 주고받고 섞이고 엉켜 분리할 수 없는 초기 우주의 상태는 카오스의 신이 지배한 시기였겠지. 카오스 상태가 전 우주로 확산되어 나갔지만 희미했다네.

─ 빅뱅을 말씀하시려는 거군요.

습관적으로 나는 눈을 감고 원시 우주의 탄생을 상상했다.

혼돈의 우주 한 지점을 지탱하던 에너지 포텐셜 벽에 요동이 생겼다. 요동은 벽에 가해진 음성 때문이었다. 벽이 조용히 진동하더니 갑자기 무너져 내린다. 간신히 옛 원형의 모습을 중앙 홀에 탑처럼 만들며 포텐셜의 광장은 연극의 무대가 바뀌듯 주저앉는다. 텅 빈 포텐셜의 광장에 감미롭고 황홀한 에너지가 탄생한다. 에너지가 영혼처럼 형체 없이 훨훨 날아오른다. 감미로운 음악처럼 진동하며 포텐셜의 광장에 충만한 에너지는 바로 빛이다. 빛의 탄생은 거룩한 음성의 울림이 만들어 냈다.

플라스크 안의 점과 같이 작았던 우주는 막대한 에너지의 유입을 견디지 못해 팽창하기 시작한다. 시간과 공간이 빛의 춤과 노래 속에 만들어진다.

– 스페이스와 타임. 이것을 무어라 규정하는가?
– 그야 뭐, 운동이 일어나는 이벤트를 정의하는 기준이죠.

대수롭지 않은 척 답했다. 철학자 칸트가 과학자들의 핵심적 요소인 시간, 공간, 질량을 선험적 인식의 대표적인 항목으로 다룬 것을 별로 좋아하지 않았다. 내 자신이 오롯한 과학자이길 바랐기 때문이다.

과학자가 철학적으로 변하면 마치 어깨에 잔뜩 힘이 들어간 야구 선수의 헛방망이질처럼 연구가 망가져가는 것을 수도 없이 봤기 때문이다. 철학에 빠진 과학자는 사랑에 빠진 과학자만 못 하다. 그래서 난 철학과 사랑에 빠지지 않기로 다짐했었다.

이벤트를 정의할 기준, 디멘션. 노인은 성경에서 이것을 '궁창(穹蒼)'으로 규정했다고 말했다. 궁창은 위의 물과 아래의 물로 이루어져 있다고 했다. 오랫동안 성경학자들은 궁창 위의 물을 하나님이 특별히 만들어 놓은 일종의 물 층(water canopy, 혹은 수증기층)으로 우주선(宇宙線, cosmic rays)으로부터 지구상의 생물을 보호하는 보호막이라고 믿어왔다고 했다. 그리고 노아의 홍수 때 그 보호막이 땅으로 내려와 지구 전체를 덮는 대홍수가 노아 식구와 노아가 구해주기로 한 동물들을 뺀 나머지 모든 생명체를 절멸시킨 인류 최대의 재앙을 만들었다는 것이다.

‒ 성경학자들은 성경을 잘 모른다네. 젊은이. 사실 궁창 위의 물과 아래의 물은 아주 대단한 시적 은유이지. 여기서 말하는 물이란 H_2O가 아니라 바로 혼돈을 말하는 거야. 하나님은 혼돈의 신을 둘로 쪼개버린 것이지.

노인이 옆에 있는 성경책을 펼쳐들고 얘기를 이었다.

‒ 소리로 빛을 만드는 과정은 빛이 어둠을 멀리하는 것과 동일한 과정, 즉 혼돈의 징벌일세. 이는 거대한 신의 전쟁이지. 카오스는 이 세상을 구성한 원시적 질료이며 풍요로운 자유와 상상의 세계일세. 봄직하고 먹음직하고…. 그러나 카오스는 한 거대한 울림, 소리의 선포로 죽임을 당한다네.

갑자기 장자에 소개된 설화가 떠올랐다. 북방의 왕과 남방의 왕이 서로 친하게 지내고 싶었다. 이들은 항상 중앙에 있는 혼돈의 왕의 나라에서 차를 마시며 즐겼다. 이 혼돈의 왕은 얼굴에 구멍이 하나도 없었다. 남방 왕과 북방 왕은 혼돈 왕이 보고 듣고 말하고 냄새 맡을 수 있도록 하루에 한 개의 구멍을 뚫어주기로 했다. 마침내 일곱 개의 구멍이 뚫리는 날. 이들은 이제 혼돈의 왕이 새로운 경험에 좋아할 것이라 생각했지만 혼돈의 왕은 그날로 죽었다.

- 어떻게 하나님이 혼돈을 죽였다고 생각하시죠?
- 성경에는 이 상황이 자세히 묘사되어 있다네. 다만 사람들이 그 의미를 모르고 있을 뿐….
- 처음에는 혼돈이 우주를 지배했지. 그리고 하나님의 신은 그저 혼돈이 하는 일을 물끄러미 바라만 보고 있었다네. 혼돈이 하는 일을 이용하면 재밌는 일을 할 수 있을 거라 생각했을지도 모르지. 적어도 혼돈과 하나님의 신 사이에 긴장은 없었지.
- 어떻게 아시죠?
- 창세기 1장 2절에 묘사되어 있어.

노인이 마치 자신이 신이라는 표정으로 말했다.

- 하지만 성경의 창세기는 설화일 뿐, 사실이라고 믿을 순 없는 일입니다. 마치 우리 민족에게 곰과 호랑이 설화가 결국 곰을 토템으로 하는 부족이 한반도에서 세력을 갖게 되었다. 뭐, 이렇게 해석하는 것이 타당한 것처럼 말입니다.

– 창세기의 신비는 아주 짧게 함축된 시적 언어일세. 아마 모세가 창세기 1장을 기록할 당시에는 이 말들이 노래처럼 전승되어오던 것을 기록한 것일 테지. 신의 이야기는 인간의 이야기처럼 지루하게 살을 붙일 수 없는 것이니. 그래서 이후에 나오는 아브라함이나 야곱, 이런 이야기와는 사뭇 다른 표현을 가질 수밖에 없었지. 이 장대한 창조의 서사시는 나름대로 대단한 운율과 미를 갖고 있어. 그 미적 아름다움은 은유와 상징으로 이루어져 있다네.

– 무엇이 하나님의 신과 혼돈이 서로 다투지 않고 있었음을 얘기하는 것이지요?

– 창세기 1장 2절을 자세히 보게.

노인은 돋보기를 가져다 낡은 가죽 성경의 창세기 부분을 확대해 보였다.

– 하나님의 신은 수면 위에 운행하시더라. 여기 수면이란 말을 보게. 아직 아무것도 창조되지 않은 혼돈의 상태에 물을 창조해 놓으셨을 리는 없을 터. 게다가 그 물이 존재할 시공간도 없는 상태였지. 그런데 어떻게 하나님의 신이 수면 위를 운행한단 말인가?

– 그렇다면 수면은 다른 상징이겠군요.

– 그렇다네. 수면은 바로 혼돈을 뜻하지. 형체 없는 존재. 변화가 무쌍하여 질서와 상반되는 개념. 어떤 이는 운행한다는

말을 호버링(hovering)한다고 표현하여, 마치 하나님의 신이 혼돈을 완전히 제압하고 그 위에서 굽어본다고 해석하는 사람도 있지만, 이 말은 사실 그런 말이 아니라네.

– 무슨 말이죠?

– 그 말은 그러니까. 하나님의 신과 혼돈은 각기 자신의 정체성을 갖고 각기 간섭 없이 활동하고 있었다는 말이지.

– 뭐 그럴 수도 있겠습니다. 사실 서로 다름을 인정하는 것이 평화의 기본이지요. 너는 왜 나처럼 하지 않느냐 하는 강제에서 인류의 불행과 고통은 시작되었다고 생각합니다만.

– 어떤 이는 이 하나님의 신을 성령이라 말하기도 하지. 말씀을 로고스 예수님이라고도 하고….

– 그렇다면 이 평화로운 상태에 파국을 만든 것이 결국 하나님의 카오스에 대한 간섭이란 말씀이신데….

– 평화의 시기는 무능력의 시기이기도 하다네. 이러지도 저러지도 못하는 상태. 하나님의 신은 카오스를 풍부한 창조의 사역에 동참시키기로 결심을 했지.

– 죽인 게 아니고요?

– 죽였다고도 말할 수 있지만, 신은 죽지 않는다네. 허허허….

현신, 동요의 시작

– 자, 이제 나가세. 더 보여줄 것이 있지만 아직 자네는 준비가

덜 되어 있어. 우리가 분석한 바로는 자네는 유전자가 독특하여 이 정도의 힌트로도 우리를 이해하는 데 그리 어렵지는 않을 걸세. 오직 성경의 창세기 1장만이 자네에게 해답을 줄 걸세. 마음을 비우게. 그리고 온전히 선과 악을 떠나 어떠한 가치도 배제한 상태에서 성경을 읽어보게. 그러면 자네는 창세기에서 하나님의 신과 혼돈이 주고받는 환희와 고통과 비명을 들을 수 있을 걸세. 그리고 인간을 이해하게 될 걸세.

방주 밖으로 나왔다. 갑자기 밝아진 빛에 눈이 부셔 잠시 서 있었다. 형태와 현신이 기다리고 있었다. 노인이 눈을 찡긋하더니 방주 뒤편 불빛이 새어나오는 방을 향해 걸어갔다.

적어도 노인이 나에게 주문한 것은 성경 전체를 읽고 얘기하자는 것은 아니다. 그저 한 장밖에 안 되는 창세기 1장을 읽으면 창조의 순간과 인간을 이해할 수 있다. 그리고 내가 독특한 존재라는 사실. 적어도 노인의 판단으로는.

현신이 나를 보며 밝게 웃었다. 심포니에서 보았던 긴장은 찾을 수 없다. 큰 눈과 넉넉한 눈꺼풀이 묘한 동양 여인의 매력을 풍긴다. 인간의 세계로 귀환했군. 나는 다시 일상에서 끝없이 나를 유혹하는 여인이란 존재 앞에 섰다. 수도사라면 이들을 아무렇지 않게 대할 수 있을 정도로 수련해야 한다. 결핍이 문제다. 내가 허덕이는 사랑의 결핍. 그 결핍은 사실 여인에 대한 결핍이 아니었다. 사실은 어머니에 대한 결핍이었다. 한참 어머니의 사랑을 받아야 할 시절에 나는 어머니와 떨어져 살아야 했다. 몇 년을 어머니 없이 산 사람이 갖는 필연적 결핍. 물론 부모를 여읜 사람들에 비하면 이조차 아무것도 아니라고도 할 수 있지만 내겐 항상 사랑을 덜 받고 자란 데서 온 사랑의 결핍감이 비죽비죽 솟는다.

그러니까 내가 갖는 여인에 대한 동경은 정확히 말하면, 어린 시절 칠백하고도 몇 날 동안 늘 어머니를 그리며 외로워했던 경험에 기인한다. 그 시절 나에게 어머니는 형언할 수 없는 따스함과 여인이 갖출 수 있는 아름다움을 가진 나의 전부였다. 이러한 이성에 대한 결핍의 원형은 젊은 시절 뭇 여성들에 대한 과잉 친절이라는 행동으로 드러났다. 모든 여성에 대한 과잉 친절. 미팅을 나가도 상대방의 비위를 맞추려 굽신거렸다. 상대방의 조그만 호의에도 나는 엄청 고마워했다. 물론 이런 나의 모습에 싫증을 느낀 상대로부터 늘 차였다. 돌이켜보면 이러한 일상의 행위는 어쩔 수 없이 새겨진 나의 원초적 애정 결핍에 기인한 유전자적 행동의 결과였다.

결국 나를 칠백 며칠이나 버려두었던 어머니의 행위를 어떤 이유로든 나를 호감 있게 대하지 않는 상대 여성과 동일시하게 되면서 일종의 고통이 되고 말았다. 이 고통으로 나는 인간으로부터의 도피라는 길을 택했다. 인간이 없는 세계. 물질세계에 대한 나의 집착과 여정의 출발은 사실 어머니에 대한 애정 결핍에서 시작된 것이었다. 어머니를 포함해 여성이란 특이한 존재로부터의 도피. 이것이 지난 몇 년간 나를 지배해온 삶이다. 다행히 내가 가고자 탐구하는 영역엔 여성들이 드물고, 있다손 치더라도 대개는 중성적 성향을 지녔다. 정말 오랫동안 난 적어도 여성이란 존재에 대해 의식하지 않았다. 하지만 돌이켜보면 그것은 애정 결핍에 대해 다만 임시적 봉합이었을 뿐이다. 짧은 순간, 난 현신에게 느껴지는 야릇한 감정으로 얼굴이 붉어졌다. 혹시 눈치 챈 것은 아니겠지. 나는 방주를 쳐다보는 척 홍조를 숨겼다.

나는 왜 이토록 어머니를 그리워하는가. 낳아주고 젖을 물려 키워준 어머니. 나의 땅이요, 나의 물인 어머니. 어머니는 나에게 칠백 몇 날의 고독과 그리움이란 형을 내렸지만, 그 칠백 몇 날 동안 나의 유일한 동경의 대상이다. 그리고 가물가물 사라져가는 어머니의 얼굴을 기억하려고 나는 몹시도 집착했다. 외갓집 벽 액자에 덕지덕지 붙어 있던 빛바랜 사진 속에 댕기머리로 곱게 웃던 처녀 적 고운 어머니의 사진은 나의 유일한 보물이었다. 어머니가 보고 싶을 때면 사진첩을 보며, 야속함에 많이도 울었다. 그렇게 한바탕 앓고 나면 어머니는 창세기의 원시 카오스처럼 눈물로 범벅된 작은 눈두덩 밖으로 이내 그 모습을 흩뿌리면 사라졌다. 나는 가끔 꿈속에서 어머니와 단절된 700여 일의 삶의 터전을 헤맨다. 그것은 악몽이기도 하고 원형이기도 하다. 보메기의 넓은 물과 원앞산의 산등성이를 꿈속에서 수없이 뒹굴고 날아다녔다. 그곳에 가면 다시 일어설 것이다. 갑자기 눈 덮인 산야가 가슴을 덮쳤다.

땅과 물, 그리고 혼돈, 나의 어머니. 이 세상 모든 여성들….
나는 이 혼돈과 아린 그리움의 고통에서 벗어나고자 발버둥 쳤

다. 인간이 없는 세계. 그 세계에 숨어 나는 생쥐처럼 가쁜 삶의
나날을 헐떡이며 살아왔다.

현신이 다가왔다.

– 구경 잘하셨죠?
– 네, 뭐….

딱히 관심 없는 척 일부러 딴청을 피웠다.

– 형태!

나는 형태를 똑바로 쳐다보며 사나운 소리로 불렀다.

– 어떻게 된 거야. 난 너를 찾아 여기까지 왔다. 이제 돌아가
자. 그리고 이런 거 나는 관심 없어. 성경 같은 거 전혀 관심
없단 말이지. 도대체 노인은 무슨 말인지도 알 수 없는 얘기
를 나한테 늘어놓는데…. 그래서 어쩌겠다는 얘긴지. 후, 아
무튼 형태야, 너 지금 당장 나하고 나가자.
– 형, 안 돼요. 정말 지금 나가서는 안 될 시점입니다.

형태가 싸늘한 표정으로 단호하게 막아선다.

– 야, 임마. 너 지금 정신이 있는 거야 없는 거야. 실험실은 난
리가 났고, 빨리 복귀해서 하던 작업 다 해야 다음 달까지 보
고서를 낼 거 아냐. 나도 이런 허황된 얘기나 들으며 이렇게

있을 만큼 한가하지 않단 말이야.

혼자라도 나가게 해달라는 말은 차마 입 밖에 낼 수 없었다. 어찌됐든 형태 선배로서의 책임을 아직은 회피할 수는 없는 일이다.

– 형, 잠시 볼 일이 있어 어디 좀 다녀올게요.

말을 붙일 새도 없이 형태는 등을 보이며 긴 복도를 성큼성큼 걸어간다.

– 뭐라도 마시면서 얘기를 좀 하시지요.

현신이 빙긋 웃으며 말했다. 마치 형태와 나의 조금 전 상황을 어린아이 다툼으로 여기는 표정이다.

복도 끝에 간단한 부스가 있고 커피포트 몇 개가 나란히 놓여 있다.

– 뭘 드실래요?
– 아, 제가 챙겨 마시겠습니다.

심통 난 아이 마냥 속마음을 감출 생각 없이 내뱉으며 디카페나이즈드 커피를 머그잔에 따라 부었다.

– 카페인을 싫어하시나 보군요.
– 아, 그런 게 아닙니다.

커피에 블루마운틴을 섞으며 여전히 퉁명스런 어투로 대답
했다. 현신이 또 한 번 씽긋 웃었다. 간이 탁자를 당겨 마주 앉
았다. 커피향이 코끝을 간질이며 얼마의 평온을 가져다주었다.
노곤한 탓인지 발끝에서부터 알 수 없는 기운이 온몸으로 퍼져
올라왔다.

― 민호 씨는 취미가 뭐죠?

현신이 호기심 어린 눈으로 물었다. 하지만 딱히 돌려줄 대
답이 떠오르지 않았다. 커피를 한 모금 물었다.

― 취미요? 그런 건 아마 저 같은 사람에게 어울리는 단어는 아
  닐 겁니다.
― 왜, 그렇게 생각하시죠?
― 그야 뭐….

인간들의 삶을 풍요롭게 하는 모든 것에 대한 오랜 혐오, 아
니 기피 증상이 스스로를 무미건조한 인간이라고 말하게 한 것
같다.

― 저는 이 세상을 살면서 무언가 필요한 것을 누리면 안 되는
  운명을 타고 태어났다고 생각합니다.
― 스토아적이군요. 하지만 그것이 또 다른 차원의 쾌락을 추구
  하는 것이란 생각은 안 해보셨는지요?

― 그럴 수도 있겠지요.

난 현신이 이미 나의 모든 삶을 간파하고 있을 것이라 생각
했다.

― 그렇다면, 세상 살아가며 하지 않기로 마음먹은 것들을 한
번 얘기해 주세요.
― 글쎄요. 연애. 결혼. 부….
― 그렇다면 여자를 기피하겠군요.
― 네, 그런 편이죠.
― 그러면 저와 있는 지금 시간도 불편하시겠네요?
― 네. 사실은….
― 어떤 점이 불편하죠?

질문에 답하지 않았다. 어쩌면 나의 의식 깊은 곳에, 어느 순
간 완전히 무너져 나 스스로를 잃어버릴 수도 있겠다는 위험을
느낀 것 같다. 하지만 현신의 뾰로통한 표정을 앞에 두고 마냥
그러고 있을 수는 없는 일이었다. 표정을 고쳐 잡으며 대답했다.

― 아, 뭐 크게 불편한 것은 않습니다. 현신 씨는 명랑하고 다감
하시군요. 여기 커피 맛도 좋고….
― 거짓말.

현신의 한마디는 짐짓 마음을 다잡고 응대하던 나의 처지를

한순간에 무너뜨려 놓았다.

서투름은 익숙지 않음에서 기인한다. 이런 종류의 대화는 해본 적이 없다. 누구에게 내 마음을 열어 보인다는 것은 정말 용기가 필요하다. 그리고 사실 내 마음이란 것이 별로 대단할 것도 없고, 단지 서로 얼마만큼 다르고 얼마만큼 비슷한지 견주는 일에 불과한 과정이 아닌가?

살아온 환경과 여정이 다르고, 확연한 차이라야 다만 남자와 여자라는, 뭐 이런 것일 뿐. 어차피 인간으로 그만그만이다. 그런데 현신과 얘기를 하면서 점점 깊어가는 알 수 없는 긴장감의 정체는 무엇일까?

나는 지도교수에게 논문 심사받는 학생처럼 긴장하여 한 마디 한 마디 현신의 말을 곱씹어 말할 수밖에 없다. 이럴 때 나도 무언가 물어봐야 하는데….

– 그럼 현신 씨 취미는 뭐죠?

나의 질문에 현신이 방긋 웃었다.

– 저는 뭐, 겨울엔 스키, 여름엔 수영…. 음, 그 정도예요.

아까 했던 나의 대답에 비해 깔끔하게 돌아온다. 이러면 더 이상 다음 질문을 이어갈 수 없다.

– 현신 씨는 혹시 좋아하거나 싫어하거나 하는 것 있나요?
– 물론이죠. 저도 사람인데 그런 것이 왜 없겠어요. 제가 아주

혐오하는 것은 잘난 척하는 남자예요.

큭, 웃음이 터졌다. 한편으로는 나를 그 잘난 척하는 남자로
여기지나 않을지 사뭇 궁금했다.

- 전 아니죠?
- 그럴 수도 있고요.
- 그 다음은요. 또 다른 것이 있다면….
- 아, 그래요 말로만 하는 사랑이요.
- 그게 뭔지?
- 민호 씨는 아예 여성 기피증이 있으니 이해할 길이 없겠네
  요.
- 저를 그런 사람으로 보니 기분이 썩 좋지는 않네요. 하지만
  어느 정도 사실인 것을 부인하지는 않겠습니다.
- 그럼 좋아하는 것은 뭡니까?
- 글쎄요, 많아요. 난 선물 받는 걸 좋아해요. 그리고 늦잠 자
  는 것도 좋아하고요. 하하.
- 그다지 특별한 것은 아니네요.
- 그렇죠. 특별한 것이 좋은 것은 아니죠. 내가 좋아하면 그뿐.
- 혹시, 그럼 사랑이란 걸 해보셨나요?

말을 던져놓고 생각하니 스스로도 당황스럽다. 이런 질문을
던지다니. 그러고 보면 내 안에 내가 모르는 어떤 다른 놈이 살
고 있지 않을까 하는 미련한 생각에 한숨이 새었다.

현신이 아무 말 없이 커피 잔을 들었다. 한동안의 정적이 현신을 생각하지 않고 무심코 던진 내 질문의 무게를 도로 나에게 얹었다. 더욱이 연애 따위를 혐오한다는 내 말에 스스로 위배되는 논리적 모순을 스스로 드러낸 꼴이었으니. 나도 모르게 현신이 들릴 만치 깊은 숨을 내 뱉었다.

'스스로는 아니라고 하지만 사실 넌 연애나 사랑 따위를 갈구하고 있었던 거야.' 누군가 귀에 대고 속삭이는 느낌에 얼굴이 붉어졌다. 속물스런 놈. 위선자. 스스로를 질책하는 얘기가 목구멍으로 치올랐다. 화제를 급히 돌렸다.

- 안경을 끼셨네요. 어제는 안 끼신 것 같던데….
- 아, 거의 콘택트렌즈를 끼는데, 보호용으로 안경을 가끔 씁니다.

안경 너머 현신의 눈이 맑고 곱다고 느껴졌다. 사슴의 눈처럼 순수하고 애잔하다. 언젠가 일본 나라 현의 고찰 도다이지 앞에 몰려다니던 사슴에서 보았던 그 눈이다. 누군가는 '목이 길어 슬프다'라고 표현했지만 정작 슬픔은 눈에 있다. 뭐라 말할 수 없는 그리움을 간직한 깊은 눈. 그런데 문득 그 눈에서 슬픔이나 기쁨 같은 인간의 감정을 초월한 어떤 영원을 향한 초점 같은 것이 보인다. 사슴의 눈이 고운 것은 흰자위가 없어서라고 한참 잘난 논설을 펼쳐대던 기억이 부끄럽다. 흰자위는 교활함을 느끼게 한다. 흰자위가 많고 이리저리 쉴 새 없이 움직이는 눈동자.

속이려는 마음의 창이다.

하지만 현신의 눈엔 깊게 빛나는 검은 눈동자와 푸른빛이 감
도는 순결한 흰자위가 있다. 영원과 진리를 꿰뚫는 눈, 총기 어
린 눈이다. 총명하고 또랑또랑한 눈, 순수한 눈.

그러고 보면 이렇게 한 마디 한 마디 바보 같거나 당황스러
운 얘기를 늘어놓는 것이 아마 현신의 눈부시게 아름다운 눈 때
문일지도 모른다. 한편으로 현신이 아래로 시선을 둘 때 드러나
는 눈썹과 속눈썹이 그리는 타원의 아미는 또 다른 감정을 불
러일으킨다. 내 안에 사는 그 다른 놈이 느끼는 감정. 그 감정이
무엇인지 내 언어로 또렷이 표현할 길이 없는, 육체만이 알아채
는 느낌. 동그랗게 떴을 때의 눈부신 순수와 예지의 그 눈. 감았
을 때 다가오는 관능적 아미의 교차는 나를 혼돈의 세계로 이
끌었다. 현신의 얼굴을 계속 쳐다보고 있으면 마치 혼돈과 질서
의 신이 어울려 부르는 천상의 노래를 듣는 환상으로 빨려든다.

– 보여줄 게 있어요.

현신이 일어섰다.

피라미드

현신이 앞서 복도 한 편의 조그만 통로로 들어갔다. 입구는
다른 방과 별반 차이가 없어 보였다. 하지만 방에 들어서자 수많

은 거울이 설치되어 움직일 때마다 우리를 비추며 일렬로 나타났다 사라지길 반복했다. 마치 어릴 적 찾았던 놀이공원의 유령의 집 입구처럼. 얼마를 더 들어갔다. 갤러리 같이 넓은 공간이 펼쳐졌다. 벽에는 추상화가 걸려 있다. 넓은 공간 한가운데 양탄자가 넓게 펼쳐져 있다. 페르시아 풍의 기하학적 반복이 수놓인 양탄자다. 문양을 살폈다. 뫼비우스적 순환이다.

– 이곳은 순환의 세계예요.

양탄자의 한가운데 서서 현신이 조용히 말했다. 현신이 서 있는 머리 위에 피라미드 모양의 유리 돔이 있다. 작지 않은 규모의 사각뿔은 소리를 모아 묘한 공명을 들려준다.

– 민호 씨는 사각뿔, 피라미드에 왜 그토록 많은 사람들이 신비감을 지닌 채 숭배하는지 아시나요?
– 글쎄요.

사실 나는 그런 것에 애초에 관심이 없다. 이런 종류의 유사과학에 대한 혐오는 아주 오래전부터 내 머릿속에서 자리 잡았다. 어쩌면 바로 그러한 미신 타파가 근대과학이 인류에 기여한 가장 큰 기여일 것이라고 생각한 적이 있었다. 오늘날에도 피라미드의 신비, 운운하는 사람들이 있다니. 가끔 건축 잡지 등에서 피라미드의 기운을 얘기하는 건축가와 기의 흐름 운운하는 기사를 본 적이 있다. 난 이들을 현대의 주술사들이라고 생각했다. 현신이 입을 열었다.

– 동양의 음양오행은 사실 잘못 표현된 거예요.
– 무슨 말이죠?
– 음양과 오행. 오행은 목화토금수(木火土金水) 다섯 가지 원
  소의 순환을 설명하는 것이죠. 흔히 오각형의 별로 설명하
  죠. 각각의 꼭짓점을 기준으로 한 선은 상생(相生)을 한 선
  은 상극(相克)을 표현해요. 일종의 가역과 비가역 반응도인
  셈인데, 이러한 순환의 원리가 결론적으로 여기 표현된 뫼비
  우스적 순환이죠.
– 아 그러니까….

나는 순간적으로 5차원을 어떻게 4차원으로 축약할까 고민
하였다. 언제인가 RPI(Rensselaer Polytechnic Institute)에서 온
어떤 물리학자와 심포니에서 커피를 마시던 중 그 친구가 낸 퍼
즐을 풀었던 기억이 떠올랐다. 성냥개비 여섯 개로 네 개의 삼
각형을 만드는 문제였다. 나는 잠시 생각하다 먼저 성냥개비 세
개로 삼각형을 만들었다. 그리고 나머지 세 개를 각 모서리에서
일으켜 세워 북아메리카 원주민의 집처럼 만들었다. 피라미드
는 사각형 바닥 네 개의 꼭짓점에 비스듬히 기둥을 세워 한 데
모아 묶으면 된다.
오행을 목화토금수라고 하지만, 사실 순환하는 것은 목화금
수이고 토는 중성적이다. 토는 목화토금이 만드는 사각형 받침

의 중앙이 되어야 한다, 그곳은 풍요로운 땅, 신성한 곳이어야 한다. 토에서 음과 양이 수직 방향으로 펼쳐진다면. 하늘 방향은 양이 될 터이고, 그렇다면 그것은 하늘을 향한 사각뿔, 즉 피라미드가 되어야 한다.

– 알겠어요. 피라미드와 동양철학.

빠르게 말했다. 잠시 내 눈 속에 복잡한 계산이 지나갔음을 현신이 눈치 챈 것 같았다.

– 그럴 줄 알았어요. 민호 씨는 역시 실망시키지 않는군요. 호호호.

현신의 웃음소리가 피라미드로 빨려 들어가 수만 마디의 웃음으로 흩어졌다.

– 이스라엘 국기를 아시나요?
– 네 알지요. 삼각형 두 개를 겹친 것.
– 이스라엘이 피라미드로부터 도피한 것은 아시지요?
– 아, 그렇게 말씀하시면 알아듣기 힘듭니다.
– 모세가 이집트에서 백성을 구해낸 얘기 말이에요.
– 오라, 그걸 그렇게 해석할 수도 있군요.
– 이스라엘 국기에 나오는 별은 육각별이죠. 다윗의 별이라고도 하고요. 육각별엔 뫼비우스의 순환이 없답니다.
– 그렇군요.

- 육각별은 사실 피라미드 하나를 엎어서 붙인 것의 은유이
  지요.
- 아 현신 씨. 앞으로는 말씀 하실 때 '제 생각에는' 이라고 단
  서를 달아주시면 안 되겠습니까?

　사실 현신의 단정적인 말이 조금씩 거슬리던 참이었다. 적어
도 공간과 수리, 이런 유의 말이 나올 때면 난 항상 그것을 얘기
하는 상대가 나에게 어떤 대상인지를 고려하지 않는 습성이 있
다. 어느 땐가 지도교수의 납득하기 어려운 말에 앞뒤 분간 없이
그 말은 틀렸습니다, 라고 언성을 높였던 적이 있었다. 이런 증
상이 시간이 지나도 고쳐지지 않고 조심하려 하지만 그런 상황
에 닥치면 그 정도가 심해졌다.

- 알겠어요. 제 생각에는 말이죠.

　현신은 내말을 순순히 받아들였다. 내가 갑작스레 토 다는
상황이 그녀의 마음을 상하게 했을 수도 있을 것이라 아차 싶었
었는데, 현신은 의외로 순순히 들어준다.

- 두 개의 피라미드 밑면의 사각형을 서로 맞붙이면 여덟 개의
  삼각형이 있는 뿔이 만들어지지요.
- 그렇군요. 재미있는 기학학적 상상입니다. 꼭짓점은 여섯 개
  이고요.
- 이 꼭짓점 여섯 개의 구조를 이차원에 그려 표현할 방법이

뭘까요?

현신이 나를 테스트하는 것 같았다.

– 그야 삼각뿔의 프로젝션을 두 개 겹치면 되지요. 그러니까…, 다윗의 별….

현신의 유도 질문에 넘어간 것이다.
하하하. 나는 큰소리로 웃었다.

– 왜 웃지요?
– 네 지금 현신 씨가 펼친 논리는 기하학적 형상에 대한 수천 가지의 가능한 설명 중 하나일 것입니다. 자기가 가고자 하는 방향으로 추론한 것이지요. 물론 과정은 합당해보입니다만, 사용된 전제들이 검증 불가한 것들이고요. 그것은 저의 세계가 아닙니다.

현신이 조용히 눈을 감더니 손을 가슴에 모았다.
순간 상부의 피라미드 돔이 내려왔다. 당황스러웠다. 이곳에 갇혀 무슨 인체 실험이라도 당하는 게 아닐까 두려웠다. 그러나 어찌해볼 겨를도 없이 상부 피라미드 돔이 바닥에 닿았다.
현신은 아무 말이 없다. 순간 기분이 상했다. 이런 식으로 사람을 놀리거나 협박하는 것은 용납할 수 없는 일이다. 더욱이 이런 신비로운 분위기를 연출하면서 결과적으로 나를 사각뿔 안에 가두는 행위는 적어도 나의 인격을 무시한 처사로 여겨졌다. 하지만 현신도 이 안에 있지 않은가?

현신이 눈을 떴다.

- 현신 씨, 제자리에만 도로 돌려놓아 주세요.
- 왜요, 무서운가요?

현신의 한마디가 또 나를 궁지에 몰아넣었다. 사실 무시당했다는 느낌보다 먼저 내 마음을 지배한 것은 공포였기 때문이다. 현신이 나의 생각을 읽은 걸까.

순간 양탄자가 움직였다. 나는 넘어지지 않으려 주의하며 몸에 힘을 주어 중심을 잡았다. 양탄자가 치워지자 바닥에 거울이 드러났다. 거울의 방. 순간 바닥 거울에 정확하게 상부 피라미드를 투영하는 하부 피라미드가 나타났다.

- 아 아까 얘기한 사각뿔의 접합이로군요.
- 네 잘 보세요. 참 아늑한 곳이죠. 우리가 공간에 떠있는 것 같이 되었죠.
- 그렇군요. 신기한 느낌입니다. 하부 피라미드로 빠져든다는 느낌보다는 오히려 밑에서 펼쳐져 올라오는 느낌입니다. 아주 멀게 느껴지는군요.
- 여기가 here and now이지요.

현신이 가지런한 이를 드러내며 웃었다.

– 이것은 시공간의 구조에 위배됩니다. 아인슈타인의 시공간에 의하면 두 개의 광추면(light cone)이 현재로 수렴된 모습이어야 합니다.

– 그렇죠. 물리적 공간은 그렇지요. 하지만 영적 공간은 이렇답니다.

– 현신 씨의 이론에 의하면, 물리적 사건은 빛의 속도에 제한받지만, 그 현재라는 공간은 영적으로 가장 넓은 공간이란 말씀이군요. 오히려 과거와 미래는 영적으로는 점에 수렴하고 말이죠. 흥미로운 발상이네요. 물론 내 관심 영역은 절대 아니지만 말입니다.

분명 나는 저항하고 있었다. 현신의 논리는 나의 세계가 아니다. 영의 세계라는 것은 적어도 나에겐 측정 불가능하며 재현 불가능한 영역이다. 따라서 이는 과학의 영역이 아니다.

– 현신 씨의 논리를 지지할 과학적 근거는 어디에 있을까? 한번 생각해봅시다. 아, 그렇군요. 스티븐 호킹의 '자기 조직하는 우주론'이 거기에 해당될 수 있겠군요. 호킹은 태초라는 존재에 매우 심한 거부감을 가졌지요. 그래서 태초를 없애면 태초를 음모한 대상이 사라질 테니 호킹은 우주의 초기 상태에 존재하는 불확정성을 활용하여 교묘한 우주론을 구성했습니다. 지금 우리가 갇힌 이 사각뿔의 우주처럼 말이죠. 호킹은 빅뱅과 원시 우주의 혼돈을 교묘하게 접합한 것이죠.

나는 어떻게 해서라도 영적 세계라는 영역을 거부하고 싶었다. 현신이 조용히 미소 지었다.

이곳은 자연과학과 종교적 호기심이 마구 뒤섞인 곳이다. 성경의 창세기가 인류 탄생에 대한 끝없는 호기심을 유발해온 것은 사실이다. 단정적 설명과 무조건적 믿음을 강요하는 풍조에 대해 합리주의는 일종의 반작용적 결과로 일상의 영역에서 종교를 부정하고 몰아내는 역할도 했다.

사각뿔 돔에 갇혀 생각에 잠겼다. 삼각형의 마술사 피타고라스는 자연이 아름다운 자연수의 비로 이루어졌다고 확신했다. 그는 맑은 울림을 만들어내는 현의 길이의 비율을 계산해내고, 추종자들에게 채식을 강권하여 채식과 물고기만으로 공동생활을 했다. 어떤 이는 피타고라스를 오르페우스 신화의 창시자라고도 말했다. 그리스 신화에 나오는 비극의 음유시인 오르페우스는 채식주의자로 하프를 잘 탔다. 피타고라스의 제자들은 스승의 말을 모두 이해할 수는 없었지만 몇 가지 의식의 흐름들이 제자들에 의해 세상에 알려졌다. 첫째, 영혼은 불멸한다. 둘째, 영혼은 다른 존재로 옮겨간다. 셋째, 이러한 영혼의 이동이 영원히 이어지므로 세상에 새로운 것은 없다. 넷째, 그러므로 모든 생물은 서로가 친척이라는 사실을 알아야 한다. 윤회 사상을 피타고라스는 어디서 얻었을까? 키케로가 '역사의 아버지'라고 인정했던, 기원전 5세기의 그리스 역사가 헤로도토스는 오르페우스 의식의 기원이 이집트와 피타고라스에 있다고 얘기했다.

삼각형, 피라미드, 피타고라스, 그리고 오르페우스….

피타고라스는 그 유명한 피타고라스 정리를 발견하였다. 피타고라스 정리에 따르면, 양변이 1인 직각 삼각형의 빗변의 길이는 2의 제곱근으로 이는 무한하게 가지를 치는 무리수이다. 우주의 질서가 자연수에 있다는 신념을 피타고라스에게서 배운 제자들로서는 무리수라는 혼돈의 개념을 받아들일 수 없었다. 하여 피타고라스의 무리수를 악마의 탄생으로 이해하였다. 이러한 분위기에 신변의 위협을 느낀 피타고라스는 크레타 섬을 탈출하였지만, 굶주림에 지쳐 결국 길거리에서 쓸쓸한 최후를 맞았다. 그의 시신은 굶주린 들개의 밥이 되었다고 한다. 이집트의 피라미드와 미라, 그리고 피타고라스. 채식주의와 금욕 생활…. 생각은 삼각형을 굴리 듯 기우뚱 뒤뚱 굴러갔다.

– 무얼 그리 골똘하게 생각하죠?

현신은 사각뿔의 밀폐된 유리 공간 안에 자기의 존재를 다시 알리기라도 하듯 내 상상의 시간을 허물었다.

– 아, 잠시…. 미안합니다. 갑자기 이러저런 생각에 휩싸일 때면 이런 증상이 나타나곤 한답니다.
– 그렇군요. 이제 나가요.

현신이 사각의 뿔 밖으로 나갈 준비를 했다.

– 한 가지 물어볼 게 있는데요. 혹시 오르페우스를 아시나요?

순간 현신의 눈가에 스치는 미묘한 표정의 변화를 잡았다.

- 그리스 신화에 나오는 음유시인이죠. 그런데 갑자기 오르
페우스를 꺼내는 이유가 있겠죠? 그냥 던지는 말은 아닐 테
고요.
- 혼돈과 무질서의 반복과 융합은 오르페우스적 전통이죠. 오
늘날 사람들 입에 오르내리는 가이아도 그렇고요. 예수님과
제자들이 채식과 물고기만 드신 것은 아시죠?
- 그것까지는 잘 몰라요.
- 오르페우스와 기독교는 상당히 멀게 느껴집니다. 오히려 불
교적 교리와 가깝다고 봐야겠죠. 제가 볼 때 인간이 우주를
인식하는 개략적인 방법은 윤회 아니면 수렴이나 발산이지
요. 일차 미분방정식이냐 이차 미분방정식이냐의 차이인 거
죠. 천국으로의 수렴이 아니라면 차라리 윤회가 더 안정적
일 수 있다는 생각입니다. 물론 벌레나 뱀이 되어 살아갈지
도 모른다는 생각에 이르면 썩 유쾌한 상상은 아니지만. 제
가 가지는 이러한 의식의 발단이 저를 종교로부터 거리를 두
게 하는 요인입니다. 그럼에도 불구하고 종교인의 삶에 대해
부정적으로 생각하는 것만은 아닙니다. 그들의 삶을 제가 부
정할 필요는 없는 것이니까요.
- 혹시 종교인 중에 좋아하는 분이 있나요?

호기심 어린 눈으로 현신이 나를 바라보았다.

– 음… 글쎄요… .

　난 누구라고 특정해 말할 수 없었다. 인간이 다 그렇지 뭐,
하는 나의 보편론적 입장에서 종교인인들 딱히 다르다고 느낄
여지는 없었다. 오히려 땀 흘려 일하는 사람들에 비해 지나치게
많은 것을 누리며 사는 존재로 느낄 뿐. 신의 대리인 노릇은 그
런 내 관점에선 명백한 사기이다.

– 아, 현신 씨. 제게 알러지가 있는 것 아세요?
– 무슨 알러지인데요?
– 꽃가루, 찬바람, 종교인, 예쁜 여자, ….
– 증상은요?
– 알러지의 일반적 증상인데, 콧물, 재채기, 그러다 심하면 목
　도 붓고, 눈도 가렵고….
– 음, 그러면 제가 예쁘지 않다는?
– 예?
– 아직 민호 씨가 재채기하는 걸 본 적이 없거든요.
– 아….

　재채기 시늉을 크게 했다.

– 됐어요. 그만.

　현신이 다소 삐친 표정을 지어보였다.

- 나가죠.

현신이 눈을 감고 팔을 모았다. 사각뿔이 조용히 위로 올라
갔다.

망각

현신에게는 무언가 묘한 구석이 있었다. 어떠한 일에도 감동
하지 않지 않을 차가움이 느껴지는가 하면, 때로는 사람을 무장
해제시키는 유쾌함, 어색하지 않은 상냥함이 배어 있다. 심각한
표정으로 얘기할 때는 매우 정돈된 나름의 논리를 펼치기도 한
다. 그럼에도 불구하고 내가 이곳에 끌려올 당시 현신의 손에서
떨어졌던 벽돌의 둔탁한 소리를 떨쳐낼 수 없어 순간 흠칫, 거렸
다. 현신이 정말로 벽돌로 내 머리를….

- 현신 씨, 질문 하나 드려도 되나요?
- 네, 뭔데요.
- 제가 이곳에 끌려오는 날…. 그때 정신을 잃으면서도 기억에
  남아 있는 장면이 있습니다. 현신 씨 옷, 그리고 땅에 떨어지
  는 둔탁한 소리, 벽돌, 혹시 현신 씨가….
- 호호호.

현신이 고개를 끄덕였다. 난감해졌다. 벽돌로 내 머리를 내

려치다니. 씁쓸한 기분이 몰려왔다. 딱히 분노라고는 할 수는 없
는…. 그러면서도 웬일인지 차라리 현신이 가진 그런 또 하나의
모습이 한편으로 다행이란 생각이 들었다. 그렇게 나는 현신에
빠져들고 있었다.

- 그때 사실 저도 당황했고…, 안 그러면 민호 씨를 놓칠 수도
  있겠다는 생각에. 일이 그 정도로 벌어지고 난 상황이라 다
  음에 민호 씨를 이리로 데리고 오는 것은 불가능해보여서.
  무엇보다 닥터 노가 민호 씨에게 맞아 거의 기절하다시피 했
  으니까요. 그 일에 대해서는 진심으로 미안합니다. 그렇지만
  민호 씨 성격에 말로 해서는 안 들을 것 같아.
- 제게 형태 있는 곳으로 데려다 주겠다, 뭐 이렇게 한마디만
  했으면 무조건 따라 나설 일인데 뭣 때문에 그렇게 위험하
  게….
- 그럴 수 없었지요. 여기의 위치가 다른 사람들에게 알려져서
  는 안 되는 일이기예. 물론 민호 씨를 불신하는 게 아니라 우
  리 나름의 방어 조치일 수밖에 없는 상황, 부디 이해바랍니
  다. 그리고 다시 한 번 용서를 구합니다.
- 그랬군요. 전형적 미스 커뮤니케이션.
- 그렇지요. 불신의 게임.

현신이 앞장서 걸었다. 복도 좌우로 다양한 생물체의 박제
가 진열되어 있다. 박물관에서조차 보기 힘든 희귀한 생물들이

다. 한쪽 벽에 수족관이 있다. 기묘하게 생긴 큰 물고기들이 유영하고 있다.

– 작은 자연사 박물관이군요. 이런 것을 다 설치하려면 비용이 만만치 않았겠군요.

현신은 못 들은 것인지 말할 필요를 못 느꼈는지 대답 대신 또각또각 하이힐 소리를 높여 걷기만 했다.

구석의 스포트라이트가 검정 책상을 훤히 비추고 있었다. 플라스크와 나란히 현미경 한 대가 누군가를 기다리는 듯 고즈넉한 자세로 자리하고 있다.

– 자 보세요. 원시의 물과 땅을.

현신이 내 팔을 잡더니 현미경으로 이끌었다. 그리고 오른손을 가지런히 펼쳐 현미경 접안렌즈를 가리켰다. 나의 지독한 짝눈은 현미경을 보기에 적당하지 않다. 특히 오른 눈은 난시가 있는데다 시력이 지독히 나쁘다. 오른 눈으로 쳐다본 현미경 안의 물체가 혼돈스럽게 일그러져 있다. 무엇이 물과 땅이란 말인지.

가까스로 눈에 들어온 몇 개의 알 수 없는 구형 존재들이 미세하게 흔들렸다. 마치 여러 개의 방으로 이루어진 구형(球形)이었다. 수정난의 분할 과정인가? 분할은 점점 많은 수의 세포로 확장되며 전개되었다. 무엇이 될지 알 수 없다. 혼돈하고 공허하며 흑암이 깊음 위에 있고…. 나는 어느새 창세기 1장 2절을 읊조리고 있었다.

현신의 얼굴은 밝은 조명 아래 더 환하게 빛나고 있다. 진지하게 현미경을 들여다보는 동안 현신이 입을 열었다.

– 전 어떤 일에 몰두하고 있는 사람을 보면 감동해요. 무언가에 몰입해 완전히 주위를 의식하지 않는 모습 말예요. 방금 민호 씨에게서 그런 모습을 보았어요.

난 계면쩍게 머리를 긁었다. 현미경과 현신과 나, 사방을 의식할 수 없게 만든 조명, 그리고 수정난의 분할 같은 장면. 장면은 신비로웠지만 문득 내 안에 존재하는 어떤 원초적인 욕망을 상상했다. 이러한 나의 상상과 현신의 고운 얼굴을 마주하고 있는 지금의 상황에 알 수 없는 부끄러움이 더해 어찌할 바 모르는 감정이 수만 개의 겹으로 나를 감쌌다.

– 현신 씨, 우리 나가죠?

내 마음의 흔들림을 눈치 채기라도 한 듯 현신이 고개를 끄덕이더니 앞서 걷기 시작했다. 나는 주변 박제들에 눈을 돌려 찬찬히 살피며 애써 이성을 유지하려 했다.

다시 처음의 복도 중앙에 이르렀다. 형태가 간이 테이블에 앉아 있다.

– 오래 걸렸네요.
– 그러게. 형태야 우리 나가자. 이 공간 밖으로….

― 나가고 싶어요?

― 그래. 왠지 답답해. 학교에 할 일도 있고…. 적어도 네가 죽지 않고 시퍼렇게 살아 있다는 사실은 알려야 되잖아.

형태가 고민하는 표정으로 잠시 허공을 응시했다.

― 현신아 어떻게 하지?

형태가 현신을 보며 물었다.

― 민호 형도 나와 같이 그렇게 만들 수 없을까?

― 가능하지.

적어도 내가 밖으로 나갈 수 있다는 가능성이 있다는 안도에 둘이 나누는 얘기가 무엇을 의미하는지 생각할 여지가 없었다.

― 형이 받아들일지가 문제인데…. 일단 박사님께 물어봐야 할 것 같아. 지금 다녀올게.

형태가 복도 한 편으로 재게 뛰었다.

― 지금 형태와 나눈 얘기가 무슨 말예요?

― 아, 밖으로 나가려면 이곳에서 보고 들었던 것을 절대 비밀로 해야 하는 일종의 다짐이 필요한 거죠.

― 당연히 비밀은 지켜드리죠.

― 지금이야 당연히 그런 마음이시겠지만 사람 마음은 믿을 수

없지요.

– 그럼 어떻게 해야 합니까?

나는 갑자기 야쿠자들이나 하는 손가락을 자르거나 하는 그런 상황에 대한 메스꺼움으로 흡, 숨을 들이마셨다.

– 주사만 한 대 맞으시면 되요.

– 네?

– 간단하게 주사만 맞고 나면 이곳 일을 잊으시게 될 겁니다.

– 그리하면 이곳 일을 전혀 기억할 수 없게 할 수 있단 말예요?

– 가능하죠.

– …….

– 현신 씨, 저 화장실 좀 다녀오겠습니다.

나는 화장실로 갔다. 그리곤 볼펜을 꺼내 목으로부터 왼쪽 어깨까지 셔츠를 눌러 내리고는 쉽게 알아볼 수 없게 위 팔뚝 삼두근 안쪽 깊숙이 '납치, 창세기 1장 2절. 물, 땅, 빛'이라고 새겨 넣었다.

소변을 보며 생각했다. 모든 기억을 잊고, 일상으로 돌아가면 지금 팔뚝에 새겨 넣은 이 단어들로 비밀스런 이곳을 생각해낼 수 있을까? 애써 생각해낸들 과연 소용이 있을까? 이들이 하는 일이 무슨 의미란 말인가. 이들은 대체 무엇 때문에 이런 말도 안 되는 일을 하고 있는 건가.

형태가 돌아왔다.

― 형. 이곳에서 본 것들 어땠어요?

― 글쎄, 뭐 과학 하는 입장에서야 흥미로운 것들이 없지는 않
아. 하지만 내가 알고 있는 과학의 영역에서는 매우 벗어난
다는 생각이다. 어떠한 결과물도 도출하지 못할 거라는….
그렇게 생각하면 여기 있는 많은 장치들이 아깝다는 생각마
저 드는 게 사실이다.

― 그렇군요. 형이 나가면 이곳을 잊어야 하거든요. 혹시 다시
오고 싶다는 생각은 안 들어요?

― 글쎄…, 지금과 같은 상황이 아니고, 여유가 좀 생긴다면 한
번은 다시 오고 싶은 곳이기도 하다.

― 그럼 됐어요.

형태가 다소 안심한 표정으로 답했다. 현신도 고개를 끄덕
였다.

― 그래요 형. 나갈 수 있어요. 저도 같이 나가죠. 형은 이제 이
곳 일을 잊어버릴 것이므로 저도 같이 나갈 거예요. 물론 이
말조차 다 잊겠지만….

― 그래, 모르겠다. 일단 나가야 한다. 근데 그럼 현신씨도 잊
게 되는 것이니?

말을 해놓고 당황했다. 지금 이 순간 그게 꼭 되물을 만큼 중
요한 말이었던가.

- 그럴 거예요. 여기서 느꼈던 모든 일들이나 감정마저도….

형태의 대답에 뭔지 모를 복잡한 감정이 일었다. 처음 느끼는 이 복잡 미묘한 감정. 어쩌면 나는 정확히 형체를 알 수 없는 혼돈의 감정을 즐기고 있던 것이었는지도 모른다. 그리고 그러한 내 감정을 현신도 어느 정도 눈치 챘을 수 있다. 내 기억에서 사라지는 시간들이 갑자기 그렇게 안타까울 수 없었다. 현신의 머릿속엔 남아 있겠지.

- 내가 여기로 돌아온다면 다시 기억을 끄집어 낼 수는 있는지….
- 무슨 기억을요?

나는 현신 씨란 말이 목젖까지 올라오는 것을 가까스로 눌렀다.

- 여기에서 본 것들….
- 물론이죠.

적어도 다시 돌아와야 할 이유가 있을 거라는 생각에 다시 물었다.

- 내가 어떻게 여기로 다시 올 수 있죠? 모든 기억이 다 사라져 버릴 텐데….
- 기다려 봐야죠. 만일 민호 씨가 이곳에 다시 오게 된다면 이

번처럼 우연스러운 상황일 거예요.

　현신을 쳐다보았다.

- 나가거든 한 번 정도 저에게 전화주실 수 있나요?
- 알겠어요.
- 물론 심포니에서 만난 기억밖에 못하겠지만 말이지요.
- 알겠어요.

제 **3** 부

———

기억을 찾아

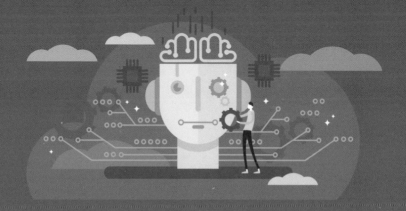

성경

　오랜 잠에서 깬 것처럼 온몸이 쑤시고 정신이 몽롱했다. 눈을 떴다. 기숙사 이층침대. 일어나면 천장에 머리가 부딪힐 것 같아 늘 옆으로 기어 내려왔던 이층침대에 누워 있었다. 병룡과 영한은 벌써 실험실로 나간 듯 침대가 비어 있다. 창가로 움직여 밖을 내다봤다. 어김없이 겨울의 칼바람이 쓸고 간 자리에 앙상한 가지만 흔들리고 있다.

　책상 위에 포스트잇이 눈에 띄게 붙어 있었다.

　'며칠 안 보이더라. 집에 연락해도 어디 갔는지 모른다고…. 영한'

– 무슨 얘기지? 내가 며칠 동안 안 보였다니?

기억을 되살려 보았다. 심포니에서 현신을 만나 얘기를 나누었던 장면에서 생각이 멎었다. 오늘이…. 폰을 열어 날짜를 확인했다. 그날로 이틀이 지났다. 나는 어디에 갔던 것일까. 영한의 메모는 이틀 동안 내가 사라졌다고 말하고 있다. 이틀간의 기억이 전혀 없다. 잠을 잔 것도 아닐 테고…. 갑작스레 오한이 밀려왔다.

샤워실로 갔다. 쏟아지는 따뜻한 물에 머리를 들이밀었다. 정수리부터 전해오는 따뜻한 온기가 온몸으로 번져 나른하다. 샴푸를 발라 머리에 거품을 일으켰다.

손가락 사이로 삐져나온 거품 하나를 불어 올렸다. 거품의 자유로운 비상. 언제인가 내 삶도 저 거품 같은 것이리라 혼자 생각했던 적이 있다. 존재의 소멸은 막의 파괴에서 발생한다. 순간적 파멸의 미학. 유에서 무로의 전환….

몸을 씻어 내렸다. 여기저기 멍 자국이 피어 있었다. 그러고 보니 거울에 비친 얼굴도 말이 아니다. 이런 얼굴을 하고 연구실로 나갈 수는 없겠다. 어디서 술에 취해 누군가와 한판 붙었을지도 모르는 꼬락서니다. 애써 기억을 되살리려 해도 생각의 진도는 심포니에서 한 발자국도 나아가질 못했다.

샤워기를 들어 몸의 구석구석 씻어 내렸다. 물의 제트가 부드러운 탄성으로 등을 때리고 흘러내린다. 몽환적으로 피어나는 수증기와 따뜻한 물줄기가 몸 구석구석을 더듬는다. 멍 자국마다 뜨거움이 더해 화끈거린다. 습관적으로 어깨부터 팔뚝으로 물을 쏟며 겨드랑이를 들었다. 상완 안쪽으로 희미하게 볼펜으로 쓴 글자가 눈에 들었다.

– 납치, 창세기 1장 2절, 땅…

나머지 글자들은 이미 손으로 문질러 알아볼 수 없었다. 짧은 단어가 때리는 알 수 없는 기운에 서둘러 샤워를 마치고 방으로 돌아왔다. 팔뚝에 눌러 쓴 단어는 분명 내가 쓴 글씨다.

'납치? 창세기 1장 2절? 땅?'

밀려드는 의문에 무엇을 해야 할지 정리가 안 된다. 형태를 찾으라는 기간은 아직 끝나지 않았다. 다시 가보자. 지금 할 수 있는 일은 이것밖에 없다. 심포니로 가자.

심포니 가는 길, 아직 겨울의 복판임에도 봄을 기다리지 못해 나온 개나리 몇 송이가 성급함을 후회하듯 아슬아슬 떨고 있다. 도로가에는 얼음 위로 덮힌 눈이 희끗희끗하다. 도시의 먼지를 잔뜩 머금은 눈은 하늘에서 활강할 때의 탐스런 아름다움을 잃었다. 회색빛 하늘과 찬바람 날리는 겨울의 거리, 장엄하면서도 우울한 레퀴엠이다.

심포니에 들어섰다. 바흐의 토카타와 푸가가 숨 가쁘게 울려 퍼지고 있다. 끝없는 계단을 오르는 착각을 갖게 하는 저 음악. 불현듯 구토 증세가 일었다. 차가운 물을 들이키며 자리에 앉았다. 내가 앉는 자리는 늘 중앙 긴 테이블의 한쪽 구석이다.

– 뭘 드시겠어요?

도대체 무슨 생각을 하는지 알 수 없이 무표정한 종업원이
다가와 물었다.

– 아 네. 심포니 사이폰 커피 주세요.
– 한 분이신데….
– 아, 저 단골이잖아요. 새삼스럽게.
– 아 그러고 보니 선생님이시네요. 그런데 얼굴이. 못 알아봐
　서 죄송합니다. 무슨 일이라도….

늘 심포니를 찾으면서도 이 아가씨에게서 이렇게 많은 말을
들은 것은 처음 있는 일이다. 아, 이 친구도 생각을 하며 살기는
하는군. 그동안 늘 백치미라 감탄한 것이 실은 더러운 남자들의
속물근성에서 비롯된 것이리라.

– 네, 무슨 일이 있었나 봐요. 무슨 일인지 찾느라….

남 얘기 하듯 뱉었다. 사이폰 커피에 불을 붙였다. 하부 플
라스크에서 물이 끓는다. 아가씨는 상부로 올라온 물과 곱게 간
원두를 열심히 저었다. 그녀의 얼굴에 실험실 후배들이 감탄하
며 평했던 특유의 무표정한 얼굴이었다. 커피향이 진하게 코를
간질인다.

선팅된 심포니의 유리창 너머로 아직 남은 낙엽 하나가 툭,

마지막 붙들던 끈을 놓았다. 베토벤의 월광 소나타가 잔잔히 흐르는 심포니의 둥근 탁자와 스팟 조명으로 집중된 사이폰 속의 복잡한 물의 비등과 응축 운동은 늘 나에게 현실을 이탈할 수 있는 일종의 정거장 역할을 한다.

그 정거장에 낯선 사내 하나가 코트 깃을 세우고 서 있다. 언제부터 그렇게 있었는지 알 길은 없다. 뿌연 안개가 흩뿌린 정거장엔 방금 떠난 기차의 냄새가 남아 있다. 사내의 손에 들린 기차표엔 행선지가 기재되어 있지 않다. 언제 확인하였는지 펀치로 구멍이 뚫려 통과가 허락된 기차표. 기항지를 잃은 배들의 서글픈 뱃고동 소리처럼 사내의 담배 연기가 공중으로 흩어진다. 푸른 담배 연기가 기차역을 휘돌아 하늘로 오른다. 안개에 섞인 담배 연기가 다시 내려 기차역에 냄새를 떨군다.

상상 속에서 항상 나는 외계인일지도 모른다고 생각했었다. 지구라는 초록별에 떨어져 홀로 사는 외계인…. 그래 그것이 나의 정체성이고 싶었던 거다. 외계인답게 이곳은 진정한 내 삶의 터전이 아니라는 비현실의 추구. 최소한의 생명 유지만을 위한 소유. 나머지 나의 온 정신은 인지할 수 없는 미지의 세계를 탐구하는 욕망. 그러니 지구인을 사랑해서는 안 될 일이다. 나는 내 별로 가는 이 정거장과 기차표를 꼭 부여잡아야 할 당위가 있다. 기차역의 냄새가 커피 향으로 바뀌었다.

– 다 됐어요. 천천히 드세요.
– 저기, 혹시 성경책 있습니까?

물음에 호기심 가득한 눈으로 쳐다보던 심포니 아가씨가 카운터 밑으로 손을 뻗어 성경책을 찾아 내어주었다.

나는 천천히 성경을 펼쳐들었다. 한때 붉은색으로 물들인 성경과 금색으로 물들인 성경의 차이를 궁금해 했었다. 금색으로 물들인 뜻이야 귀하다는 의미를 내포한다 하더라도 붉은 색은…. 얼핏 피와 관련된 것 아닌가 하는 생각이 들었다. 성경과 피. 썩 좋은 기분이 들지는 않았다. 창세기 1장 2절을 펼쳤다.

'땅이 혼돈하고 공허하며 흑암이 깊음 위에 있고, 하나님의 신은 수면 위에 운행하시더라.'

땅, 흑암, 수면, 혼돈, 공허…. 적어도 단어들이 나타내는 것은 어떤 원시적인 질료를 묘사하는 것 같았다. 땅은 분명 우리가 밟고 다니는 땅은 아닐 것이다. 이후의 문맥으로 보아 아직 궁창도 안 지어진 상태이기 때문이다. 지구에서 전 우주의 질서가 만들어졌다는 생각은 우습기 짝이 없는 일이다. 지구가 우주의 중심으로 그 역할을 수행하기에는 턱없이 작기 때문이다.

수면? 이 단어 역시 존재할 수 없는 개념적인 말일 것이다. 아직 신은 물을 만들지 않았기 때문이다. 그런데 어떻게 수면이 존재할까? 창세기는 한눈에 보아도 모순덩어리임에 틀림없다. 이런 성경을 들고 다니며 이 속에 기록된 언어들을 믿다니. 한숨이 새었다.

강한 조명 탓인지 성경책이 환하게 빛났다. 고문서처럼 세로로 써 내려간 성경의 글자 한 획 한 획을 따라가는 동안 딱히 표현할 수 없는 어떤 느낌이 스멀스멀 나를 감쌌다. 마치 갑자기 찾아든 감기 기운에 으슬으슬 온 몸에 감기는 한기였다. 커피를 한 모금 들이켰다. 마리오 란자가 부르는 '논 티 스코르다르 디 메'의 마지막 부분이 심포니에 울려 퍼지고 있었다.

논 티 스코르다르 디 메.
논 티 스코르다르 디 메.

풀이 눕는 마을 와초리

일단 서울을 벗어나고 싶었다. 한 이틀만이라도 이곳을 벗어나 기억할 수 없는 이 불쾌감을 잊어야겠다고 생각했다. 나를 원점으로 돌려주는 공간으로 가자. 그곳은 버림받았던 곳, 700여 일 혼자되었던 곳, 엄마를 그리워했던 곳.

터미널은 추운 겨울 날씨 탓인지 붐비지 않았다. 버스에 올랐다. 서울, 동두천, 덕정, 초성, 전곡, 연천, 대광. 이런 지명들이 연결되어 있었다. 전방으로 가는 버스여서 그런지 승객의 반은 휴가 후 귀대하는 군인들이었다. 군인 가족으로 보이는 앳된 여인이 어린 아이를 감싸 안고 있었다.

버스는 한참을 달렸다. 한탄강을 지나는 다리는 높이가 꽤 되어 내려다보이는 한탄강 물살이 아찔해 보인다. 겨울이어서 그런지 물은 생각보다 말라 있었다.

가마니로 등을 덮어씌운 누렁소가 한가로이 하품을 내뿜었다. 추가령 지구대를 따라 난 길은 양 쪽으로 연달아 뻗은 산자락을 품고 있다. 이 지구대를 따라 끝없이 이어진 실개천의 맑은 물줄기는 조약돌로 가득한 투명한 물속을 상상하게 해준다.

큰 바위가 여기저기 뒹구는 개천 바닥엔 겨울 물고기라도 몇 마리 건질 심산인지 어른 몇이 아이들을 데리고 지렛대로 바위를 들치고 있었다. 돌고기 몇 마리, 기름종개, 쭉지 몇 마리 나오면 다행이다. 이곳에서 잡아먹는 겨울 개구리 맛은 일품이다.

버스는 계속 달려 연천을 넘어섰다. 이젠 전방답게 곳곳에 국방색 망으로 덮인 방어용 진지와 탱크가 내려오지 못하도록 만든 직사각형의 바리케이드 콘크리트가 개울 여기저기에 모습을 드러낸다. 포격 연습용 타깃을 표시한 자국이 산자락 여기저기에 선명하다. 서울서 잠깐 달려왔을 뿐인데 분위기는 이렇게 달라졌다. 추운 겨울인데 어디로 작전을 떠나는지 완전 무장 군인들이 지나간다. 버스가 신망리역을 지났다. 조금 더 가면 와초리. 난 와초리에서 내리기로 작정했다. 풀이 눕는 마을 와초리. 여기서 풀처럼 누워 며칠을 보내고 싶었다.

경원선 철로를 따라 마을이 옹기종기 모여 있었다. 다 쓰러져가는 흙담집 앞쪽을 새시로 덧댄 문에 창호지가 어지러이 붙어 있는 다방이 있었다. 일단 몸을 좀 녹여야겠다고 생각했다. 다방 안에 들어서자 갑자기 안경에 수증기가 피어 앞을 분간할 수 없었다. 안경을 벗자 주인으로 보이는 아주머니가 수더분하게 웃는다.

― 춥지요?

― 네, 엄청 춥네요.

아주머니가 따끈한 보리차를 따르며 내 얼굴을 빤히 쳐다보
았다. 도시에서 온 것 같은 인상이 풍겼는지, 아니면 군인들만
찾는 다방에 오랜만에 대학생 비슷하게 보이는 젊은이가 찾아들
었기 때문인지 아주머니의 기분이 사뭇 좋아 보였다.

― 뭘로 할까, 총각.

― 뭐 있어요?

― 코피, 쌍화차. 쌍화차 드실려? 내가 맛있게 끓여 주께.

― 그러지요.

아주머니는 콧노래를 부르며 주방으로 들어갔다.

믿는다. 믿어라. 변치 말자. 누가 먼저 말했던가. 아 아 생각
하면 생각사로 죄 많은 이네 인생…. 아주머니의 콧노래가 쌍화
차가 끓을 때까지 이어졌다.

― 총각, 여기 쌍화차, 나도 뭐 한 잔 먹으면 안 될까?

― 그러세요.

― 돈은 총각이 내야 해.

― 그래요? 아 네, 그러죠 뭐.

― 아주머니, 그런데요.

― 왜 그랴, 총각.

- 쌍화차에 계란을 넣으셨네요.
- 왜에? 다들 그렇게 먹는디.
- 저 계란 싫어해요.
- 별난 총각일세. 그럼 그거는 내가 먹지 뭐.

아주머니는 아주 웃긴다는 표정을 지으며 숟가락을 가져다 내 잔에서 노른자를 건져내었다.

- 아주머니 이 근처에 조용히 묵을 만한 데가 있나요?
- 우리 집도 있지. 내가 따듯하게 군불 놓아줄 테니 우리 집에 묵을려우?
- 아니요. 됐어요. 사실 좀 조용한 데 들어가 한 이틀 쉬고 싶거든요. 절이나 암자 같은 데 있으면….
- 보메기 뒤쪽에 있을 거유. 거기 가짜 중이 하나 산다던데.
- 가짜 중이요?
- 우리 동네 사람들끼린 잘 알지만, 가끔 연천이나 전곡 이런 데 다니면서 중노릇해 쌀도 얻어오는 그런 중이 있어.
- 그렇군요.

문이 스르륵 열리더니 군인 몇이 들어왔다.

- 아줌마, 맥주 다섯 병하고 마른안주 주세요.
- 알았어.

아주머니가 벌떡 일어나 주방으로 달려갔다. 아주머니는 무슨 사연이 그리 많은지 또 노래를 흥얼거렸다. 이제 그만 일어나야겠다고 생각했다.

계산을 치르고 문을 열고 나오자 찬바람이 코끝을 때렸다. 신작로 따라 걸어가는 길, 서릿발에 흙이 일어나 뽀드득, 눈 밟는 소리가 정겹다. 조금 걷자 개울 건너는 다리가 나왔다. 신서면이라고 쓰여 있었다. 저 다리를 건너가지 말고 계속 산모퉁이를 돌아가라고 했지, 속으로 중얼거리며 개울을 따라 걸었다.

개울은 완전히 얼어붙었다. 군인 가족인 듯 어른 몇과 아이들이 스케이트를 타고 있었다. 나는 조금 걷다가 개울 쪽으로 갔다.

개울가엔 노랗게 마른 풀들이 바람에 서걱대고 있다. 큰 바위 곁으로 다가섰다. 바위 밑 물속이 훤히 들여다보였다.

미루나무 몇 그루가 하늘로 치솟아 전형적인 강촌 풍경을 자아냈다. 안개마저 시야를 흩트리니 한 폭의 그림이 따로 없었다. 문명이 손닿지 않은 시골 풍경은 방정식과 알량한 지식으로 오염된 내 머리를 정화해주는 듯했다.

광대울의 가짜 중

보메기 한 편에 다 쓰러져가는 집이 보였다. 붉은 깃발이 드리워진 모습이 무당집임을 알려준다. 그곳을 향해 성큼 걸음을 내디뎠다. 문을 살짝 잡으려고 했는데 스르르 열린다. 바람 탓이었다. 문에 달린 쇠고리를 잡아 두드리려는데 쇠고리가 손가락에 척 들러붙었다. 춥긴 추운가 보다. 고소한 냄새가 났다. 김을 굽는 냄새였다. 문이 열리며 할머니가 고개를 내밀었다.

- 어디서 오셨수? 날 추운데.
- 네 할머니, 이 근처에 스님이 한 분 계시다고 해서 찾아왔습니다.
- 아, 그 가짜 중. 광대울로 가봐야 할거요. 지지난해에 서울서 데려온 샥시랑 결혼했는데, 일 년도 못 되 상처하고 광대울로 들어갔다오.
- 젊은 양반. 지금 바로 떠났다가는 얼어 죽을 테니, 들어와 발이라도 녹이고 가소.
- 그러면 정말 감사하지요.

신발을 벗고 들어간 좁은 방안에 화로가 놓여 있었다. 노인은 화로에 석쇠를 대고 김을 굽고 있었다.

- 출출하지는 않소?
- 예, 조금 출출하기는 한데 그럭저럭 견딜 만합니다.
- 고구마 몇 개 구워 놓은 것이 있는데 화로에 뎁혀줄 테니 요기나 하소.
- 아이고 감사합니다.

할머니가 화로를 이리저리 뒤져 붉은 빛을 내며 타들어가는 숯을 들춰내었다. 검은 숯 사이로 명멸하는 붉은 빛. 검은 숯 덩어리와 산소의 화학적 결합. 나는 어떻게 산화되어야 할까? 내가 낼 수 있는 빛의 색깔은 무엇일까? 습관적으로 상상에 잠기는 사이 할머니가 잘 구워진 고구마를 건넸다.

내어준 고구마로 요기하고 동치미 한 사발로 목을 축인 후, 다시 한 번 위치를 확인하고 길을 나섰다.

산모퉁이를 두 개나 돌아 가파른 언덕길을 올라가자 광대울 숯가마 마을이 나타났다. 피난 온 화전민들이 모여 살던 곳이다. 산에서 나무하고 불을 질러 밭을 일궈 먹고 살던 화전민 마을. 벌써 저녁밥을 짓는지 굴뚝에서 흰 연기가 피어났다. 연기가 피어오르는 첫 번째 집으로 들어갔다.

- 실례합니다. 혹시 이 근방에 스님이 한 분 계시다는데, 어디 가면 찾을 수 있는지요?

의심스런 눈으로 나를 쳐다보던 중년의 사내가 뚱하게 되물었다.

- 그 땡중은 뭣 때문에 찾는디?
- 아 예. 한 이틀 묵을 만한 암자 같은 걸 찾다가 스님 얘기를 들었습니다.
- 글쎄. 지금 있으려나. 한 번씩 훅 사라지고 해서 있을지는 잘 모르겠는데. 아무튼 저기 아래 세 번째 숯가마가 있는데 살

기는 거기서 살아.

나는 좁다란 경사 길을 조심조심 내려가다 미끄러져 한 차례 엉덩방아를 찧었다. 그렇게 경사진 길을 내려오자 예의 그 숯가마가 보였다.

  – 계세요?
  – 누구시요?

들려오는 대답에 우선 안도했다. 가짜 중이라는 사내는 오십 대 중반 정도로 보였다. 머리는 오래 안 깎았는지 제법 까실까 실하다. 한쪽 눈이 약간 찌그러져 보이는 것이 오래 전 무슨 사고라도 당한 듯 보였다.

  – 안녕하세요. 저는 강민호라고 합니다. 서울서 온 학생입니 다. 혹시 이곳에서 며칠 쉬면서 생각 좀 할 수 있을까 해서 요….
  – 먹을 것은 갖고 오셨는가?
  – 아, 수중에 약간의 돈이 있습니다만.
  – 뭐 그렇다면 문제될 거야 없지만. 여기는 불편할 텐데 저기 원앞산 쪽에 있는 따순 방에서 돈 주고 쉬지 그래.
  – 아닙니다. 그러려면 서울도 쉴 곳은 많지요. 그냥 이렇게 세 상과 좀 떨어져 인연이 뜸한 곳에서 쉬고 싶어서요.
  – 젊은이, 여가 더 복잡한 세상일 수도 있을 텐데….

나는 아무 말 없이 가방을 내렸다.

– 가짜 중이라고 하던데요?
– 그래 맞아. 땡중 가짜 중이지. 헛.
– 그 생활 힘들지 않으세요?
– 뭐 별로. 그래도 공부는 조금이라도 해야지. 염불이라도 틀
　리지 않게 외려면.
– 염불도 하세요?
– 그럼 중이 하는 웬만한 일은 다 흉내 내지.
– 그럼 아예 중을 하지 그러세요?
– 속세에 인연이 깊어 그렇다네.

　남자가 허공을 쳐다보았다. 깡마른 얼굴에 주름이 굵게 잡혀
있다. 제법 자란 빡빡머리에 흰 머리카락이 수두룩하다.

– 나 좀 나가봐야 하네.
– 어디 가세요?
– 꿩 좀 주워 보려고. 콩깍지에 싸이나 발라두었는데 어찌 됐
　나 살펴봐야지. 토끼 덫도 살피고.
– 저도 같이 가면 안 될까요. 구경하게요.
– 안 될 게 무언가. 딱히 할 일도 없을 텐데.

　계곡 웅덩이를 건너 산기슭을 더듬어 올랐다. 상수리나무 이
파리 위에 콩 몇 알이 어지럽게 흩어져 있었다.

- 먹은 모양이구나.

사내의 눈이 커졌다.

- 잘 찾아야 해. 안 그러면 삵이 채간단 말이야.

쓰러져 있을 꿩을 찾아 이리저리 찾았다.
계곡 쪽 눈구덩이에 장끼 꼬리가 삐죽 드러나 있었다.

- 하하, 한 마리 했네. 이젠 칠부 능선타러 가세.

남자가 빠르게 산을 올랐다. 나는 숨이 턱에 차는데 전혀 숨
이 안 차는지 바위를 발로 차며 튕겨 올랐다. 칠부 능선 곳곳에
전화선 철선으로 올무를 만들어 둔 게 보였다. 저만치 산토끼 한
마리가 올무에 걸려 바둥대고 있었다.

- 이놈들아 뒤로 나오면 살 수 있는데, 왜 그리 앞으로만 나아
  가려고 하니. 허허. 그러니 올무가 더 조이지. 하긴 인간도
  이렇게 미련한 걸.

사내가 토끼 머리를 세게 후려쳐 기절시키더니, 올무 끝을
허리춤에 둘렀다.

- 이런 건 잡아서 뭐하시나요?
- 고기는 끓이고, 가죽은 말렸다가 팔지. 봄이 되면 사러오는
  사람이 있어.

– 가짜 중이란 말 듣기 거북하지 않으세요?

– 거북하고 말고 없어. 그게 나야, 가짜. 가짜니까 가짜답게 이
익을 챙겨야지. 그런데 이젠 이익도 별로고. 이렇게 겨울 산
에 싸이나 놓고 꿩이나 줍는 신세지. 모아둔 돈도 없고, 자
식도 없고….

– 그래도 그렇게 여기저기 다니는 동안 재미있는 일이 많았
겠어요?

– 뭐 말하자면 길지만, 다 가짜야. 모두가 가짜….

푸드득, 꿩 한 마리가 하늘로 날아올랐다. 저놈은 요행히 싸
이나를 먹지 않았구나. 하긴 며칠 뒤 싸이나를 먹고 도리탕 감이
될지는 알 수 없지만, 적어도 이 순간은 이 겨울 숲에서 가장 화
려한 야생을 살아가고 있었다.

– 자네, 여기 약수 나는 샘물이 있는데 같이 가볼 텐가?

– 그러죠.

사내가 앞장서 성큼 걸었다. 내리막길은 적당히 바위를 차며
뛰어오르듯 하고 다음 바위에 닿을 때는 무릎을 오므려 충격을
완화시켜야 한다. 한참을 그렇게 달리듯 내려와 듬직한 너럭바
위에 다다랐다. 바위 밑으로 맑은 물이 얇게 흘렀다. 여기저기
살얼음이 고드름과 같이 있었다.

– 여길세.

큰 바위 밑에 조그만 웅덩이가 있었다. 그리고 그곳에 언제 태웠는지 모를 반쯤 녹은 초가 보였다. 치성을 드리는 장소임을 한눈에 알 수 있었다.

– 여기 물맛 최고야. 철분이 많아서 밥을 하면 초록색으로 변하지.

나는 표주박으로 물을 떠 마셨다. 뱃속까지 얼얼하게 찬 기운이 퍼졌다.

– 여기서 치성도 드리세요?
– 가짜 중이 그런 걸 왜 하겠나.
– 가짜를 자꾸 강조하시는 걸 보니 뭔가 진짜를 숨기고 계시는 것 같아요.

사내가 내 눈을 힐끗 훑었다. 순간 그 눈에서 진실이 빠져 나와 드러낼 것 같았다. 사내가 다시 약수가 웅덩이로 얼굴을 돌리며 풋, 하더니 중얼거렸다.

– 살면서 처음 듣는 소리구만.

덫

산골 짧은 해가 벌써 어둠을 드리우기 시작해 내려오는 길은

어둠을 밟아야 했다. 내리 비추는 달빛이 제법 밝아 길을 찾는
데 어렵지는 않았다. 어두컴컴한 숯가마에 이르러서야 군데군
데 화전민들의 집에 빛이 들어오기 시작했다. 피곤이 밀려왔다.
가짜 중이란 사내는 군불을 지피러 나갔다. 나는 이부자리를 펴
고 앉아 몸을 녹이다 곯아떨어졌다.

― 그만 일어나게.

사내가 내 어깨를 강하게 흔들었다. 나는 실눈을 뜨며 날이
밝았는지 밖을 살폈다.

― 밤새 눈이 내려 참새 잡는 데 그만이야.

일어나 창문가에서 밖을 내다보았다. 눈 쌓인 뒷마당에 좁쌀
을 솔솔 뿌려놓고, 커다란 채를 막대로 세워놓았다. 참새들이 안
에 들어가면 잡아챌 심산이었다.

― 저렇게 잡힐 참새가 있을까요?
― 굶으면 정승도 비럭질한단 말 몰라?

가만 보고 있자니 참새 한 마리가 조심조심 접근한다. 흩어
진 좁쌀을 먹으면서도 세워둔 막대기가 미심쩍은지 좀체 머리를
안 들이민다. 근처 나뭇가지에 여남은 마리의 참새가 앉아 지켜
보고 있다. 한 마리가 허기를 못 견뎠는지 키 안쪽으로 종종 들
어갔다. 참다 못 한 또 한 마리가 푸드덕 날아든다. 종종거리며

좁쌀을 먹고 미심쩍어 대가리를 들었다 놨다….

드디어 여남은 마리가 키 안으로 들었다. 사내의 눈동자가 빛났다. 순간 키를 받쳤던 나무막대가 창 쪽으로 튕겼다.

- 자, 이제부터가 중요해. 참새를 살려 잡으려다간 다 놓치게 된단 말이지. 그러니 안 되었지만, 자네가 가서 키를 자근자 근 밟아주게. 그럼 이놈들이 다 죽어.
- 어이쿠, 전 하기 싫습니다.
- 그럼 이따가 참새구이 달라는 소리 하지 마. 있는 발로 밟는 것도 못하면서. 쯧쯧.

그렇게 잡은 참새를 사내는 거죽을 벗겨 술술 소금을 치더니 자작자작 화로에 굽기 시작했다. 고소한 냄새가 방안을 채웠다. 짐승을 태우면 왜 이렇게 고소한 냄새가 날까. 짐승의 기름이 타는 향기로운 냄새. 사내가 말없이 한 마리를 나에게 밀었다.

- 다 먹게. 산골에서 겨울나려면 이렇게 해야 한다네.

아침은 결국 참새 몇 마리로 해결했다. 숯가마 안은 참새 기름 탄내로 가득했다.

- 자네 무슨 고민 있지?
- 어떻게 아세요?
- 가짜 중 노릇하려면 눈치가 있어야지. 자네 눈에 이미 적혀

있어….
- 사실 며칠간의 기억을 잃어버렸어요.
- 중요한 기간인가 보네?
- 그조차도 모르겠습니다. 완전히 잊었으니.
- 흠….

사내가 숯가마 뒤로 가더니 조그만 나무뿌리 한 토막을 들고 왔다.

- 자네 이게 뭔지 아나?
- 나무뿌리네요. 불에 그을린….
- 이게 정신에 이상 있을 때 달여 먹으면 효험이 좀 있다네.
- 저 정신은 말짱해요.
- 기억이 없다며. 그런데 뭐가 말짱하다는 거야.
- 그 나무 무슨 나무예요? 혹시 옻 나무 이런 거 아니예요?
- 이 나무 아주 귀한 거야.
- 뭐죠?
- 번개 맞은 백합나무 뿌리.
- 번개 맞은 건지 아닌지 어떻게 알죠?
- 내가 맞혔지, 하하.
- 예?
- 나무 꼭대기에 우산대를 박아뒀거든. 지난여름 날씨가 심상
  치 않을 때. 얼마 안 있어 번개가 내리쳐 나무는 다 부러지고

일부는 번개에 타고.

– 이거 산삼보다 귀한 거여. 평생 살면서 좋은 일이라고는 해
본 적 없는데, 오늘은 왠지 좋은 일 한 번 해보고 싶은 마음
이 생겨서 그러니 잔말 말고 내 말을 따르게.

사내가 낫으로 껍질을 얇게 벗겨내더니 물에 담가 불에 올
렸다.

– 이제 이 물이 반쯤 쫄면 불에서 내려놓게. 한약 달이는 것
과 똑같아.

몇 가지 당부하고 사내는 볼일이 있다고 밖으로 나갔다. 숯
가마 안의 어두운 그늘에 혼자 앉았다. 숯가마 안이 전부인 것처
럼 세상이 좁아졌다. 숯가마 밖으로 나왔다. 겨울 산 차가운 공
기가 폐부에 스몄다. 그러고 보니 아침에 덫에 걸려 죽은 참새들
처럼 내가 숯가마에 들락거리고 있다. 우울했다.

기억의 파편

계곡으로 발길을 옮겼다. 얼음 위로 수북이 눈이 쌓였다. 눈
덮인 겨울 산의 풍경은 때론 어머니의 품과 같은 아늑함을 느끼
게 한다. 한 움큼 눈을 퍼 입에 넣었다. 혀끝을 타고 냉기가 퍼
졌다. 아직 얼어 굳지 않은 눈송이 하나하나가 입안을 간질이며

천천히 녹아 목구멍으로 흘렀다.

웅덩이 군데군데 터져 있는 얼음장 사이로 물살이 흘렀다. 가만 보니 그 안에 개구리 몇 마리가 겨울잠을 자고 있었다.

숯가마에서 졸아들고 있을 번개 맞은 백합나무 뿌리 생각에 다시 숯가마로 돌아왔다. 탕은 하얀 증기를 내뿜으며 잘 다려지고 있었다. 종지에 조금 따라 냄새를 맡았다. 그런대로 구수한 향이 났다. 한 종지를 다 마셨다.

졸음이 쏟아졌다. 더 졸아들지 않게 불에서 내려놔야 한다고 생각했지만 이상하게 몸이 의지대로 움직여주지 않았다. 겨우 이부자리까지 움직여 기력 없이 쓰러졌다.

밝은 빛과 어둠이 교차했다. 몸을 움직일 수 없었다. 눈만 깜박였다. 갑자기 내 몸이 물속으로 끌려들어갔다. 물이 뱀처럼 내 몸을 감싸 밑으로 끌어들인다. 의식은 필사적으로 헤엄쳐 나와야 된다고 생각했지만 몸은 점점 물 밑으로 가라앉는다.

어디선가 음악이 흘러나왔다. 물이 따뜻하다. 갑자기 어머니가 보고 싶어졌다. 늘 보고 싶던 어머니. 그러나 늘 멀리 계셨던 어머니. 이렇게 죽는 건가 생각했다. 이러면 안 되는데. 물 밖이 보고 싶었다. 갑자기 몸이 두둥실 떠오르더니 푸우, 호흡이 뚫리고 시야가 밝아졌다. 물 위에 여인이 서 있었다. 민호야. 어머니 목소리였다. 그러나 어머니 얼굴이 아니었다. 여인의 얼굴을 살폈다. 현신이었다.

현신의 귀에서 삼각형 귀고리가 반짝였다. 그녀가 나를 일으켜 세우며 말했다. 엄마다. 나는 아니라고 도리질했다. 현신이 나를 가슴에 안았다. 얼굴이 달아올랐다. 나는 소리쳤다. 당신은 네 엄마가 아니야. 당신은 현신이란 말이야. 현신이 몹시 화난 표정을 짓더니 나를 다시 털썩 물에 던졌다. 살려달라고 손짓했다. 그러나 현신은 사라지고 없었다. 큰 소리로 울었다. 울음소리가 기이하게 들렸다. 갑자기 울림 있는 사내의 소리가 들렸다.

– 잠버릇 한 번 고약하구만. 자네가 여기 있는 동안 차라리 내가 아랫마을 가서 살아야겠어.

가짜 중이 희죽 웃으며 말했다.

– 약을 먹었는가?
– 네….
– 그 약을 먹고 쓰러져 꾼 꿈이라면 꿈속에 상당한 기억의 조각들이 있을 거야. 그 조각들을 짜 맞추어야 해. 조각 속에 또 조각. 끝없는 조각의 연결…. 그게 인생이기도 하지. 인간들의 실제 삶은 그러한 조각들이 만들어내는 작은 환상일 뿐이지….

가짜 중이 염불 외듯 조각이란 말만 반복했다.

– 꿈에 뭐가 나타났었나?
– 개꿈인 것 같아요. 온통 뒤숭숭하니….
– 개꿈이라도 생각나는 거 있으면 말해봐.

- 그러니까. 물. 물에 빠졌어요. 죽는 줄 알았는데. 웬 여자가 날 꺼내줬죠. 엄마라고 했는데 자세히 보니 엄마가 아니었어요.
- 물이라…. 그건 길몽이야. 미래를 점친다면 길몽이기는 한데, 과거를 살펴야 하니 뭐라 말하긴 그렇네만…. 근데 여자가 꿈에 나타났다면 좋은 건 아닐 거야.
- 좋다 안 좋다 그 말밖에 못하시는군요. 그러니 가짜 중이죠.
- 이 사람아, 그렇게 사실을 말하면 진짜 가짜 중 섭섭하지.
- 뭐, 별 도움 안 되는 말씀만 자꾸 하시니 그렇지요.
- 자네 정말 기억을 되살리고 싶나?
- 네, 그러고 싶습니다.
- 내가 좋다 나쁘다 얘기한 것은 기억을 되살리는 일이 자네 인생에 좋은지 안 좋은지를 얘기한 거야.
- 그럼 진짜 도와주실 수 있나요?
- 글쎄, 가짜 중이 뭘 하겠어….

가짜 중이 진지한 얼굴이 되었다. 몇 가지 산약을 더 넣었으며, 그게 무엇인지는 알려줄 수 없다고 했다. 한두 시간 고아야 한다며 아궁이에 불을 적당히 지피며 시범을 보였다. 벼 껍질을 태우는 것이라 풀무질을 하지 않으면 연기만 난다. 쉴 새 없는 풀무질이 고역이었지만 시키는 대로 했다. 한참을 그렇게 약을 다렸다.

– 다 고아졌으니 이제 마시게. 다시 잠이 올 거야.

한 사발을 다 들이켰다. 잠을 자지 않아보려 애썼다. 가짜 중에게 약효 없음을 입증하고 싶은 엉뚱한 생각이 들었기 때문이다. 그러나 헛수고였다. 눈꺼풀이 천근 무게처럼 내려앉았다.

분명 이것은 꿈이라고 자각했다. 그런데도 그 꿈속에서 나홀로 여기저기 기웃거리고 있었다. 온갖 신기한 장면들이 머리 위로 횡횡 지나갔다. 갑자기 기분이 붕 뜨더니 두 발이 허공으로 치솟으며 하늘을 날았다. 수영장이 보였다. 수영장으로 날았다. 수면 위를 바라보며 빠른 속도로 비행했다. 손으로 물 표면을 탁탁 치며 빠르게 날았다. 수영장 바로 옆에 빨랫줄이 있었다. 빨랫줄 위를 턱걸이하듯 간신히 타고 넘었다. 너무 높이 올라가면 안 될 거라고 생각하면서도 몸은 붕붕 떠 다녔다. 땅에서 쳐다보는 사람들이 신기해했다. 마음 한구석이 기쁨으로 충만했다.

하늘 저편에서 한 사람이 나타났다. 현신이었다. 현신이 나처럼 하늘을 날았다. 서로 손을 맞잡아 인사를 나누고 어깨동무를 하고 날았다. 아까보다 훨씬 더 높이 올랐다. 같이 있으니 두려움은 없었다. 현신이 말없이 손짓하더니 앞서 날았다. 현신을 따라 날았다. 현신이 갑자기 거대한 선박 속으로 사라졌다. 선박이 나를 빨아들였다. 선박 안 좁은 미로를 난다는 게 쉽지는 않았다. 현신이 사라진 뒤로 갑자기 수많은 검은 박쥐 떼가 나를 에워쌌다. 건물에 날아든 박쥐에 물리면 치료제가 없다는 어디선가 들었던 얘기가 불현듯 떠올랐다. 공포였다. 물리지 않으려 필사적으로 움직였다. 이상하게도 이건 꿈이야, 생각하면서도 대단한 악몽에 몸서리 쳐졌다. 검은 박쥐 떼 사이로 갑자기 한 줄기 빛이 쏟아졌다. 빛은 박쥐 떼를 가르며 눈앞에 정원을 펼쳐 놓았다. 정원 한가운데 현신이 서 있었다. 몹시 나를 기다리는 눈치였다.

– 대단한 환영식이군요.
– 민호 씨 환영해요.

현신이 해맑게 미소 지으며 말했다.

– 너무 서두르지 마세요, 민호 씨. 아직 시간은 많아요.

현신의 말이 뜻하는 바가 무엇인지는 모르지만 고개를 끄덕였다. 현신이 귀고리가 빛났다. 삼각형 귀고리를 두 개씩이나 달고 있었다.

– 삼각형 귀고리가 인상적입니다.
– 전 삼각형을 좋아해요.

현신이 삼각형 귀고리 하나를 풀더니 나에게 내밀었다. 이것을 받으면 안 된다고 생각했지만 귀고리는 이미 내 손에 쥐어져 있었다. 갑자기 현신이 사라졌다. 광장이 다시 어두워졌다. 검은 박쥐 떼가 다시 나를 에워쌌다. 박쥐들의 검은 눈동자와 하얀 이빨들이 나를 삼킬 듯 다가왔다. 박쥐 한 마리가 나를 향해 날아들었다. 교활한 미소를 지으며 박쥐가 천천히 내 목에 하얀 이빨을 박았다. 으아악, 공포에 비명을 질렀다. 비명소리에 놀라 잠을 깼다.

— 증세가 심하구먼, 분명 안 좋은 일이 있어. 자네에게 안 좋은
   기억이 똬리를 틀고 있어….

목 언저리를 만졌다. 목은 멀쩡했지만 아직도 검은 박쥐가 내 목을 물 것만 같았다. 소름이 끼쳤다. 현신만이 이 공포에서 나를 구해줄 수 있을 것이라 생각했다. 현신을 만나야 해.

환원

기억이란, 금속에 덧붙은 산화물 같은 것이다. 시간이 지날수록 덕지덕지 붙어 마침내 자신을 잃어버린 것처럼 보인다. 기억을 벗겨내야 한다. 그래서 반짝이는 금속의 원소를 대기 중에 드러내야 한다. 원소의 반짝거림을 기억하고 찰나적 산화가 가려버린 안타까움을 인식해야 한다. 산화된 원소는 더 이상 원소가 아니다. 이곳을 나가야겠다고 생각했다. 이상한 약을 먹고 잠에 빠져 개꿈이나 꾸어대고, 가짜 중에게 알지 못할 신뢰감을 느끼는 내가 자아를 상실해 산화된 변종으로 느껴졌다.

앞으로의 일을 생각했다. 무엇보다 우선 이틀 동안의 기억상실에 대해 더 이상 집착하지 않기로 결단하자. 쉽지 않은 결단

이지만 해야 한다.

차분히 생각하니 지금의 기분 문제일 뿐, 살아가는 데 지장될 일은 하나도 없다. 다만 여기를 찾은 이틀 동안 잃어버린 기억에 대한 막연한 불쾌감과 기억을 되살려야 한다는 강박에 시달렸을 뿐, 가짜 중의 해몽을 종합해도 내 삶을 결정지을 대단한 것은 없었다. 그렇다면 오늘을 충실히 살아가는 게 중요하다. 어제는 이미 지나간 것, 오늘의 태양은 어김없이 떠오르지 않던가.

원래의 강민호로 돌아가야 한다. 인간 세계에 관심이 없는 강민호. 스스로 우주인이라 자처하는, 고독이란 것을 느낄 신경세포를 갖지 않은 나. 누구를 그리워할 일 없으며, 누구를 필요로 하지도 않았던 나.

가짜 중에게 작별을 고하고 와초리를 떠났다.

와초리에서 돌아온 나는 형태의 실종을 모르는 사람처럼 연구실 책상에 틀어박혀 지냈다. 종헌이 가끔 찾아와 형태 얘기를 묻곤 하였지만 관심 없는 척 대했다. 잃어버린 기억에 대한 알러지인지 형태 생각만 떠올려도 잃어버린 시간, 현신의 얼굴, 그리고 삼각형 귀고리가 떠올랐다. 그리고 내목에 하얀 이빨을 박아 넣던 검은 박쥐의 공포의 눈동자….

논문을 뒤적이며 꼼꼼히 읽었다. 나는 논문을 읽을 때면 반으로 접어 왼손에 들고 읽는다. 참조한 레퍼런스들은 옆에 볼펜으로 숫자를 표기해 찾기 쉽게 한다. 중요하다고 보이는 구절이 있으면 밑줄을 치지 않고 텍스트 옆의 여백에 죽 줄을 그어 놓는다. 이렇게 하면 아무데서나 논문을 읽을 수 있다. 그래서 내가 읽었던 논문은 항상 구겨져 있다. 구겨져 있지 않은 논문은 읽지 않은 논문이다.

전화벨 소리가 고요를 걷어냈다. 왠지 모를 불길한 예감이 스쳤다.

– 민호 씨?
– 네, 접니다.
– 저, 현신이에요. 통화 괜찮으신가요?

난감했다. 묘한 기분.

– 네 말씀하세요.
– 우리 만나요.
– 네, 그러지요.
– 지금 심포니로 갈게요. 삼십 분 후에 봬요.

꿈속 장면이 떠올랐다. 어떻게 해야 하나 난감했다. 꿈속에서 만난 현신을 다시 현실에서 만나야 한다니. 박쥐 떼는 어디에 있을까. 종헌을 데리고 갈까. 최대한 꾸물거리며 눈에 들어오지 않는 논문을 이리저리 구기다 자리에서 벌떡 일어섰다.

심포니엔 제법 사람들이 많았다. 오현명의 굵직한 저음으로 명태가 흘러나오고 있었다. 에지프트의 왕처럼 미라가 됐을 때. 어떤 외롭고 가난한 시인이 밤늦게 시를 쓰다가. 그의 안주가 되어도 좋다. 그의 시가 되어도 좋다. 쫙쫙 찢어지어 이 몸이 없어질지라도 그 이름만 남아 있으리라. 명태. 명태라고, 쯧쯧…. 백치미 아가씨가 변함없이 사이폰을 들고 왔다.

- 한 잔이시죠?

지난번에 못 알아 본 것이 미안했던지 얘기하기도 전에 알아서 먼저 챙긴다.

- 아, 아니에요. 오늘은 둘입니다.
- 어, 그래요? 이럴 때도 있네요. 호호.

누가 신청했는지 변훈의 가곡이 계속 흘러나왔다. 산산이 부서질 이름이여. 부르다가 내가 죽을 이름이여…. 사이폰 유리관이 산산이 부서지는 상상을 했다. 산산이 부서질 사이폰이여. 젓다가 내가 죽을 사이폰 커피여…. 이렇게 바꿔 부르면 딱 이 분위기에 어울리겠다고 생각했다.

문이 빼꼼 열렸다. 한눈에 현신인 줄 알아볼 수 있었다. 목도리에 앙증맞은 점퍼. 엉거주춤 자리에서 손을 흔들었다. 자리에 앉은 현신이 먼저 입을 열었다.

- 조금 늦었지요?
- 아니요. 저도 조금 전 도착했습니다.

자리에 앉자마자 현신이 나를 빤히 쳐다봤다. 그 눈길이 무안해 얼굴을 숙이며 말했다.

- 왜 그렇게 보세요. 무안해지네요.
- 형태 씨 찾는 일은 잘 되어가나요?
- 아뇨. 전혀 진척이 없네요. 그놈이 어디 있는지 알 수 있으면 좋을 텐데.
- 그렇군요.
- 그런데, 저를 보자고 한 이유가….
- 아. 아뇨. 별다른 이유가 있는 건 아니고요. 그냥 한 번 만나보고 싶다는 생각이 들었어요. 그러면 안 되나요?
- 아 아닙니다. 언제든 보고 싶으시면 연락하세요. 이런 일은 태어나서 처음이지만요.
- 뭐가 처음이란 말이죠?
- 아 여자에게서 만나보고 싶다는 말을 듣는 것….
- 그럼 안 되나요?
- 아 아니요….

왜 이렇게 말이 꼬일까? 내가 가진 어떤 상식이란 게 상당히 문제 있는 게 아닌지 느끼고 있었다.

커피 잔을 들고 생각에 잠긴 현신의 얼굴을 바라보는 것이 영 어색했다. 하릴없이 심포니의 어두운 유리창 밖으로 눈을 돌렸다. 눈발이 날리기 시작했다. 불쑥 눈 내리는 캠퍼스를 걸어보고 싶었다. 혼자였다면 당장이라도 달려갔을 텐데. 현신이 앞에 있어 그러지 못하는 것이 못내 아쉬웠다.

- 현신 씨는 요즘 주로 뭐하고 지내시나요?
- 소설 읽어요.
- 책 읽는 게 취미인가 보군요.
- 책이 아니고 소설이요.

　그냥 넘어가는 법이 없다.

- 주로 읽는 소설이라도….
- 추리소설, 공상과학 소설이요.
- 의외로군요. 보통 감성적 연애소설이나 그런 것을 주로 읽
　지 않나 생각했는데.
- 그런 쪽 장르는 시시해요.
- 왜요, 현신 씨는 사랑이나 뭐 이런 것에 관심 없으세요?
- 물론 관심이 없다면 가식일 테죠. 하지만 엄밀히 말해 사랑
　따위는 없다고 봐야죠. 사랑이 도대체 존재할까요?
- 왜요? 소설에 나오는 거의 모든 얘기들이 사랑 얘기들이잖
　아요.
- 그러니 사랑은 없는 거죠. 사랑이 있다면 소설로 쓸 필요가
　없어요.
- 교회를 열심히 다니셔서 예수, 사랑, 뭐 이런 감정을 가질 것
　이라 생각했는데. 의외네요.
- 왜 의외라고 생각하죠, 그런 생각하면 안 되나요?

- 아니요, 저랑 생각이 약간 비슷한 것 같기도 해서요. 실례가 되었다면 죄송합니다.
- 민호 씨도 사랑이 없다고 생각하나요?
- 뭐, 저의 경우는 없는 게 아니라 저와 상관없다고 하는 것이 맞죠.
- 호호호. 그런 사람 둘이서 가곡이 흐르는 카페에 앉아 사랑타령을 하고 있네요. 이런 얘기는 술 마시다 안주 떨어졌을 때나 하는 얘긴데 말이죠.
- 하하하.

나도 동감한다는 뜻으로 따라 웃었다. 묘한 여자다. 나에 대해 뭔가 많이 알고 있는 느낌을 지울 수 없다.

- 밖에 눈이 옵니다. 눈 맞으러 나갈래요?
- 좋아요.

밖으로 나왔다. 함박눈이 펑펑 쏟아지는 세상이 잘 세트된 무대에 선 기분이었다. 어지러이 궤적을 그리며 쏟아지는 눈은 땅으로만 떨어지는 것은 아니다. 하늘로 날아오르는 눈도 있다. 캠퍼스 안으로 들어갔다. 사자상이 있는 본관을 지나 한 바퀴 돌았다. 방학인 탓에 교정엔 학생들이 거의 없었다. 조용한 캠퍼스에 흰 눈이 축복처럼 쏟아져 내렸다. 현신이 계단에 쪼그려 앉았다. 나는 광장으로 내려가 눈을 뭉쳐 나무에 던졌다.

– 민호 씨.

– 왜요?

– 민호 씨 나중에 이 대학 총장하세요.

– 왜요?

– 그냥요.

– 저는 그런 거 안 합니다.

– 왜요?

– 저는 진리를 찾으려 하지 자리를 탐구하진 않죠. 저 말고 할
사람 많을 겁니다.

– 민호 씨 이담에 교수할 거죠?

– 아뇨. 전 교수가 싫어요. 교수 알러지가 있어서.

– 왜 싫으세요?

– 여태껏 보아왔던 교수들에 대한 일종의 혐오감이죠.

– 그럼, 전혀 다른 교수가 되면 되잖아요.

– 오, 전혀 다른…. 그럼 다른 교수들이 절 죽일 거예요. 현신
씨는 현실에 대해 너무 긍정적이십니다요.

– '이십니다요'는 촌스런 말입니다요.

눈이 내리는 잿빛하늘에 하얀 눈송이가 없었다면 우울함을
못 이긴 어떤 이에게는 자살 충동을 일으킬 만하다. 잿빛 하늘은
눈을 뿌려야 한다. 그래야 우울한 영혼들에게 잠시나마 감정을
덮어줄 단색의 단조로움이 덧씌워질 것이다.

우린 눈을 뭉쳐 이리저리 던져보다 다시 걸어 나왔다. 현신

의 콧잔등에 눈이 곱게 떨어진다. 숨을 내쉴 때마다 뽀얀 김이
서리는 현신의 얼굴을 옆으로 흘기며 참 예쁘다, 생각했다.

― 민호 씨.

― 네.

― 그냥 상상인데요, 민호 씨는 죄 지은 게 많지요?

― 아, 전도는 사절입니다. 그 다음 얘기 다 알거든요. 너는 죄
  인이다. 아주 뒈져야 할 죄인. 네가 잘 알잖아, 스스로의 꼬
  락서니를…. 그런데 너 같은 구제 불능에게도 희망은 있다.
  그건 네 대신 오래전에 누가 그 대가를 치렀기 때문이다. 그
  러니 잔말 말고 그 사실을 믿으라. 그러면 넌 천국 가서 떵떵
  거리며 살 수 있다.

― 많이 들었어요, 정말?

― 뭐 그렇단 말이죠. 계속해보세요 아까 죄인 얘기. 그래요, 저
  도 죄인이겠죠. 문제는 그 죄라는 것이 저의 동의하에 결정
  된 것이 아니란 말이죠. 일방적으로 정해놓고 어겼다 뭐 이
  런 것 아니겠어요?

― 누가 그렇대요.

― 뭐 어디서 들은 얘긴데 친구 보고 나쁜 새끼라고 욕하면 살
  인한 거라고 한다면서요? 그보다 더 심한 것도 있다고 들었
  는데….

― 어떤 건데요?

― 말 안 할래요. 아무튼 그런 관점에서야 누구나 죄인인 거죠.

- 그렇군요.
- 만일 죄가 유전된다면 어떻게 생각하세요?
- 천만의 말씀이지요. 연좌제는 나쁜 거예요, 악법이죠. 소크
  라테스 할애비를 데리고 와도 전 반대입니다.
- 그렇군요. 그런데 혹시 유전될 가능성도 있지 않을까요?
- 생각해본 적 없습니다. 왜 자꾸 그런 걸 묻는지 알 수 없네
  요. 저를 예수 믿게 하는 건 아닌 것 같고, 아주 고단수로 전
  도하시는 것도 같고.
- 아녜요. 전도할 마음 없어요. 그냥 사세요, 뜻한 바대로.

눈발이 성기고 있었다. 학교 앞은 차들로 붐볐다. 복잡한 거
리에서 나는 현신을 보호하듯 찻길 바깥쪽으로 현신을 두고 걸
었다. 현신의 표정은 마치 오늘 해야 할 일이라도 끝낸 사람처
럼 홀가분한 표정이다.

- 저 이제 가볼게요.
- 벌써요…. 아, 잘 가세요.

나는 크게 고개를 숙였다. 현신이 곱게 웃으며 손을 흔들더
니 길을 건넜다. 현신의 뒷모습이 사라질 때까지 한참을 서 있었
다. '유전되는 죄.' 불현듯 현신이 이 한마디를 던지고자 오늘 나
에게 온 게 아닐까, 하는 생각이 들었다.

키워드들

현신을 만나고 온 뒤 나는 다른 일을 할 여유가 없었다. 예정되었던 보고서 제출일이 다가왔기 때문이었다. 오랜만에 책상 머리에 붙어 앉아 쉴 새 없이 방정식을 치고 도표를 그리는 작업을 해야 했다. 단순 노동의 즐거움은 아마도 머리를 텅 비우게 하는 데서 올 것이다. 아마 세상 사람들 모두가 머리를 비우고 의미 있는 한 가지의 일에만 매달릴 수 있다면 분명 인류는 지금보다 훨씬 행복할 것이다. 일상의 복잡함을 머리에 가득 채우고, 별로 중요해 보이지도 않은 일들을 수십 가지 처리하며 보내는 하루는 시간 낭비일 뿐이다.

나는 일할 때 정확히 50분 일하고 10분 휴식한다. 그 10분의 휴식을 위해 일한다는 표현이 오히려 정확하다. 그리고 하루에 한 가지 이상의 일을 하지 않는다. 두 가지 일만 닥쳐도 내게 부여된 두뇌 용량을 초과한다는 것을 잘 알기 때문이다. 이런 빈약한 메모리와 연산 능력을 갖춘 머리로 살아가는 법은 간단하다. 한 번에 한 가지 일만 하는 것. 그러다 머리가 아프면 심포니에서 커피 한 잔 마시는 일이 지금 주어진 내 인생의 전부이다. 마치 땅굴을 파는 곤충처럼 살아 있다는 표시에 불과하다.

오늘은 밤늦게까지 일했다. 평소 습관이라면 피곤이 몰려올 시간인데 머리는 오히려 명징했다. 낮에 커피를 너무 많이 마신 탓인가. 장 콕토처럼 2리터씩 마신 것은 아니지만 오늘은 평소보다 지나쳤다. 책상 위에 함부로 펼쳐진 종이들을 치웠다. 따스한 조명이 검정색 책상 면에 반사되었다. 며칠 전 준비해두었던 성경이 눈에 띄었다. 핏빛으로 물든 성경. 창세기 1장 2절. 물에 젖은 팔에 선명히 남아 있던 구절을 떠올렸다. 잃어버린 기억의 유일한 단서. 성경을 펼쳐 들었다. 어떻게 할까. 성경을 읽을 것인지 말 것인지를 결정해야 했다. 내가 이 책을 읽어야 할 이유는 없다. 어차피 난 종교와는 담쌓은 놈인데. 하지만 반드시 읽어야 한다는 내 안의 명령이 나를 이끌었다. 팔뚝에 쓰여 있었던 단서와 현신이 던지고 간 '유전되는 죄'에 대한 호기심, 아니 호기심을 넘는 강력한 메시지에 끌린 때문이었다. 그런데 성경이 너무 두껍다. 이것을 다 읽을 시간은 없다. 그렇게 성경을 펼쳐들고 한참을 망설였다.

일단 중요한 키워드를 종이에 적었다. 그 후 색인을 찾아 필요한 자료를 모으기로 했다. 팔에 적힌 단서와 형태의 노트에서 인상 깊었던 키워드를 떠오르는 대로 적었다.

'땅, 물, 수면, 죄, 네피림'

성경을 뒤적거리는 것은 시간 낭비일 것이다. 인터넷에 성경 관련 자료들은 많다. 그렇다면 성경을 처음부터 독파하느니 주요 키워드를 추적하는 편이 훨씬 낫다. 인터넷을 뒤적였다. 다양한 버전의 성경이 나열되어 있었다. 표준 성경을 검색하기로 했다.

표준 성경을 찾아 땅이란 검색어를 입력하자 엄청 많은 성경 구절이 모니터를 채웠다. 순서대로 검색하니 창세기에 집중되어 있다. 어김없이 창세기 1장 2절은 등장했다. 모니터를 아래로 스크롤했다. 하나님이 땅에게 여러 가지 명령을 했다는 내용이 있었다. 땅에게 씨를 내라 했다. 그리고 땅에게 기는 짐승을 내라 했다. 문득 아이러니라 생각되었다. 하나님이 이 모두를 직접 창조한 걸로 알고 있었는데, 땅에게 내라고 명령하다니…. 혼돈스러웠다. 이 말대로라면 땅이 생명 창조 능력을 가졌다고 이해해야 한다.

땅에 대해 든 의문을 종이에 쓴 후 물을 검색했다. 물 역시 예상대로 많은 구절이 연결되어 있었다. 창세기 1장 2절, 하나님의 신이 수면 위에 운행하시더라, 는 구절과 노아의 홍수, 예수의 물과 관련된 기적들이 언급되어 있었다. 세례, 생수, 생명수가 연이어 언급되었다. 마찬가지로 의문점들을 기록한 후 이번엔 네피림을 입력하고 검색했다. 네피림에 대한 내용은 예상외로 많지 않았다. 노아의 홍수 부분에 언급되어 있었다. 이 존재는 하나님의 아들들이 인간의 딸들의 미모를 사모하여 낳은 자식들이라고 기록되어 있었다.

죄에 대한 부분은 아주 많이 기록되어 있었다. 여러 가지 죄에 대한 자세한 조항과 처벌 규정이 나열되었다. 이 정도로도 죄인이 안 될 방법은 없었다. 선악의 기준이 중요하다는 생각에 선과 악을 키워드로 검색했다. 예상대로 많은 구절이 등장했다. 많은 구절과 해석들 중에서도 일관되게 중요한 키워드는 역시 선악과였다. 에덴동산의 선악과. 정리 끝에 나는 성경을 다 읽기보다는 창세기 1장과 선악과 그리고 네피림 관련 부분, 노아의 홍수 부분, 이렇게 구분해 읽기로 결정했다.

창세기 1장 천지창조는 매우 장엄한 서사시로 읽혔다. 하나님은 명령으로 척척 천지를 창조해내었다.

빛이 있으라 하심에 빛이 있었고 보시기에 좋았더라.

매우 훌륭한 운율이다. 창조에 대한 이런 간략한 설명은 우리들 자연 과학자에겐 더할 나위 없이 맥 빠지는 부분이지만 적어도 성경을 믿고 읽는 신자들에게야 참 간결하며 핵심적 묘사일 수 있겠다고 생각했다.

문제는 궁창 위의 물과 궁창 아래의 물. 이 부분이 걸렸다. 궁창 위에 어떻게 물이 존재한단 말인가. 궁창을 지구의 대기라고 이해하면 이 물은 분명 과포화 상태의 수증기여야 한다. 만일 그렇다면 지구의 대기압은 지금보다 훨씬 더 높아야 한다. 뿐만 아니라, 지구 자력선도 궁창 위의 물에 영향을 받아 더 강력해져야 한다. 지구로 내리쬐는 우주선(宇宙線, cosmic ray)들의 상당 부분은 아마 차폐되었을 가능성이 있다. 물론 과포화 상태의 증기 층 두께에 의해 그 정도가 결정되겠지만.

이리저리 궁창 위의 물에 대해 생각하다 이것이 그렇게 안정적으로 존재할 가능성은 희박하다고 결론 내렸다. 지금의 대기는 상부로 올라갈수록 100미터에 1도씩 온도가 내려가 수증기는 얼음 알갱이가 되고 구름이 된다. 그러나 그 이상 더 올라가면 대기의 온도가 점점 올라가 수증기는 과포화 증기로 존재한다. 지금 지구 대기의 상태로는 바닷물이 위로 올라가 과포화증기로 존재할 수 없다. 그렇다면 처음부터 그래야 할 터인데 문제는 태양에서 달려오는 우주선으로 수증기는 분해되고 산소는 오존이 될 가능성이 높다. 오존은 수증기보다 무거우니 아래로 내려온다. 그리되면 생물의 생장 환경에 나쁜 영향을 준다. 한 가지 좋은 점은 궁창 위의 물이 우주선이나 자외선을 차단해 좋은 영향을 미쳤을 수도 있다. 지금은 없는 궁창 위의 물. 이것은 실제로 실험해봐야 아는 것 아닐까 하는 생각에 미치며 성경에 대한 일종의 신비감을 갖게 했다.

이어서 해와 달을 만드는 과정이 설명되어 있었다. 이와 같은 설명이 가능하려면 지구는 우주를 유영하는 거대한 유성으로서 태양계에 포획되어야 마땅하다. 그래야 지구를 위해 태양을 만들었다는 순서에 부합한다. 뭐 그럴 수도 있겠다고 생각했다. 원시 태양계는 혼돈의 상태였을 테니.

문제는 해와 달을 짓기 이전에 땅에게 씨앗과 식물을 내라고 명한 부분이었다. 두 가지 질문이 가능했다. 어떻게 땅은 이러한 명령에 따라 생명체를 냈을까 하는 질문. 태양 없이 이 식물들은 어떻게 광합성을 했을까 하는 부분이다. 하긴 맨 처음 지어낸 빛의 존재는 태양을 의미하는 것이 아니다. 그렇다면 식물은 태양계가 아닌 다른 은하계의 조건에 맞는 생물체란 말인가.

이후 물에 생물을 번성케 하고 땅에게 각종 짐승을 내라고 명령하는 부분이 나왔다. 땅은 어떻게 짐승을 내었을까? 끝없는 질문이 나를 괴롭혔다. 그런 한편으로 자신이 우습다고 생각했다. 이런 신화를 두고 과학적으로 검토하며 매달리는 상황이 말이 안 된다. 그냥 하나님이란 선한 신이 자기 좋으라고 천지를 창조했다, 이렇게 해석하고 마는 것이 타당할 일이었다.

인간을 흙으로 빚고, 이들에게 숨을 불어 넣어 하나님의 이미지대로 창조했다는 구절은 매우 극적이었다. 이 구절은 인간이 다른 존재와 어떻게 다른지를 보여준다. 인간 존엄성의 근원, 그것은 인간이 신의 형상을 닮은 신의 직접 피조물이라는 데 있다. 좋은 설명이었다. 읽는 동안 나도 모르게 고개를 끄덕이고 있었다.

폭풍처럼 회오리치는 많은 질문을 뒤로하고 나는 노아의 홍수 부분으로 화면을 옮겼다.

노아의 홍수는 참으로 신비스럽고 공포스러운 재앙의 기록이었다. 40일을 주야로 퍼부은 홍수는 땅에 기식하는 모든 생물을 절멸시키고도 남음이 있었다. 홍수 후 남은 생명은 오직 노아의 방주에 올라탄 노아의 여덟 식구와 정결한 짐승 암수 쌍들이라고 한다.

신은 왜 이런 징벌을 내렸을까. 창조를 후회하기까지 했다. 이상한 단어 하나가 눈에 들었다.

'네피림'

형태의 노트에 기록되어 있던 단어다. 네피림을 키워드 검색했다.

> **뜻:** 히브리어로 나발(n-ph-l, 떨어지다)에서 유래, 헬라어로는 큰 사람, 용사(창 6:4, 민 13:33).

옛날 사람들은 천사와 인간 여자 사이에서 난 사람이라고 하였다.

반 초인으로 무력으로 갖은 횡포를 다 하였다(창 6:1-4).

후손은 팔레스틴 원주민으로 남아 있다(민 13:33).

아낙 자손이라고 생각된다(신 2:10, 수 11:21).

하나님의 아들들이 인간의 딸을 사랑하여 낳은 자들. 이들은 고대의 유명한 용사들이었다고 기록되어 있었다.

이것이 가능한가? 가능하다면 그들의 후손과 다른 인간이 결혼하여 낳은 아이들은 어떤 종류인가? 이들은 대홍수 때 완전히 소멸하였는가? 대홍수 이후 또 다른 네피림이 태어날 수는 없는가? 머릿속을 헤집는 이런 질문들이 나를 더한 혼돈으로 몰아넣었다.

노아가 의인이란 성경 구절을 참조하면 노아의 홍수 이후에 네피림은 완전히 멸절되었어야 마땅하니, 민수기에 나오는 아낙의 자손이 네피림의 후예라는 말은 앞뒤가 맞지 않는다. 홍수 이후에 네피림이 또 출현한 것인지, 아니면 노아의 식구 중에 네피림의 씨라도 있었던 것인지 분명하지 않다.

만일 네피림의 유전자를 가진 이가 있었다면 그 유전자는 계속 유전된다. 수많은 세대를 거치며 인류에 골고루 뿌려져 모두가 네피림의 유전자를 가지게 된다. 노아의 홍수가 네피림을 없애지 못하고 그 악이 우리의 유전자에 들어 있다면?

전지전능한 신이라며 왜 이런 인류의 미래를 예측하지 못했을까. 생명 실과와 선악을 알게 하는 과실나무를 인간이 취하고, 신의 아들들이 인간의 딸을 사랑하여 자식을 낳을 수 있다는 가능성을 알지 못했을까. 알면서도 그대로 방치한 것인가, 아니면 신조차 어찌하지 못할 또 다른 영역이 존재하는가. 그렇다면 신의 전능성에 한계가 있다는 말인가?

나는 성경에 묘사된 하나님이 그리스 로마 신화에 나오는 올림푸스 신들처럼 인간의 심성을 갖고 고민하고 괴로워하는 존재로 느껴졌다. 그런 면에서 한편으론 이전에 갖고 있었던 전지전능한 자에 대한 두려움 대신 또 다른 종류의 따뜻함이 다가왔다.

네피림이 노아의 홍수 이전에 모두 멸절했다면 공룡처럼 네피림의 화석이 나와야 마땅할 일이었다.

다른 자료들을 조사해 나갔다. 한결같이 네피림은 노아의 홍수 때 멸절된 것에 동의하고 있었다. 그리고 민수기에 기록된 아낙 족속에 대한 구절은 그저 거인들을 네피림이라 부르던 관습에 따른 것이라 주장하고 있었다.

하나님의 아들들에 대한 의견도 분분했다. 여러 주장을 살피건대 타락 천사는 아닐 것이라는 것을 정설로 받아들이는 듯했다. 천사는 아기를 못 낳는다는 주장 때문이었다. 어떤 이는 하나님의 아들이란 하나님의 생기를 부여 받은 아담의 아들이란 주장을 펼쳤다. 문제는 그 주장을 지지하기 위해서는 아담 이전에도 인간이 있어야만 한다. 그래서 하나님의 생기를 받지 못한 인간의 딸들과 하나님의 생기를 받은 아담의 아들들이 결혼하여 애를 낳았다면 인간의 아들이 하나님의 딸과 결혼해서 낳은 아이도 있을 수 있다. 문제는 생기가 있고 없음에 따라 결혼하여 아이를 낳으면 거인이 될 수 있는가 하는 점이다. 어찌되었건 네피림이 신체적으로 거인이며 용감하거나 포악한 성격을 특징으로 지닌다면, 이러한 특질은 유전자에 기록되어 남아야 한다. 피곤이 몰려왔다. 시간을 확인했다. 이미 새벽 네 시가 넘었다. 머리가 어질어질 아파왔다. 컴퓨터를 끄고 책상에 엎드려 그대로 잠에 빠졌다.

창문이 환하다. 늦잠을 잤나보다. 책상에서 비실거리며 일어났다. 어제 보다 만 성경과 메모해 구겨진 종이들이 책상에 어지러이 널브러져 있었다. 머리를 식힐 겸 거리로 나섰다. 거리엔 사람들이 종종걸음으로 분주했다. 다들 무에 그리 바쁜지 무표정한 얼굴로 지나친다. 편의점에서 커피를 내려 마시는 동안 성경의 신화 이야기와 씨름하며 하룻밤 지새운 내가 한심했다. 추운 거리에서 한 끼 식사를 걱정할 누군가에게 말할 수 없는 죄책감이 들었다. 그러고 보면 성직자로 산다는 일이 정말이지 쉬운 일은 아니겠다. 현실의 삶을 잊을 수 있는 아편을 맞지 않고서야 처참한 현실과 이를 내려다 볼 신의 침묵 사이에 고뇌할 수밖에 없는 존재들이기 때문이다.

그 잘난 네피림이 뭐란 말인가. 땅을 뒤져 뼈를 찾아내어 유전자를 분석한들 힘든 일상을 살아가는 이들에게 어떤 변화를 줄 수 있단 말인가. 그러고 보면 무언가 연구한다는 사람들은 모두 배부른 돼지이다.

귀환

실험실로 발걸음을 옮겼다. 후문으로 들어가는 길은 항상 응달져 눈이 굳어 빙판이었다. 조심조심 걸으면서 보니 길가 집 담장 밖으로 삐져나온 목련이 가지 끝에 조그만 움을 부풀리고 있었다.

저만치 낯익은 얼굴이 다가왔다. 종헌이다.

- 민호 형. 형태가 왔어요.
- 뭐야, 형태가 왔다고. 이런 사고뭉치 같으니, 지금 어디 있어?
- 오자마자 민호 형부터 찾던데요.
- 그래, 이놈의 자식이….

종헌에게 호기를 부리면서도 왠지 모르게 맥이 풀렸다. 형태 이놈이 이렇게 소리 소문 없이 맥 빠지게 나타날 줄이야. 한편으론 그간 내게 닥쳤던 알 수 없는 묘한 상황들에 연관된 뭔지 모를 기대가 평소답지 않은 들뜬 감정을 불러일으켰다.

- 야, 그놈더러 바로 심포니로 오라고 해. 나는 거기 가 있을 테니.

종헌에게 지시하고 오던 길을 돌아 심포니로 갔다. 형태에게 무슨 일이 있었는지 무슨 말을 물어야 할지를 염두에 둘 겨를이 없었다. 지금 내 머릿속은 형태가 나타난 이상 지금까지의 혼란을 덮고 일상으로 돌아갈 것인가, 아니면 그 혼란의 실타래 끝을 쥔 형태란 놈의 세계로 빠져들 것인가 결정하는 데 집중되어 있었다. 무언지 모를 끝없는 혼란과 수렁에 빠진 지난 시간의 감정들을 어찌 할 것인가. 결정의 이면에 여태 자신해 왔던 나의 정체성에 대한 위협이라는 막연한 두려움이 있었다. '무신론자'에 '싱글'이라는 두 개의 신념으로 만들어진 내 정체성이 형태 때문에 무너질까 두려웠다.

　– 까짓 놈이 뭐라고….

　형태를 기다리는 동안 나는 속으로 중얼거리며 애써 태연했다. 형태가 종헌과 같이 들어왔다.

　– 민호 형. 잘 계셨어요? 저 때문에 시간 뺏기고 힘들었다고 종헌에게 혼났어요. 그런 줄도 모르고 저는…, 미안해요. 나중에 한잔 살게요.
　– 뻔뻔한 놈. 말이라도 밉상이면 조지기라도 할 텐데….

　형태 놈의 얼굴을 쳐다보는 사이 화가 풀려 버렸다. 이런 성격이 나의 치명적 단점이다. 어떤 이들은 사람 좋은 거라고 하지만 어리버리한 성격.

　– 그래, 대체 그 동안 어디 갔던 거야?

- 혼자 생각할 게 있어서 시골에 잠시….
- 그렇다면 메모라도 남기든가. 연구하는 놈이 보고는 하고 떠나야 할 것 아냐? 니가 학부생이냐, 맘 내키는 대로 훌쩍훌쩍 떠나게.
- 알아요, 잘못했어요.
- 됐고. 뭐 지난일은 지난일, 앞으론 절대 그러지 말자. 한 번 더 그러면 정말 국물도 없다.
- 알겠어요. 형, 그런데 그 사이에 현신이 만난 적 있어요?
- 응 너 찾는다고 법석 떨다가 우연히 전화번호를 알고 만났었지. 뭐, 별 도움이 되지는 않았지만.
- 내일 현신이 졸업식인데 같이 가실래요?
- 바빠 임마. 너 때문에 뺏긴 시간이 얼만데. 그리고 잘 알지도 못하는 여학생 졸업식에 내가 왜 가냐? 너나 가서 꽃돌이 하세요.
- 현신이 형이 와주면 좋겠다고 하던데….

커피를 한 모금 마시며 생각했다. 어제 눈 오는 캠퍼스를 함께 걷는 동안에도 이런 말은 없었는데…. 하긴 그녀의 전공조차 묻지 않았으니 자신의 학교 일정을 굳이 내게 얘기해줄 리도 없는 일이었다. 사실 어제는 이미 형태란 놈의 실종에 대해서는 잊어버리자고 작심하던 차에 현신의 연락을 받고 부러 시간이나 때우고 일상으로 돌아가자고 나온 자리였다. 그러다 눈 내리는 풍경에 혹해 뜬금없이 교정을 거닐며 남들이 보기에 데이트라도 하는 것처럼 시간을 보냈었다. 잠시나마 이전에 느껴보지 못한 야릇한 감정을 가진 것도 사실이었다. 현신이 꺼낸 '유전되는 죄'라는 말에 빠져들어 어젯밤을 또 혼란스럽게 보내기는 했지만.

– 종헌아, 네가 같이 가지 그래.
– 형은 왜 종헌을 끌어들이고 그래요?
– 난 초대받지 않은 데는 가지 않는 성미입니다.

종헌이 커피를 마시며 말했다.

– 알았어, 알았어. 굳이 그렇다면 한 번 가주지 뭐. 요즘 애들 졸업식이 어떤지도 볼 겸…. 우리 땐 강단에서 뒤로 돌아 시위도 하고 그랬는데. 가면서 너랑 할 얘기도 좀 있고….
– 고마워요, 형. 내일 두 시니까 열한 시 반에 같이 점심 먹고 출발해요.

인파가 붐볐다. 부모님과 함께 가운과 석사모를 쓰고 있는 현신이 보였다. 마치 목을 구부정한 어깨에 파묻은 듯, 범상치 않은 기운이 도는 현신의 아버지가 왠지 낯이 익었지만 기억나지 않았다. 현신은 어머니를 많이 닮았다.

캠퍼스는 축하 인파로 발 디딜 틈이 없었다. 졸업이란 것이 갖는 의미를 생각할 겨를도 없이 사람들은 여기저기서 사진 찍느라 분주했다.

– 졸업 축하드립니다.

장미꽃 다발을 현신에게 건네며 말했다.

– 와주셨네요. 고마워요.

현신이 환하게 웃으며 향기를 맡았다.

– 졸업 축하해, 현신아.

무슨 선물인지 형태가 현신에게 조그만 상자를 건넸다.

– 부모님이세요.
– 아, 안녕하세요. 저는 강민호라고 합니다. 형태가 같이 가보
자 해서 이렇게 왔습니다. 축하드립니다.
– 형은 참…, 꼭 그렇게 말해야겠어요.

형태가 내 옆구리를 찌르며 말했다.

– 이렇게 찾아주셨는데 같이 식사하러 가죠.
– 아, 아닙니다. 그냥 축하만 해주고 갈려고요. 저녁 때 따로
약속도 있고요….

이런저런 변명을 늘어놓으며 자리를 빠져 나오려고 했다.

– 현신 씨, 다시 한 번 졸업 축하드려요.

- 감사합니다. 나중에 연락드릴게요.

현신이 환하게 웃으며 답했다. 인파 속으로 사라지는 현신의 가족을 바라보며 교정을 나왔다. 돌아오는 길에 나는 형태란 녀석이 갖는 묘한 비밀스러움에 대해 분석할 필요가 있다고 생각했다. 사생활까지는 아니겠지만 이 녀석이 다니는 교회, 소속 단체 이런 것들을 알아봐야겠다고 생각했다. 어쩌면 내 잃어버린 기억을 추적할 수 있는 단서가 될지도 모른다는 막연한 기대이기도 했다.

- 형태야, 너 찾아다니는 동안 내가 생전 안 하던 짓을 했다.
- 뭔데요, 형?
- 성경을 읽었어.
- 정말요? 와, 형이 성경을 다 읽다니.
- 왜, 해가 서쪽에서라도 뜰 것 같냐?
- 아니요. 그냥 좋아서 그렇죠. 그렇게 전도해도 끄떡도 않더니.
- 아니, 믿는다는 얘기는 아니야. 그냥 몇 가지 의문이 생겼을 뿐이지.
- 그렇군요.
- 네가 나를 좀 도와줘야겠다.
- 제가 뭘 어떻게 도울 수 있는데요?
- 아니 뭐, 혹시 네가 설명하기 뭐하면 내 의문에 답을 줄 수 있는 그런 사람들이라도 있다면 소개해줘.

나는 형태에게 며칠 전 읽었던 성경과 꼬리를 물었던 의문들에 대해 말해주었다. 형태는 잠자코 듣기만 했다. 내 얘기를 듣는 동안 형태의 눈에 놀라움과 호기심, 그리고 장난기 섞인 묘한 표정이 스쳤다.

– 아주 웃긴 사람들 모임이 있긴 한데…, 한번 가보실래요?
– 무슨 모임인데?
– 인비지블이라는 대학 연합 동아리 모임이에요. 회원 수는 꽤
  되는데 관리는 거의 안 하죠. 그저 금요일 저녁에 만나 수다
  떨고 그래요. 어떤 주제든 누가 발제하면 거기에 대해 갑론
  을박하죠. 어떤 때는 밤을 새기도 하고.
– 너는 거기 왜 나가니?
– 아 그냥요, 재미있어요. 그리고 관심 있는 사람들끼리 서로
  앞으로의 일들도 구상하고요. 혹시 모를 일이죠, 나중에 서
  로 어떻게 도움이 될지도….
– 일종의 사교 클럽?
– 맞아요, 그렇게 보시면 돼요.

클럽 인비지블

큰 건물 지하에 모노륨을 깔고 전등을 설치한 넓은 공간으로 형태가 나를 데려갔다. 이미 30여 명의 젊은이들이 모여 있

었다. 여학생들도 몇몇 있었다. 인비지블 클럽.

사실 나는 인비지블 칼리지란 이름을 오래 전에 알고 있었다. 보일 샤를의 법칙으로 유명한 로버트 보일이 케임브리지 근처 자기 집에서 열었던 모임이다. 그곳에서 보일은 온갖 종류의 신비로운 기체 실험을 하며 토론을 즐겼다.

내가 알고 있는 또 다른 종류의 토론 클럽은 아인슈타인이 금요일 밤마다 열었던 올림피아드이다. 아인슈타인은 두 명의 친구와 매주 금요일 저녁이면 한 가지 주제를 가지고 밤을 새워 토론했다. 물론 이들은 저녁 식사로 간단한 먹거리를 준비해 아인슈타인 부인의 눈치를 모면하기도 했다. 어느 날 식사로 송아지 간을 준비했다. 송아지 간을 튀기며 아인슈타인은 기름의 끓는 온도가 주석의 용해 온도보다 높은데 프라이팬은 왜 녹지 않는지에 대해 토론하기도 했다. 이렇게 몇 년을 올림피아드에서 토론하며 마침내 아인슈타인의 화려한 기적의 해, 1905년을 만들어내었다. 여긴 어떤 토론을 즐기는가? 자못 궁금함을 품고 자리에 앉았다.

– 자, 새로 오신 분을 소개하겠습니다.

형태가 큰소리로 말했다.

– 이번에 저와 함께 우리 클럽에 새로 참여하신 분은 저의 실험실 강민호 선배입니다. 선배님, 간단한 소개 부탁드립니다.

- 네, 방금 소개받은 강민호입니다. 물리학과 박사 과정 3년차이고요. 관심 분야는 초끈이론과 우주론입니다. 오늘 처음 참가한 자리에 여러 가지 배우고 가겠습니다.

사람들이 환영하며 박수를 쳤다.

- 오늘 토의 주제는 기독교적 관점에서의 지성 운동입니다. 사실 우리는 여러 주 동안 계속해서 이 주제로 토론하고 있습니다만, 그만큼 토론 주제로서의 가치가 있다고 할 수 있습니다. 오늘도 이 주제를 이어서 토론하고자 합니다.

사회자가 웃음 띤 얼굴로 사람들이 다 알아들을 수 있는 톤으로 얘기했다. 아마 벌써 많은 이야기들이 오간 것 같다. 중간에 들어온 나로서는 그간의 내용을 알 수 없어 잘못하면 오해하거나 난처한 상황에 처할 수도 있을 거라 생각했다.

- 지난주에 우린 기독교인의 반지성적 성격에 대하여 토론하였습니다.

두꺼운 검정 뿔테 안경을 쓴 남학생 한 명이 일어나 말을 시작했다. 그는 지금 기독교 지성 운동의 위기에 대해 상당히 많은 얘를 들어가며 설명했다. 특히 기독교 대학의 세속화에 대한 부분을 주장할 때는 목소리에 더 힘이 실리는 듯 했다.

- 기독교 대학이 세속화되어 이제 학문은 세속의 가치를 추구

하고 있습니다. 학문에 있어서 더 이상 숭고함은 사라졌으며 오로지 부와 명예와 권력만을 추구하고 있습니다.

그는 이런 상황이 이루어진 것을 대학 운영에 세속의 돈이 개입되어 그렇다고 힘주어 말하였다. 세속의 돈으로 운영되는 학교는 세속의 논리를 받아들일 수밖에 없다는 취지였다. 모두들 공감하는지 고개를 끄덕였다.

– 우린 기독교의 반지성화를 개탄하기에 앞서 기존의 기독 지성 운동을 혁신해야 합니다. 그러기 위해서는 진정한 기독교 대학을 세워야 합니다.

이 주장에서 사람들의 박수가 터져 나왔다. 잠시 후 바싹 마르고 앞이마가 다소 벗겨진 남자가 일어섰다.

– 저도 앞서의 의견에 동감합니다. 저는 정말 이 시대 지성의 논리를 고쳐야만 한다고 굳게 생각합니다.

그가 느리게 말을 이었다.

– 문학을 보아도 얼마나 타락했는지 알 수 있습니다. 《닥터 지바고》라는 소설에 대해 노벨 문학상을 수상한 위대한 작품이라 칭송하는데, 사실 소설의 내용은 유부녀와 유부남의 불륜을 그린 것에 불과합니다. 이런 세속적 내용을 칭송하고 대단한 걸작으로 추켜세우는 일은 기독교 정신을 망각한 세속

화된 지성의 결과입니다. 이런 것들을 바로 세우기 위해서라
도 무언가 새로운 일을 해야만 합니다.

닥터 지바고의 장면들이 떠올랐다. 눈 내리는 길에 쓰러져
심장마비로 죽어가는 지바고와 그가 사랑했던 여인. 그리고 그
작품이 보여주고자 하는 인간의 나약함과 동정. 과연 이 작품
이 저 친구의 말처럼 세속을 추구하기 위해 교묘하게 제작된 것
일까? 인간들이 세속화되어 이 장면을 아름답게 이해하는 것일
까? 그럴 수도 있겠다는 생각이 들었으나, 그런 마음을 세속화
되었다고 단정할 근거가 무엇인지 궁금했다. 이런 것들이 유전
되는 죄의 결과란 말인가.

나는 느릿느릿 말하는 회원의 얼굴을 찬찬히 살폈다. 그의
얼굴에 어떤 비정함마저 스쳤다. 저 친구에게 조금이라도 약한
모습을 보였다간 큰 코 다치지 싶었다.

내가 궁금해서 물었다.

― 혹시 영화나 책을 잘 안 보시는지요?
― 네, 영화를 안 본 지는 오래되었고, 요즘은 음악도 잘 안 듣
  습니다. 요즘 음악들은 뉴에이지로 가득 차 있습니다. 일종
  의 사탄 숭배 음악이지요. 세상은 온통 거룩함을 버리고 찰
  나적 쾌락만을 추구합니다. 더 무서운 것은 내가 바로 신이
  다, 이렇게 말하는 것이지요. 이런 꼬임에 안 넘어가려면 책
  을 읽지도, 영화를 보지도, 음악을 듣지도 말아야 합니다.

– 오, 대단하십니다. 그럼 여유 시간에는 무얼 해야 하죠?

– 그야 당연하지요. 기도하고 성경을 탐독하며 봉사하는 겁니
다. 그것만으로도 정말 바쁜 시간들이거든요.

그가 확신에 찬 주장을 늘어놓았다. 다른 사람들의 표정을
살피니 반성이라도 하는지 일부는 고개를 떨궈 있었다. 나 역시
그 친구의 강한 발언과 실천적 모습에 약간은 압도당한다는 느
낌마저 들 정도였다.

– 최근 들어 저는 지도교수와 사이가 매우 안 좋습니다.

그 친구가 뜬금없는 예를 들며 얘기를 이어갔다.

– 제 지도교수는 매우 세속적 인간입니다. 그가 말할 때마다
제 눈에는 그의 머릿속에 들어 있는 세속적 가치가 훤히 들
여다보입니다. 명예, 돈, 이런 것들 말입니다. 이런 분들이
대학에서 학생을 가르치니 학생들이 더 세속에 물들 수밖에
없는 거죠. 이러다 어쩌면 지도교수와 다투고 학교를 떠날
수도 있다는 생각을 늘 하죠.

이 친구의 얘기를 들으며 의아하게 생각했다. 이 친구가 예
단하여 주장하는 상황들이 어쩌면 그 지도교수의 실제 생각이
나 의도를 정확히 모를 수도 있지 않을까. 그렇다면 저 친구의
지도교수에게도 자기 해명이건 뭐건 그의 생각과 의도에 대한

확인을 전제해야 된다. 이 친구에게 그런 확인이 없이 세속과 거룩함을 정확히 구분해낼 능력이 있다는 것인가? 답답하고 두려웠다. 이 친구는 오 분이면 내가 가진 세속의 때를 규정하여 확벗겨낼 것 같았다.

─ 더욱 문제가 되는 것은 바로 진화론입니다. 이것은 아까 말씀하신 문학이나 예술 영역에 비해 매우 심각합니다.

붉은색 점퍼를 입은 학생이 일어나 치밀한 표정으로 앞의 남자의 주장을 이어갔다.

─ 진화론은 우연에 의해 오늘날의 복잡한 생명체들이 탄생했다는 주장으로 오늘날 사람들에게 광범위하게 받아들여지고 있습니다. 문제는 진화론이 우주와 인류의 최초 모습에 대한 신의 개입 여지를 없애버린다는 겁니다. 성경에서의 창조주의 존재가 전면적으로 부정되는 것이지요. 더욱이 이 논리에 의하면 치열한 먹이 사슬과 적자생존을 위한 경쟁이 요구됩니다. 그리고 더 낳은 종으로 개선되어가야 하는 것이지요.

두어 번 기침을 하더니 다시 말을 이었다.

─ 진화론은 인종에 대한 편견을 심어주었습니다. 구체적으로 600만 명의 유대인을 학살한 히틀러의 사상적 근거를 제공해준 셈이죠. 또한 모든 것이 물질에서 기초하여 진화된 것이란 주장에 근거하여 경제 체제에 도입한 것이 바로 저 끔

찍한 공산주의, 즉 마르크스레닌주의란 말입니다. 진화론은 20세기 두 차례의 세계대전과 냉전, 우리나라의 육이오전쟁에 이르기까지 지울 수 없는 어둠을 던져주었습니다.

이 대목에 이르러서는 자신의 말에 자못 감탄했는지 매우 만족스런 표정으로 주장을 이어나갔다.

– 이와 같이 한 사람의 잘못된 생각이 수많은 인류에게 죄와 고통을 던져주는 것입니다. 이를 바로잡기 위한 구체적인 운동을 해야만 합니다.

나는 이들이 주장하는 모양들을 지켜보며 그들 나름대로는 의미를 부여하는 모임이란 생각을 했다. 매일 논문이나 들여다보며 방정식의 무덤에 둘러싸인 나에게 이들의 주장이 일견 새롭게 들리는 것도 사실이었다. 하지만 한편으로는 자신들의 의식에 기초해 너무 편을 가르는 것이 아닌가 하는 생각을 떨칠 수 없었다. 나는 형태를 향해 눈짓을 보냈다. 형태가 왔다.

– 이제 그만 가자. 실험실로 돌아가 하던 일을 마저 해야지.
– 그래요, 형.

지성 운동

돌아오는 길에 형태에게 물었다.

– 형태야 재미는 있었는데 시간 낭비란 생각이 많이 든다.

– 그럴 수도 있어요. 멀리 보는 사람에겐 많은 시간 낭비를 견 딜 인내심이 필요한 법이지요.

– 그래서 넌 멀리 보고 이러고 있냐?

– 그렇다고 말할 수도 있지요. 전 멀리 보고 조금씩 나가는 게 좋아요. 무의미하고 시간 낭비 같아 보이겠지만 말이죠.

난 형태의 얘기가 좀 엉뚱하지만 무언가 깊은 데가 있을 수 있다고 생각했다.

– 네가 멀리 보고 있는 게 뭔데?

– 전 대학교를 세울 거예요.

– 하하하.

– 왜 웃으세요, 형.

형태가 실망스런 표정을 지었다.

– 너 대학교 세우는 데 돈이 얼마나 드는 줄 아냐? 그리고 사 실 대학이 넘쳐나서 문제란 생각은 안 드냐? 내가 볼 때 지 금 있는 대학의 반은 퇴출시켜야 해. 그리고 그놈의 대학 입 시가 젊은이들 인생 쫙 줄 세워. 어린 나이에 그런 줄서기나 배우게 하고, 이런 나라에 무슨 희망이 있나.

– 그러니까 대학을 세워야 해요, 형.

형태가 자못 진지해졌다.

– 그래, 뭐 생각해 둔 거라도 있냐? 이 형님에게 한번 말해봐
라. 대학 세워놓고 나보고 총장 맡아 달라 귀찮게 굴지 말고.
– 그러니까 지금의 대학과는 전혀 다른 대학을 세우겠다는 거
죠.
– 지금 대학이 어떤데?
– 요즘 대학은 그야말로 장사꾼이죠. 적당히 서로의 필요를 충
족시키고 있죠. 좋게 말하면 수요자 중심인데, 그러니까 일
종의 서비스업이죠. 학생들에게 선택권을 주고, 그저 졸업하
고 나서 취직이나 잘하면 땡인 거죠, 장땡.
– 뭐 그게 좋은 거 아니냐?
– 도대체 진지함이 없어요. 실용주의라는 이름으로 모든 것
을 합리화해버리지요. 자신들의 무능함이나 게으름마저….
– 그래서 생각한 게 뭔데?
– 아주 조그만 대학을 세우는 거예요. 작지만 중요한 대학. 실
용과는 거리가 먼 진지한 진리를 추구하는….
– 야, 대학들 다 진리 추구의 상아탑이라고 사기 치잖아.
– 그래서 내가 만드는 대학이 필요한 거죠.
– 오랜만에 네가 조금 멋있어 보인다. 어이구, 귀여운 놈.
– 뭐 그런 것은 아니고 생각해보는 거예요. 그리고 동지도 모
으고. 오래오래 시간을 두고 준비하는 거죠.
– 아무튼 나에게 총장 맡아달라고 그러면 죽는 줄 알아라.

– 가봐야 알죠. 내가 형을 얼마나 좋게 생각하는지 잘 모르시
  나 본데.
– 어이쿠, 닭살 돋는다. 아무튼 뭐, 내가 도울 일 있으면 말해
  라. 돈 빼고 뭐든 다 도와줄게.

형태가 세우겠다는 대학은 흥미로웠다. 우리나라의 대학은
모두가 천편일률적이다. 모두가 여유가 없기 때문이기도 하다.
아마도 먹고 사는 것에 대한 두려움이 해소된다면 형태가 꿈꾸
는 그러한 대학이 존재할 수도 있을 거라 생각했다.

– 형태야, 대학에 대한 설계는 좀 해봤냐?
– 아, 약간요.
– 뭔데?
– 대학 캠퍼스요.
– 오호, 캠퍼스라. 한번 들어나 보자.
– 제가 생각하는 대학은 말이죠. 그러니까 우리 몸을 흉내 낸
  건데요, 인간의 두뇌 말이에요.
– 계속해 봐.
– 그러니까 캠퍼스를 좌뇌와 우뇌로 나누어 구성하는 겁니다.
  캠퍼스 좌측은 좌뇌처럼 사색의 공간으로 하면 좋겠어요. 연
  구실, 실험실 이런 것들이 자리하죠. 도서관도 연구 발표회
  장도 있어야 되고….
– 음.

- 그리고 우뇌는 강의동이죠. 체육관도 당연히 있어야 하고요. 강당 등 이런 것들이 들어가는 거예요. 중간에 호수도 하나쯤 있으면 좋겠죠.
- 그럴 듯하다.
- 뒤 쪽에는 본관이 자리하는 게 일반적인데, 본관이란 게 사실 행정동에 불과하지요. 행정이 할 일은 기본적으로 교육과 연구를 지원하는 것인데. 행정동이 대학의 상징처럼 되어 있는 지금의 대학의 모습은 아주 우스운 거죠. 행정동이 중요한 위치에 자리 잡으면 절대 안 되죠. 본관에 총장실도 필요 없고요. 제가 볼 때는 가장 중요한 자리에 도서관이 자리 잡아야 돼요. 지식의 산실이며 저장 창고로서 중요한 위치를 차지해야 하는 거죠. 도서관 근처에는 기숙사를 만들 겁니다. 그래야 학생들이 언제든지 도서관에서 공부할 수 있죠. 기숙사는 말 그대로 잠자고 휴식하고 닦고 뭐 이런 곳. 공부나 토론 등이 모두 도서관에서 이루어지는 거예요. 그러니까 도서관은 학생회관으로서의 기능, 정보 의사소통의 기능, 심지어는 식당으로서의 기능을 모두 망라하는 거죠. 그곳에 학생 상담실, 양호실, 간단한 체육실, 조그만 영화관, 지하에는 수영장, 뭐 이런 것들이 모두 있어야 하겠죠.

형태는 꽤 오랫동안 구상해왔던 듯 쉬지 않고 자신의 계획을 쏟아내었다.

- 야, 너 돈 무지 많이 필요하겠다.
- 돈은 별 문제 안 되죠. 다 오게 되어 있으니….
- 그 부분에서 너의 비현실이 아주 왕창 빛나는구나, 하하하. 이 형님보고 돈 벌라는 소리는 하지 마라. 내가 돈 벌려고 작정했다면 벌써 연애해서 결혼한다고 법석을 떨었을 거야.
- 다 오게 되어 있어요.

형태가 허공을 쳐다보며 말했다. 형태의 눈길을 따라 올려다본 하늘에 기러기들이 줄을 맞춰 북쪽으로 날고 있었다.

항상 그렇지만 내용 없는 구호가 난무하는 집단은 결코 오래가지 않는다. 형태가 만들려고 하는 그 대학이란 것이 일종의 기성에 대한 반발로 착안되었다면 얼마 지나지 않아 기성의 각성으로 그 빛을 잃고 말 것이다. 그리고는 무슨 원조집 하는 식으로 자기가 처음 아이디어를 냈다는 의미 없는 자화자찬이나 허풍만 늘어놓을 게 틀림없다. 차별화라는 것은 어쩌면 늘 기성에 대한 부정에서 출발한다. 그러나 언제인가 둘은 합쳐지게 되어 있다. 어떤 의미에서 기성의 질서를 지지하는 보수적 경향은 기성이 명백하고 치명적인 오류로 나타나기 전까지는 기본적으로 유지된다. 진정한 차별화는 기성에 대한 부정도 긍정도 아닌 전혀 다른 차원의 필요에서 출발해야 한다.

형태가 말하는 새로운 대학이란 것도 결국 기성의 대학에 대한 반작용에서 출발한 것이므로 찻잔 속 태풍에 머물거나, 동조하는 일부의 사람들만 자족하는 조그만 모임으로 그칠 공산이

크다. 더욱이 사람들이 모이다 보면 사소한 갈등조차 증폭되어 마침내 기존 시스템보다도 못한 겉만 번드르르한 모습으로 기만적 이중성에 빠질 우려가 늘 있다. 이른바 용두사미. 중요한 것은 핵심을 잡고 이를 풀어가는 과정이지 문제를 만들고 풀어가는 과정을 위한 모임 자체는 별반 의미 없다. 하지만 젊은 날에 이런 유의 생각을 가지고 있다는 자체는 나빠 보이지 않았다.

- 문제의 본질이 뭐냐? 대학을 세워 뭘 성취하려고? 고학력 실업자를 줄이겠다는 거냐, 아니면 노벨상을 휩쓸어 유태인보다 우리가 더 머리 좋다는 것이라도 입증하겠다는 거냐?
- 문제의 본질은 있지만 쉽지는 않겠죠.

형태는 금세 말을 잇지는 않았다. 대신 슬며시 화두를 돌렸다.

- 형, 저는 우리나라 건국신화를 들을 때마다 실망하는 게 있었어요. 곰과 호랑이 신화 말예요. 백 일 동안 쑥과 마늘만 먹으며 인내한 곰은 인간이 되고, 호랑이는 버티지 못해 도망갔다는 얘기. 그 곰이 변한 여자와 환웅이 결혼한 얘기 말이에요.
- 그래서, 그게 뭐 어쨌다고.
- 첫째는 다른 나라 신화처럼 태초에 대한 설명이 없어요. 왜 하늘에 별이 빛나는지, 왜 짐승이 만들어졌는지, 왜 인간이 만들어졌는지. 하긴 곰이 인간이 된 거긴 하네요, 여기서는.
- 알 수 없지. 뭐, 다 아는 얘기지만 곰을 토템으로 하는 부족

이 호랑이를 토템으로 하는 부족과 싸워 이겼다는 토템 신앙으로 알아듣잖아.

– 환웅이 누굴까요? 혹시 하늘의 사람 아닐까요?

순간 머리를 스치는 생각에 약간 고조된 목소리로 허풍스레 되물었다.

– 그렇다면…, 우리 민족이 네피림이란 말인가? 너 네피림 얘기 알지? 최근 우연한 계기에 그 내용을 좀 찾아볼 일이 있었는데, 하나님의 아들들이 인간의 딸들의 아름다움을 보고 결혼하여 낳은 자식들이라는. 환웅이 하늘의 사람이라면 곰이 변한 웅녀는 인간이므로 그 사이에서 나온 단군은 네피림이어야 한다. 하하하.

형태의 얼굴이 굳어졌다.

– 형은 상상력이 너무 뛰어난 게 탈이에요. 우리 민족과 이스라엘이 무슨 상관이 있겠어요?

문득 형태가 네피림과 관련해 뭔가 숨기고 있다는 생각이 들었다.

라일락 산행

매주 참석하는 인비지블 클럽은 이제 중요한 하나의 일과가 되었다. 딱히 사람들과의 접촉이 없었던 나에게 어떤 의미에서는 세상으로 열린 창문과도 같은 곳이었다. 창문 밖으로 나갈 마음이야 애초에 없었지만, 창밖의 세상이 어떻게 생겼는지 보고 싶은 마음까지 없지는 않았다.

인식의 첫 단계가 눈이 아니고 귀란 사실은 참 아이러니하다. 그러나 일단 시력이 확보되면 시각화된 사실에 거의 모든 의미를 두는 존재가 인간이다. 신은 왜 빛에 반응하는 시신경을 인간의 얼굴 두 점에 모아놨을까? 일찍이 레오나르도 다빈치가 이 문제로 고민했던 흔적을 나는 그의 노트에서 발견했었다.

하지만 인비지블 모임에서는 청각을 통해 중요한 정보가 오간다. 이 모임에서 시각을 통해 얻을 수 있는 정보는 상대의 외모나 말하는 자세와 표정뿐이다. 귀를 기울여 한 단어 한 단어의 의미를 곱씹어야 한다. 청각에 의한 소통은 편리한 점이 많다. 시각화할 수 없는 대상에 대해 얼마든 묘사할 수 있다는 점이다. 소리로 표현된 언어의 위력은 모든 보이지 않는 존재, 즉 인비지블에 대한 가장 강력한 도구이다.

한 주일 내내 나는 방정식을 풀고 있었다. 대학 노트 두 권 분량의 계산은 페이지가 넘어갈수록 방정식의 길이가 길어져 도무지 답이 나올 것 같지 않았다. 머리를 자르면 몇 개의 머리가 더 튀어나오는 히드라 같이 방정식은 꼬리에 꼬리를 이어 다른 항을 생성하고 있었다.

차라리 어딘가로 훌쩍 떠나고 싶은 마음이었다. 형태로부터 반가운 소식이 왔다. 인비지블 클럽이 봄맞이 등산을 떠난다는 소식이었다. 항상 그렇지만 등산을 위해 따로 준비할 것은 별로 없다. 가방 하나 메고 오래전 장만해 두었던 등산화 한 켤레면 충분하다. 가끔 멀리 있는 봄꽃이나 새라도 볼라치면 성능 좋은 망원경 하나쯤 있으면 좋겠다는 생각뿐.

일행들이 북한산에 모였다. 북한산 오르는 길은 봄을 맞아 길옆으로 흐르는 앙증맞은 시냇물 소리와 짝을 찾는 새들의 지저귐으로 청명했다. 스무 명 남짓 인비지블 클럽 회원들도 모두 봄기운으로 들떠 있었다. 호젓이 걷는 산길, 발바닥에 와 닿는 나무뿌리, 돌, 흙의 느낌이 좋다. 이대로 몸과 마음에 걸친 짐을 벗어버리고 산과 일체가 되고 싶었다. 저 산 머리에서 이 산 머리로 훨훨 날아다니며, 다람쥐와 산토끼를 벗해 세상을 잊은 채 살고 싶다. 세속의 먼지를 털고 산을 찾는 사람들에게 약수를 떠 주며 산나물을 나눠주고 온 산 가득 청정 산소를 만들어 시커먼 도시 하늘에 부어주고 싶다.

– 저기, 강민호 씨 맞죠?
– 네. 아, 안녕하세요.

산길을 오르는데 뒤에서 가녀린 목소리가 들렸다. 돌아보니 인비지블 클럽 구석에 항상 말없이 앉아 있던 여학생이었다.

- 저는 선영이에요. 이선영.
- 네, 클럽에서 보았습니다. 반갑습니다. 산에 오니 좋지요?
- 네, 참 좋아요. 저는 산길을 잘 못 오르지만 공기가 참 좋네요.
- 등산을 힘들어 하시나 봐요. 제가 옆에 있으니 너무 걱정 마세요. 하하.

하늘로 장끼 한 마리가 푸드득 날아올랐다. 선영이 힘든지 걸음을 떼는 게 버거웠다.

- 우리 여기서 잠시 쉬었다 가요. 힘들어 하시는 걸 보니 운동 좀 하셔야겠어요. 하하.
- 네.

선영의 콧잔등엔 벌써 땀이 송글송글 맺혀 있다.

- 민호 씨는 좀 달라 보여요.
- 그래요? 쑥스럽구면요. 저는 그저 한심한 물리학도일 뿐입니다. 자기 앞가림도 버거운….
- 가끔 민호 씨가 하시는 주장이나 얘기들이 색다르게 느껴져요. 다른 회원들도 그렇게 말하는 걸 들었어요.
- 허허. 그렇다면 다행일 수도 있고, 아니면 제가 클럽 사람들의 성향에 안 맞는다는 말일 수도 있겠네요.
- 그런 건 아니에요. 오히려 귀담아 들어야 한다는 쪽이죠.

나는 소나무 가지 아래로 유려하게 흘러내린 능선을 바라보았다. 어릴 적부터 뒹굴며 익혔던 산자락은 어디나 다 똑같다. 능선 따라 오래 전에 나무꾼들이 만들어놓은 산길이 있었고, 산길 옆구리마다 상수리나무가 널찍한 이파리를 드리웠다.

– 선영 씨라고 하셨죠? 이름이 예쁘네요.
– 네 그렇게 얘기해주는 사람들이 좀 있지요. 착할 선 꽃부리 영.
– 아, 그렇군요. 착한 꽃부리.
– 제 생각엔 신선 선 길 영이었다면 더 좋았을 것 같아요. 영원한 존재.

신선한 바람이 불어왔다. 물오른 나뭇가지들이 봄을 재촉하듯 팔랑거리며 손짓한다.

– 다시 올라갈까요?
– 그러죠.

선영은 고운 이를 드러내며 배시시 웃었다.
선영과 짧은 대화를 나누는 동안 문득 그녀가 라일락 닮았다는 생각이 스쳤다.

– 선영 씨, 혹시 라일락 좋아하세요?
– 그럼요, 봄 향기죠. 봄의 축제와 함께 오는 향기.

– 라일락이 우리나라 자생종이란 사실 혹시 아세요?

– 네? 외래종 아닌가요?

– 저도 그렇게 생각했었는데요. 어느 다큐멘터리에서 우리나
　라 자생종 중 우수한 품종에 대한 보고서를 보고 저도 라일
　락이 우리나라 품종이란 걸 알았거든요.

– 그랬군요.

나는 북한산 꼭대기를 손끝으로 가리켰다.

– 지금 전 세계에서 가장 사랑받는 라일락 종은 바로 우리나
　라 종이랍니다. 바로 저 북한산 바위 꼭대기에서 발견된 것
　이죠.

– 흥미롭네요.

– 육이오 때 종군했던 어떤 식물학자가 발견했대요. 북한산 꼭
　대기에서 발견된 형체가 분명하지 않은 모습의 나무가 라일
　락이었다는 거죠. 이것을 발견한 식물학자가 그 종이 특이
　해 마침 한국인 비서의 성을 따 미스 킴 라일락이라고 식물
　학회에 보고했답니다.

– 로맨틱하네요.

– 뭐 그 둘 사이에 로맨스가 있었다고 보이지는 않지만, 그래
　도 비서를 라일락꽃으로 봐준 식물학자의 마음은 봐줄 만
　하죠.

– 그런데, 이 미스 킴 라일락이 북한산 꼭대기에서 생존한 놈

이라 그런지 병충해에 아주 강하고 향기도 진했답니다. 그래서 지금 전 세계에 이 종자가 많이 퍼져 있다고 하네요. 우리나라 사람만 잘 모른대요. 라일락을 조상들은 수수꽃다리라고 불렀답니다.

– 아하, 수수처럼 꽃이 달라붙어 피어난다는 뜻이군요. 향기로운 라일락에 붙인 이름치고는 참 수수하네요.

제법 가파른 산길을 오르는 동안 내 이마에도 땀방울이 제법 맺혔다. 가끔 비탈을 오르는 선영의 걸음이 버거웠다. 그럴 때마다 나는 자연스레 장갑 낀 손을 내밀었다.

– 선영 씨, 형태랑 얘기 많이 해요?
– 네, 만난 지 오래 되었으니까요.
– 그럼, 혹시 형태가 무슨 꿈을 꾼다는 얘기, 뭐 그런 얘기하던가요?
– 아, 대학을 설립하겠다는 꿈 말이죠?
– 선영 씨도 들으셨군요.
– 좋은 생각이긴 하지만 그게 쉬울 거라는 생각은 못 했죠. 어려워 보이지 않나요? 하지만 형태 같이 그런 생각에 집중하다 보면 뭐라도 만들어지지 않을까 생각한 적도 있죠.
– 그렇군요.

선영이 잠시 쉬고 싶은지 바위 하나를 찾아 앉았다. 시선 아래로 크고 작은 바위를 품고 솟아 오른 작은 봉우리들이 눈에 들었다.

- 민호 씨는 하나님이 존재한다고 생각하세요?
- 와우, 선영 씨 보기와 달리 대담하게 들어오시네요. 저 같은 불신자에게 하나님의 존재를 물으시다니요. 허허.
- 궁금한 걸요.
- 네, 제 생각에는 존재를 입증하는 일은 매우 어려운 일이죠. 저희들도 사실 존재를 입증하는 데 대부분의 연구를 집중합니다. 원자핵이 존재한다, 전자가 존재한다, 뭐 이러면서 존재를 들먹이지만 사실은 그런 존재가 존재할 수 있다는 일종의 믿음이지요. 존재의 입증은 오로지 존재에 어떤 종류의 교란을 가할 때 나타나는 반응을 통해서만 알 수 있습니다. 그 반응이 어김없이 똑같거나 어떤 확률을 갖고 재현성을 보일 때 비로소 그 반응에 대응하는 존재에 대하여 얘기할 수 있지요. 선영 씨는 존재하는 걸까요? 그렇지요, 존재합니다. 지금 내 앞에 계시니까요. 그리고 나는 선영 씨의 존재를 눈으로 귀로 느낄 수 있습니다. 게다가 나는 선영 씨와 음성으로 교신하고 있지 않습니까.
- 그렇다면 민호 씬 신의 존재도 그렇게 교신이 가능해야 믿을 수 있다는 말씀인가 보네요.
- 꼭 그런 것만은 아닙니다. 교신이 불가능해도 존재할 수는 있습니다. 존재하지만 못 느끼는 거지요. 선영 씨는 이전에 이미 존재하고 있었지만 제가 느끼지 못했던 거나 마찬가지

인 거죠. 제가 느끼지 못했다고 선영 씨가 없었던 것은 아니잖아요.

– 그렇다면 민호 씨는 신의 존재를 믿을 수도 있다는 말씀이네요.

– 그렇지요. 하지만 지금의 저와 아무 상관이 없다는 사실이 중요한 거죠.

– 그렇군요.

선영이 다소 안심한 표정을 지었다.

– 하지만 저는 인간이 신을 창조할 만큼 영악하다는 사실도 잘 알고 있습니다.

– 무슨 말씀이죠?

– 인간들은 상상 속에 신을 만들고, 이를 다른 사람에게 강요할 수 있다는 것이지요. 물리학에서도 우린 상상 속의 존재를 가정합니다. 하지만 이들 존재는 반드시 필드나 물질과의 격돌을 통해 그 존재의 가능성을 입증해야만 하지요. 하지만 인간이 만든 신의 경우에는 아주 달라요. 그것을 측정할 방법이 없다는 것입니다. 물론 신의 메신저들이 등장하기는 하지만 이들은 결국 신의 존재에 대한 주관적 주장을 늘어놓기 마련인거죠.

– 그렇다면 인간이 창조해 만든 상상 속의 신의 특징은 무엇이죠?

- 아 네, 간단히 말씀드리면 인간들은 신을 설명하기 위해 우상을 만들어요. 그리고 신의 메신저들은 예배를 강요합니다. 신전과 무당, 이것이 인간이 만든 신의 필수품이죠.
- 그래요? 그렇다면 자기의 우상을 만들지 말라고 한 신은 어떻게 생각하세요?
- 별난 신이네요. 인간이 창조하지 않았거나 괴팍한 메신저의 주문일 테죠. 진짜 존재하는 신일 가능성도 없지는 않겠죠.

선영은 자신이 믿는 하나님이 그런 면에서 매우 독특하다고 말했다.

- 십계명 아시죠? 십계명 중 제2계명에 어떠한 우상도 만들지 말라고 했거든요.
- 그것 참 재미있네요. 재미있는 차별화입니다.

자신을 설명할 필요가 없는 신은 스스로 존재하고 스스로를 드러내야 한다. 어떻게 자신을 드러낼까? 갑자기 십계라는 영화에 나온 불에 타지 않던 나뭇가지가 떠올랐다.

- 불타지 않는 나뭇가지로는 결코 하나님을 보여주지 못해요. 단지 상식을 초월한 하나의 현상에 불과합니다. 그러나 모세는 하나님을 인지해 하나님과 대화하며 계속해서 기적을 요구했죠. 신은 기적으로 응답하여 자신의 존재를 각인시켰고요. 지팡이를 뱀으로 만들기도 하고 모세의 손에 문둥병

이 들게 하고….

– 그러니까 이스라엘 백성의 하나님은 자신을 형상화하지 않
고 그 능력을 드러내 보임으로써 자신을 나타내었다 이 말씀
이로군요. 좋은 태도라 생각됩니다.

– 좋은 태도라니요?

선영이 나의 말투에 약간은 화가 난 듯 되물었다.

– 물리학적으로 좋은 태도라는 것이지요. 어차피 존재를 드러
내 보이는 일은 우리 인간의 인식 방법의 한계에 부딪칠 수
밖에 없어요. 그러니까 인간은 시공의 제약뿐 아니라 인식의
한계를 가질 수밖에 없다는 얘기예요. 가시광선 영역만 보고
가청 주파수만 들을 수 있습니다. 더욱이 극미량의 양자의
세계로 들어가면 정확한 위치조차 파악이 어렵죠.

– 그래서요?

– 뭐 그렇다는 얘기지요. 그러니까 신이 우리에게 자신을 드러
내 보이려 해도 어차피 인간은 신의 존재를 다 알 수 없다는
것입니다. 그렇다면 차라리 신의 능력이라고 인정될 만한 반
응을 인간들이 찾아내는 것이죠. 그것이 신의 능력을 드러내
는 반응이라고 인정하고 안 하고는 전적으로 그 반응을 본
인간의 인식 행태에 달린다는 뜻입니다.

– 그런데요?

– 그러니까, 제가 볼 때 신은 전지전능한 자신의 권능을 우리

인간들의 인식에 작용시키지 않고, 우리의 인식 체계에 전혀 간섭할 의지를 갖고 있지 않다, 뭐 이렇게 봐야 한다는 거죠. 그러니까 아주 신사적이라고 말할 수 있는 것 아니겠습니까.

– 신사적이라고요?

– 네, 제가 볼 때는 그래요. 강요가 아닌 선택만을 요청하는 정중함, 뭐 그런 게 느껴진다는 얘깁니다.

산의 정상. 꼭대기에 도달하고 나면 성취감은 정상의 좁은 공간만큼 오그라든다. 내가 서식하는 땅과의 거리감은 푸른 파장의 빛의 산란 정도만큼 아득하다. 정상엔 이미 모든 인비지블 클럽 회원들이 도착해 있었다. 대개가 그러하듯 회원들이 한 소리로 야호를 외쳤다. 이마엔 땀방울이 맺혔지만 이제 더 이상 나를 가릴 나무와 숲은 없다. 하늘에 보다 가까이 이르렀다는 뿌듯함을 잠시 만끽했다.

밑에서 느껴지던 봄기운이 사라지고 아직 겨울의 매서움을 간직한 정상의 칼바람이 옷깃을 파고들었다. 좁은 땅덩어리에 이리저리 휘달려 내려뻗은 백두대간과 발 아래 내려다보이는 서울 상공의 뿌연 매연은 방금 전까지 토론했던 하나님이라는 존재를 머릿속에서 지워냈다.

나는 산 정상에 드러누워 온 산을 지탱하는 화강암의 암울한 소리와 속에서 터져나오는 금속의 처연한 울림을 들었다. 금속의 울림은 내 속으로 파고들었고 나는 소리가 되어 산골짜기로 날았다. 나는 다시 물이 되어 비좁은 바위틈을 뚫고 억겁의 세월

숨어 있던 금속을 향했다. 자신을 녹일 태세로 서서히 감싸 들어오는 물의 기세에 금속은 떨었다. 금속을 녹여 담은 물이 혈관을 타고 흐른다. 그렇게 나는 산과 하나가 되었다.

제 4 부

—

수면 위의 삶

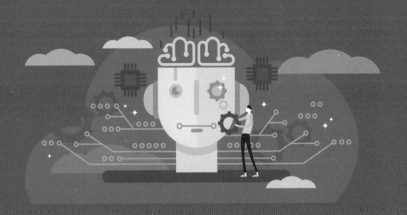

흑암의 깊음

봄비가 추적추적 내리는 이른 저녁 시간, 갑자기 인비지블 클럽에 가고 싶었다. 항상 저녁 늦게 모임에 참석해서였는지, 그 장소는 그다지 또렷하게 떠오르지 않는다. 인비지블에 가고 싶다고 하자 형태가 의아한 표정이다.

- 뭣 때문에 아무도 없는 그곳에 가려 하죠?
- 그냥, 항상 밤 늦게 가서 그런지 정이 안 든다.
- 낮에 봐도 마찬가지일 텐데요, 뭘.
- 내일 같이 갈래? 너 열쇠 가지고 있지?
- 열쇠는 항상 갖고 있지만, 저는 내일 세미나 준비해야 되잖

아요. 아참, 현신이랑 같이 가볼래요? 제가 현신에게 열쇠를
넘겨줄게요. 뭐, 형에게 줄 수도 있지만 아직 형은 열쇠를 사
용할 수 있는 회원으로 분류되어 있지 않아서요. 규칙은 지
키는 게 좋겠죠.

– 알겠다. 그런데 왜 하필 현신 씨냐?

– 뭐 다른 사람 연락하기도 뭐하고….

– 알겠다.

다음날 대충 점심을 때우고 현신과 함께 인비지블 클럽으로
향했다. 현신은 가죽점퍼 차림의 스포티한 모습이었다. 선글라
스를 껴서 얼핏 다른 사람 같았다. 현신이 잠겨 있는 인비지블
클럽의 문을 열었다. 텅 빈 공간에 문 닫히는 소리가 울렸다. 현
관 옆 스위치를 켰다.

인비지블 클럽 게시판이 보였다. 회원들의 사진과 여기저기
여행의 추억들이 게시되어 있다. 몇은 낯이 제법 익다. 벽 한편
에 르네상스 시대 과학자들의 초상화 몇 점이 걸려 있다. 이런
그림을 볼 때마다 항상 느끼는 감정이지만 오징어 먹물을 찍어
비둘기 깃으로 양피지에 글을 쓰는 장면은 언제나 신비로운 연
금술의 세계로 나를 인도한다.

– 이제 다 보셨어요?

현신이 심드렁하게 말했다.

– 네 별로 볼 것은 없네요. 그냥 집회 장소이니 그렇겠지요.
  그런데 이곳에서 토의되는 내용을 정리해 둔 기록 같은 것
  은 없나요?
– 있겠죠. 저기 파일함이 두 개 있는데 아마 저게 다일 거예요.
– 제가 열어봐도 될까요?

현신이 어깨를 으쓱했다. 나는 눈을 찡긋하며 파일함에 손을
가져갔다. 파일함이 스르륵 열렸다.

– 저 원래 이런 짓 싫어하는 사람입니다. 오해하지 않으셨으면
  합니다. 지금은 뭐 약간의 호기심이 발동하는 걸로 해두죠.
– 제가 뭐라고 했나요?
– 저는 어릴 적에 탐정놀이 같은 것도 안 했어요.
– 어련하시겠어요.

현신이 창밖을 보며 말을 이었다.

– 저는 좀 나갔다 올게요. 안에 있으니 답답해요.

나는 현신이 좀 더 정확한 단어를 구사했어야 한다고 생각
했다. 답답한 게 아니라 어색한 게 맞았다. 하긴 어쩌면 현신은
답답하고 내가 어색했던 것일지도 모른다. 내가 봤던 현신은 늘
자신 있게 자신을 드러냈었기 때문이다. 혹시 일부러 자리를 피
하는 것은 아닐까?

― 그러세요.

나는 가볍게 목례를 했다.

― 그렇게 항상 예의를 차리시나요?

현신은 그냥 넘어가는 법이 없다.

― 아 아니요, 그냥 버릇이라. 아무에게나 이러진 않습니다.

순간 얼굴이 화끈거렸다. 표정을 감추려 얼른 양피지에 중세 건물 설계도가 그려진 액자로 얼굴을 돌렸다. 현신이 나갔다. 건물의 상단부를 지지하는 기둥의 구조를 삼차원적으로 그려낸 도면이 예술적으로 보였다. 액자에 가까이 다가섰다. 액자의 위치가 약간 비뚤어져 보였다. 고딕의 선들을 바로 보려고 액자를 슬며시 바로잡았다. 그때였다. 액자를 걸어둔 벽이 움직였다. 헉, 갑작스런 상황에 뒷걸음질 쳤다. 긴장에 숨조차 멎은 듯했다.

벽은 소리 없이 서서히 움직였다. 어쩌면 요동치는 내 심장 박동 때문에 시간의 흐름을 상대적으로 천천히 느낀 건지 모른다. 하지만 지금 이 상황은 클럽에 대해 내가 상상하며 기대했던 이상이다. 언제부턴가 인비지블 클럽에 표면과 내면의 이중성이 있지 않을까 생각했다.

벽이 소리 없이 열리며 그 뒤로 어두운 통로를 드러냈다. 손전등을 갖고 있지 않아 벽 안으로 들어갈 용기가 선뜻 나지 않았다. 벽 안으로 들어가는 순간 혹시라도 벽이 닫히면 나올 길이 없을지도 모른다는 두려움이 일었다. 다시 액자를 만졌다. 벽은 다시 소리 없이 그 어두운 흑암의 깊이를 지워냈다.

현신이 돌아왔다.

– 이제 그만 돌아가요. 커피 한 잔 사주실래요.
– 네. 그러죠. 현신 씨, 어디로 갈까요?
– 삼청동 쪽으로 걸어가죠.

여기저기 조그만 카페들이 앙증스럽게 자리하고 있다. 현신을 따라 가파른 계단을 오르자 전통차를 파는 조그만 찻집이 나왔다. 아직 장사할 채비가 덜 된 듯 문이 닫혀 있다. 다시 내려와 서로 말없이 걸었다. 경복궁 돌담이 길게 이어졌다.

– 현신 씨, 우리 경복궁 들어가 볼래요?
– 좋아요.

경복궁으로 들어갔다. 야트막한 담장에 딸린 몇 개의 문을 통과하자 향원정이 나왔다. 연못 가운데 팔각 정자가 있는 향원정 여기저기에 봄기운이 서려 있다. 향원정 연못의 물이 어디서 공급되는지 궁금했다. 말없이 향원정을 돌았다. 향원정 다리에서 11시 방향으로 연못에 물을 공급하는 샘이 있었다. 말없이 걷다 샘 주변 계단에 앉았다.

– 지하에서 물이 흐른다는 게 신기하죠?

내가 먼저 입을 열었다.

– 민호 씨는 신기한 게 참 많으신가 봐요?
– 아 아뇨. 그냥 그렇잖아요. 바위틈으로 물이 흐른다는 것 말
  이죠. 지하에 만일 어떤 세계가 존재한다면 신기할 것 같아
  서요.
– 지하 세계요?

현신이 눈을 동그랗게 뜨며 나를 쳐다봤다.

– 움베르토 에코의 소설 《푸코의 진자》에 지하 세계 얘기가 잠
  깐 나오죠. 지하 세계로 통하는 곳을 찾고자 높은 타워를 짓
  는 사람들 얘기 말이에요. 성경에 바벨탑이 처음 등장하지
  만 말이죠.
– 그런 사람들이 있다고요?
– 뭐 소설에 나오는 얘기지만 가능성이 없진 않아요. 지난 시
  대 과학자들의 호기심과 답을 얻기 위한 노력은 실로 무모할
  정도이니까요, 지금도 그런 면이 없진 않아요. 에펠이란 사
  람도 그런 사람들 중 하나로 묘사되지요. 에펠탑을 높이 만
  든 이유가 사실은 지하 세계로 통하는 입구를 찾기 위한 것
  이었다는.
– 재미있네요.

현신은 샘이 솟아 나오는 곳을 물끄러미 바라봤다. 물의 표

면이 구름의 그림자를 훑어내며 원래의 모습을 보여주려 애쓰는 듯했다. 어깨에 부드러운 느낌이 왔다. 현신이 비스듬히 나에게 기댔다. 심장이 쿵쾅댔다. 아무 생각도 할 수 없다. 이렇게 뛰는 내 심장 고동을 현신이 눈치 채지 못하기만 바랐다.

평온한 수면

동동주를 시켰다. 항아리 가득 출렁이는 동동주에 띄워놓은 표주박이 앙증맞다. 파전을 이리저리 찢어 놓고 우린 동동주를 마셨다. 현신이 가죽점퍼를 벗은 채 다소 발그레한 얼굴이 되었다. 내가 술을 그다지 즐기지 않는 진짜 이유는 잘 취하지 않아서다. 많이 마셔도 말똥말똥 외려 정신이 맑아진다. 술이 어쩌면 내 머릿속의 온갖 잡다한 생각을 소멸하고 한 가지 생각에만 몰입하게 만드는 기제로 작동하는 것인지 모른다. 그런 몰입이라면 술을 마시지 않고도 나는 얼마든지 자신을 끌어들일 수 있다.

– 현신 씨는 술 좀 드시나요?
– 예. 좋아는 하는 편이죠. 아직 좀 더 마실 수 있어요.
– 아, 그러시군요.

술이 들어가며 현신은 오히려 말이 없어졌다.

– 술 드시면 말을 많이 안 하시는 스타일인가 봐요?

- 네, 주로 듣는 편이죠. 연애 얘기 들려주세요. 민호 씨 연애 얘기. 호호.
- 아, 이런 상대를 잘 못 잡으셨네요. 이 불쌍한 물리학도를 사랑할 여인이 지구상에는 없답니다.
- 거짓말.
- 좋아요. 뭐 이런 것도 연애 얘기 축에 낀다면야 얘기 못 할 것도 없죠.
- 해주세요.
- 제가 말이죠. 애, 그러니까 오래전인데. 학부 땐데 말이죠….
- 말이죠, 그만하지 말이죠.
- 하하. 아무튼 학부 시절 서예 동아리에 들었었는데 거기서 예쁜 여학생 한 명이 눈에 들었어요. 어느 날 그 여학생이 제게 자기한테 남자 친구 생겼다, 그러더라고요.
- 그래서요?
- 그래서, 와 너 정말 잘됐다. 너도 이제 어른이 됐구나. 뭐 이러고 축하해줬죠.
- 그런데요?
- 그런데, 내 말을 듣더니 그 친구가 화를 내더니 휙 나가버리더라고요. 그리고 끝이에요.
- 에구 시시.
- 거봐요, 미리 시시하다고 했잖아요.

현신이 동동주를 홀짝 들이키며 나직이 웃었다.

- 얘기 더 해주세요.
- 그리고는 한동안 아무 일 없이 지내는데 하루는 친구 녀석이 미팅 나가자고 하도 졸라서 따라 나섰죠.
- 재미있었겠네요. 그런데요?
- 그런데 거기에 나온 파트너가 키가 아주 컸어요.
- 그런데요?
- 사실 그 미팅의 목적은 카니발 파트너를 구하는 거였거든요.
- 그래서요?
- 카니발에 데리고 갔지요. 그리고 블루스를 추게 되었죠. 근데 키가 너무 안 맞아 그녀의 발에 그만 제발이 밟혔어요. 하이힐에. 죽는 줄 알았어요. 끝이에요.
- 에이 또 시시.

현신이 또 동동주를 한 잔 마셨다.

- 현신 씨, 너무 많이 드시는 것 같아요. 다음에 더 하기로 하고 오늘은 제가 집까지 바래다 드릴게요.
- 아 아니에요. 집에는 저 혼자 갈 테니 이문동까지만 바래다 주세요.

약간의 취기가 도는 현신을 데리고 이문동으로 향하는 버스를 탔다. 현신이 내 어깨에 머리를 기대어 잠들었다. 평온하게. 향원정 고운 호수에 둥둥 떠다니는 착각이 들었다.
인비지블 클럽 지하에 대한 궁금증이 가라앉지 않았다. 형태에게 물어보기도 쉽지 않았다. 무엇보다 형태의 존재가 이 모든 복잡함의 중심에 서 있음을 직감하기 때문이었다. 어쩐지 형태가 자신의 세계에서 나를 완전히 배제하거나 완전히 끌어들이지도 않는 적당한 선에서 유인하고 있다는 느낌이 들었다. 인비지블 클럽의 지하실조차 어쩌면 형태가 나에게 자연스럽게 들어서도록 의도적으로 유발했을지 모른다는 생각마저 들었다.

이쯤 되면 무언가를 결정해야 했다. 지금 이 끝이 안 보이는 미스터리 속으로 뛰어들 것인가, 아니면 완전히 손을 떼고 어떠한 의문도 모두 잊어버릴 것인가. 사실 가장 현명한 방법은 손을 떼는 것이라는 걸 모를 리 없다. 나의 세계에 더 이상 이방인들을 끌어들일 이유는 없다. 나는 그저 그동안 씨름해왔던 필드이론의 해를 구하는 일에 전념하면 될 일이다. 다만 마음 한구석에 남는 게 있다면 현신을 잊어버리고 만나지 않을 수 있을까 하는 미련이다. 여태 한눈팔지 않으며 잘 지내왔는데. 이제와 새삼 마음에 들어앉은 이성에 대한 호기심이 거추장스럽기 그지없다.

결정해야 한다. 형태란 놈의 세계와의 결별. 그놈과 더 이상 연구 이외의 대화를 하지 않으면 그뿐이다. 그 녀석이 다시 실종되더라도 난 아무 일 없다는 듯 내 일을 하면 그만이다. 지금까지 그래왔듯. 어차피 얼마 있다 돌아 올 녀석이다.

결정을 내렸다. 이 일에 더 이상 연루되지 않기로. 모든 결정에는 늘 아쉬움과 후회가 따르지만 결정하고 나면 뒤를 돌아볼 필요가 없다. 그것이 결정의 미학이다. 심포니 사이폰 커피를 시작으로 일상으로 돌아가기로 작정했다. 심포니엔 여전히 사이폰 커피가 끓고, 클래식 음악이 흘렀다. 마음이 평온해졌다. 그리고 그렇게 빼앗긴 지난 시간 시간을 반성했다. 다시는 이러지 말아야겠다.

눈이 오듯 도로가에 버들 꽃가루가 하얗게 날린다. 식물들은 왜 저렇게 야단스럽게 성행위를 치를까? 꽃가루 알러지를 심하게 앓는 나에게는 이 계절이 여간 곤혹스러운 게 아니다. 3월 후반 들어 시작되는 나의 꽃가루 알러지는 송홧가루에서 정점을 이루고 아카시아 필 때쯤 누그러진다. 사실 꽃의 아름다움이란 일종의 공존을 위한 신호 체계에 불과하다. 꽃의 암술 근처에 무수히 존재하는 수술 사이의 거리를 연결해 줄 매개체를 유혹하기 위한 기술이다. 꿀과 향과 아름다운 자태로 유혹하는 꽃. 상당히 은유적이다. 그에 비하면 내 알러지를 자극하는 이놈들은 참 볼품없다. 아예 매개체를 필요로 하지 않는 종자들이다. 바람 불면 사방 천지 자신의 정자를 살포하는 수치를 모르는 자연. 송홧가루 날리는 계절이면 자동차 보닛은 온통 연초록 송홧가루로 뒤덮인다. 비라도 내린 후 바닥에 고인 빗물 위를 떠다니는 송홧가루를 보면 이 소나무란 생명체의 생식 방법과 그 능력의 탁월함에 혀를 내두를 수밖에 없다. 번식을 위한 상대를 찾되 상대를 탐색할 필요조차 없는 이들 종자에게 성적 긴장감이란 애당초 존재하지 않는다. 그냥 자신이 지닌 반쪽 유전자 정보를 사방 천지에 방사하면 끝이다. 대상에 대한 탐색은 필요 없다. 혼돈은 생명 탄생을 이렇게 확실히 후원한다. 질서의 응집체를 날라주는 혼돈의 따사로움과 풍요. 어쩌면 이것이 에덴동산의 원형이 아닐까. 타락 이후 인간에 부여된 삶을 위한 노동, 출산의 고통, 그리고 이성을 그리는 그리움은 형벌이다.

그리움은 인간 사회에서 성적 긴장의 가장 원초적 동인이다. 그래서 그리움은 형벌이다. 하지만 이들 식물 종들에게 그리움의 대상이란 없다. 존재하지만 스스로 결정할 수 없는 혼돈의 결과를 그리워할 수는 없다.

버들 꽃가루가 날린다. 바람 속으로 날리는 생명의 반쪽 정보체. 저들은 꿀벌이나 나비라는 선택적 질서 체계에 자신의 미래를 맡기지 않고, 혼돈의 메신저 바람에게 운명을 맡긴 녀석들이다. 산하를 뒤덮은 광대한 송림은 이들의 생식체계의 탁월함을 확인해준다. 버들 꽃가루는 쓰레기처럼 거리 위로 떨어져 뒤엉켜 쌓인다. 쓰레기 처리되는 반쪽 생명의 정보들. 하늘을 날기 위한 깃털과 유전자 정보. 이 단순한 구조체로 새로운 생명의 잉태를 꿈꾸며 무한의 하늘로 비상하는 저 용기와 무모함. 버들 꽃가루가 되어 날리는 내 모습을 상상했다.

어쩌면 우리 모두는 저 버들 꽃가루처럼 혼돈 속에 던져진 가녀린 존재들이다. 그래서 열매 맺는 순간 신의 은총을 외쳐대는 건지 모른다. 커피 향을 맡으며, 콧잔등을 타고 흐르는 눈물을 닦았다. 알러지다.

초대

　세미나에 참석했다. 항상 그렇듯 어떤 종류의 지적 섬광은 일단의 지적 무리들과의 상호 작용에서 발현한다. 톰슨(Sir Joseph John Thomson)의 제자 스물여덟 명이 노벨상을 수상한 과학사를 생각하면 지적 교배와 우성 인자의 발현은 어떤 종류의 사회적 인과관계를 갖는 것도 같다. 일종의 집단적 심리역학. 결국 가장 실력 있는 과학자를 만나는 것이 가장 중요한 첫걸음이다. 제 아무리 노력해도 주어진 주제의 심각성과 중요성이 탁월하지 않은 경우라면 재기발랄한 젊은이가 하찮은 문제에 시간과 정력을 다 들인 후 기진맥진하여 알량한 교수 자리에 만족하며 살아가야 할 터이다.

　문득 내가 몸담고 있는 대학이 싫어졌다. 가만 보면 중요한 듯 보이는 문제와 씨름하고 있지만 누구도 그 문제를 제기하는 이 없는 곳. 경쟁은 있으나 고민이 없는, 온통 실용적 척도에 의해 가치가 매겨지는 천박한 곳.

　세미나 중간에 나는 카우프만 교수에게 몇 가지 질문을 던졌다. 카우프만 교수가 분필을 손가락으로 튕겨 돌리며 눈을 깜박거렸다. 그러더니 눈을 감고 단상을 이리저리 오갔다. 그의 얼굴이 묘하게 붉어졌다. 그는 다시 분필을 코에 대고 냄새를 맡더니 칠판 앞을 분주히 오갔다.

　- 아, 그 질문에 대하여 솔직히 답을 못 하겠습니다. 아니 모른

다는 게 정확합니다.

카우프만 교수가 연신 이마를 닦으며 강의를 계속했다. 강의를 마친 그가 나에게 다가왔다.

– 학생. 아주 좋은 질문을 해줘 고맙습니다.
– 아뇨, 죄송했습니다. 궁금한 부분이어서….
– 아, 아주 중요한 질문이었어요. 사실 그 부분에 대한 언급 없이 이론을 전개해 온 것이 맞아요. 언제나 이론은 무너질 수 있다는 것, 대전제에서의 오류이지요. 이름이….
– 강민호입니다. 민호 캉.
– 칸이나 킹처럼 들리는군요. 인상적인 라스트 네임입니다. 가능하다면 저의 연구실로 초대하고 싶습니다만.

나는 망설임 없이 대답했다.

– 저도 선생님 연구실을 방문하고 싶습니다. 가능한가요?
– 아, 봅시다. 지금은 제가 한 달 정도 국제 공동 연구를 위한 출장이 이어지니, 음… 한 달 후 저에게 이메일 주세요.
– 그때는 저를 기억 못 하실 수도 있으실 텐데요.
– 아니죠. 캉과 같이 놀라운 직관이 있는 학생을 잊을 수는 없지요. 걱정 말고 연락주세요.

카우프만 교수가 명함을 건네고는 내 등을 쓰다듬으며 나의 겸손을 위로했다.

한 달이란 시간이 무척 길게 느껴졌다. 카우프만 교수의 연구실에 방문하여 같이 토론하고 싶은 마음에서였다. 그의 연구를 꼼꼼히 살피며 필요한 질문 리스트를 만들었다. 한편으로 최근의 나의 생각들을 정리하였다. 알파벳순으로 나열하여 키워드 별로 정리하고 기다렸다.

뭔가 눈앞에 닥칠 모호한 미래를 준비하는 일은 그 미래가 얼마나 불투명하고 아름다워 보이는지에 따라 집중도가 달라진다. 나는 새벽 서너 시까지 카우프만 교수의 논문을 읽다가 책상에 엎드려 잠들곤 했다.

형태와 인비지블 클럽, 그리고 현신에 대해 생각할 겨를이 없었다. 바야흐로 봄날이 무르익어가고 있었다. 캠퍼스 곳곳에 아름다운 봄꽃이 피어 시선을 사로잡았다. 나른한 오후, 전화가 걸려왔다.

– 현신이에요.
– 아, 현신 씨. 오랜만이네요, 잘 지내셨죠?
– 네, 그냥요….

반가움이 지나쳐 나도 모르게 목소리가 들떴다.

– 민호 씨, 요즘 어떻게 지내요?
– 저요. 뭐 늘 그렇죠. 불쌍한 물리학도의 일이란 게 그냥 논문 더미에 파묻혀 방정식이나 풀어대는 거죠.

– 누가 불쌍하대요?

현신의 말문 막기 기술은 가히 초절정 고수다. 적어도 내게는.

– 아, 아뇨. 뭐 그냥 혼자 그러는 거죠 뭐. 하하.
– 그럼 아닌 거죠.
– 현신 씨. 저 며칠 있다 미국 가게 됐어요.
– 어, 그래요? 왜요?
– 아, 카우프만 교수란 분이 있는데 저를 초대했어요. 한 2주 정도 있다 올 거예요.
– 좋으시겠어요. 그럼 출국 전에 한번 봤으면 하는데….
– 아. 저도 그렇게 생각하고 있었어요. 언제 괜찮아요?
– 모래 점심, 심포니 어때요?
– 네, 그렇게 하죠. 현신 씨.

향수

바바리를 입은 현신이 들어왔다. 이제는 현신이 어색하지 않다. 심포니에 오현명의 명태가 굵직하게 흐르고 있었다. 저런 넉넉한 목소리를 갖고 있으니 얼마나 행복할까 생각하던 참이었다.

– 일찍 오셨네요?

현신이 방긋 웃으며 말했다. 핸드백을 조심스레 의자에 놓고 얌전히 앉았다.

- 반갑습니다. 오랜만이네요.
- 그러게요.

현신이 담배를 꺼냈다. 담배 끝 부분을 탁자에 두어 번 토닥거려 다지더니 불을 붙였다. 후, 한 모금 담배 연기를 허공에 뱉어내고 창밖을 내다봤다. 하얀 담배 연기가 탁자 위 조명에 흩어졌다. 연기 입자들이 허공에 궤적을 그리며 비산한다. 나는 습관적으로 연기 입자가 된다. 나는 연기가 만든 소용돌이가 충돌하는 현장을 빙빙 돈다. 연기는 뭉쳤다가 갑자기 뻗어 나간다. 뭉친 곳에서 소용돌이가 말려들고 또 그곳에서 뻗어 나가는 줄기가 생긴다. 콜모고로프가 이 줄기의 길이에 어떤 규칙이 있음을 발견했다. 흩어지는 것들의 규칙성, 콜모고로프 스케일의 비산. 흐를 수 있는 존재, 유체는 아마 사물의 상태 중 가장 완벽한 상태일 것이다. 그러나 질량마저 소유하지 않은 것, 파동이 되고 싶다. 파동의 떨림 속에 나는 확률적으로 존재한다.

현신은 갑자기 상상에 빠져드는 나의 습관을 이미 눈치챈 듯 항상 큰소리로 질문을 던져 현실로 소환한다.

- 저기. 지난번 인비지블에 갔던 이유가 뭐예요?
- 아, 그냥요….
- 말해주세요.

현신은 말해주지 않으면 다시는 만나주지 않을 것처럼 재촉한다. 하긴 만나주지 않아도 나로서는 무슨 상관은 없다. 하지만 그러면 왠지 오래 후회할 것 같다.

– 현신 씨는 왜 가끔 제게 연락하세요?
– 제가 먼저 물었어요.
– 그럼 제가 왜 갔는지 답하면 현신 씨도 제게 답해줄 건가요?
– 그러죠. 하지만 민호 씨가 하는 말의 진실 정도에 따라 내 대답도 다를 거예요.

현신이 담배를 다시 물었다. 커피를 한 모금 마시며 갑자기 나도 담배를 피우고 싶은 욕구가 일었다.

– 사실 인비지블 클럽의 인비지블한 면을 보고 싶었어요.
– 그래 그 인비지블한 걸 찾았나요?
– 인비지블이니 당연히 안 보였겠죠.
– 에이, 그럼 민호 씨 질문에 답하지 않을래요. 진실성 거의 없음.

나는 급하게 손을 허공에 휘저으며 황급히 입을 열었다.

– 아, 아니에요. 사실 거기서 우연히 벽에 난 이상한 비밀통로를….

얘기를 뱉어놓고 허둥대며 얼굴이 달아올랐다. 왜 이렇게 나는 현신의 말에 자제력을 잃게 되는지.

– 그랬군요.

내가 털어놓은 사실에 현신이 만족하는 듯했다. 담배 한 모금을 깊숙이 빨아 후 내뱉더니 입을 열었다.

– 제가 민호 씨에게 연락하는 건….

잠시 침묵이 흘렀다. 현신이 입술을 달싹이다 들릴 듯 말 듯 조용히 내뱉었다.

– 민호 씨를 좋아하기 때문이에요.
– ……

좋아한다는 말이 품고 있는 모호함이란 정말 혼돈 그 자체이다. 현신의 말의 정확한 의미를 헤아리는 일은 나로선 거의 불가능한 일이다. 현신은 자신이 내뱉은 말이 뜻하는 바를 정확히 이해할까? 인간의 언어생활은 명료한 정의의 추구와 더불어 모호함의 극대화라는 두 방향으로 달려간다. 모호함을 극대화하기 위해 언어의 사치를 부린다. 때로는 그 모호함에 자신을 숨겨 책임을 회피하기도 한다.

'결혼하자'는 명료하지만 '좋아한다'는 모호하다. 결국 언어를 사용하는 데도 혼돈은 온갖 아름다운 질료를 제공하지만 그 혼돈의 풍요는 결혼이란 명료한 질서 체계로 종결된다. 그리고 나면 온갖 종류의 규칙을 지켜야 한다. 결국 결혼은 사랑의 종말일 수 있다. 사랑이 갖는 온갖 풍요로운 혼돈은 결혼이란 질서로 종결된다. 어쩌면 사람들은 혼돈이 가져오는 다양함을 버리고 결혼이 주는 무채색 모노톤 속에서 안정을 느끼는 건지 모른다. 결혼은 일종의 세속의 수도원이다.

현신은 지금 이 순간, 그 모호한 혼돈을 나에게 던졌다. 혼돈이 풍요로운 것은 '좋아한다'는 말 한마디가 온갖 상상을 가능케 한다는 점이다. 하지만 마냥 흥분할 일은 아니다. 그냥 좋아한다는 말일 수도 있다. 내가 상상하여 흥분하는 그런 감정이 아니라 그냥 좋아한다. 한편으로 혼자 살아가기를 다짐했던 나의 굳센 의지에 균열 가는 소리가 점점 가까이 들려와 나도 모르게 긴장했다.

공항으로 갔다. 항공사 카운터에서 자리를 배정받았다. 간단한 출국 수속 후 터미널로 들어갔다. 여기 저기 즐비한 면세점 사이로 인파가 붐볐다. 문득 현신에게 선물을 해야겠다고 생각했다. 향수를 결정하고 현신에게 전화를 걸었다. 현신이 그럴 필요 없다고 했지만 좋아하는 향을 알려달라고 떼를 썼다. 정 그렇다면 미러클을 사달라고 했다. 면세점 직원에게 미러클을 찾아 계산하고 포장하여 가방에 넣었다. 왠지 마음이 편안해졌다. 마치 이번 여행이 면세점에서 미러클을 사기 위한 여행이었던 것처럼. 어쩌면 사랑이나 좋아하는 감정은 향수 같은 것일지 모른다. 자주 뿌려주지 않으면 어느새 증발해 날아가고 진하게 뿌리면 그 향에 취해 다른 향을 못 느끼는 향수.

카우프만

시카고 오헤어 공항에서 한 시간을 머문 비행기가 인디폴로 향했다. 인디폴로 날아가는 동안 창밖으로 대평원 위를 흐르는 또렷한 한 줄기 강이 눈에 비쳤다. 잠시 후 비행기가 인디폴 공항에 사뿐히 내렸다. 리무진 버스를 타기 위해 터미널로 향했다. 중국인 몇이 라운지 의자에 노트북을 펼친 채 바닥에 앉아 열심히 타이핑을 하고 있었다. 카우프만 교수가 일러준 대로 리무진 버스를 탔다. 리무진은 인디폴에서 시카고로 향하는 인터스테이트 하이웨이 60번을 달렸다.

끝없이 펼쳐진 지평선에 그림 같은 농장들이 차창 밖으로 지났다. 어디나 똑같이 모텔 숙박 가격을 적어놓은 광고판과 맥도날드 햄버거 간판이 차창 밖 길가에 띄엄띄엄 스친다. 하이웨이 주변은 온통 옥수수 밭이다. 무르팍만큼 자란 옥수수가 파도와 같이 바람에 일렁인다.

Exit 172에서 버스는 하이웨이를 빠져나왔다. 이제 사람 사는 곳이다. 월마트를 지나 자동차 판매상이 빼곡한 길을 달렸다. 길거리마다 돼지에 이상한 옷을 입힌 조형물을 세워놓았다. 플로리다가 악어를 상징물로 한다면 여긴 돼지가 상징인가 보다. 짧은 스커트를 입혀 세운 돼지 상이 여간 우스운 게 아니었다.

이곳 시의원들의 상상력에 혼자 웃음을 지었다. 버스가 긴 다리를 건넜다. 다리 밑으로 와바시 강물이 도도히 흘렀다. 한강처럼 널찍한 풍광은 아니었지만, 풍요로운 대지를 가로지른 강은 인디애나와 오하이오를 경계 지으며 도도히 흘렀다.

카우프만 교수가 일러준 대로 캠퍼스로 들어섰다. 여행자 차림새의 나를 알아본 교수가 달려와 반겼다.

— 오느라 수고하셨소. 미스터 캉.
— 다시 만나 반갑습니다. 카우프만 박사님.
— 숙소는 여기 게스트하우스에 잡아두었소. 여기 내 포스트 닥터가 안내해줄 것이오. 오느라 많이 피곤할 터이니 오늘은 숙소에 짐을 풀어 좀 쉬고 내일 만납시다.
— 그렇게 하겠습니다.

포스트 닥터의 안내를 따라 게스트하우스 숙소를 확인했다. 짐을 풀고 침대에 누워 잠을 청했으나 시차 때문인지 오히려 정신이 말똥하다. 안 오는 잠을 애쓰기보다 몸이라도 곤하게 만들어야겠다고 생각해 캠퍼스를 천천히 걸었다. 높은 종탑이 캠퍼스에 일종의 상징처럼 서 있었다. 건물들은 그다지 인상적으로 다가오진 않았다. 오는 길에 창밖으로 도도히 흐르던 와바시 강변을 거닐고 싶었다. 한참을 걸어 도달한 와바시 강변에 버드나무 가지들이 휘엉청하다. 허기를 느껴 강변 위로 보이는 조그만 몰을 찾았다. 파넬라 빵집이었다. 문을 열자 구수한 빵 냄새가 가득했다. 몇 개의 빵을 고르고 커피를 시켰다.

저스트 커피, 레귤러 플리즈…. 모서리 한쪽에 비어 있는 자리를 잡고 커피를 마시며 주위를 살폈다. 테이블마다 벽안의 사람들이 바글거린다. 대학 도시답게 학생들과 교수 가족들로 보이는 사람들이 주를 이루었고 대학과 연계해 만든 벤처회사들이 고작이다. 와바시 강변과 캠퍼스를 거닐다 돌아온 숙소에서 이국에서의 첫날밤을 베이글의 시네몬 향기 속에서 보냈다.

아침 일찍 연구실로 향했다. 캠퍼스 곳곳의 풀밭에 토끼와 다람쥐들이 쪼르르 내달리는 한가로운 풍경이다. 인간들의 활동 영역에 살며 적응한 동물들이 신기하다.

카우프만 교수의 방문을 두드렸다. 아무런 인기척이 없었다. 내가 너무 일찍 찾아왔나 생각하면서 혹시나 하고 문을 다시 두드렸다. 문이 열렸다. 미국 대학들의 교수 연구실이 좁다는 것은 익히 들어 알았지만 너무하다 싶었다. 좁은 공간에 어지러이 종이 뭉치들이 흩어져 있다.

- 제가 너무 일찍 찾아뵈었나요?
- 아, 나는 불교신자입니다. 그래서 아침 일찍 일어난답니다.
- 오 놀랍군요. 서양에서 불교 신자를 만나다니. 더욱이 유명한 물리학자께서요.
- 놀랄 일은 아닙니다. 겔만 박사가 말한 쿼크의 팔정도 이론을 듣고 불교에 입문했습니다.
- 그런데, 그것과 아침 일찍 일어나는 것이 무슨 상관인가요?

- 아, 우주가 일어나는 시간에 같이 일어나는 거죠. 하하. 그리고 한 시간 정도 불경을 독송하죠.
- 와, 그러시군요.
- 그리곤 곧바로 사무실로 출근합니다. 아무도 없는 빈 캠퍼스를 가로질러 사무실에 들어와 조그만 전등을 켜고 몇 시간 일을 하지요.
- 그렇다면 오늘도 벌써 많은 일을 하셨겠네요?
- 그렇지요. 사실 하늘이 저 같은 사람을 이 지구에 인간으로 보낸 것은 특별한 의미가 있지요. 제가 볼 때는 미스터 캉도 마찬가지고요.
- 무슨 말씀인지….
- 네, 물리적 직관과 고도의 수학적 능력을 부여한 인간들 말입니다. 하하.
- 그런 능력을 부여받았는데도 아무 일 안 하고 게을리 살면 천벌을 받게 됩니다.
- 하하, 그리 생각하시는군요.

카우프만 교수의 말이 나를 적잖이 당황케 했다. 나와 같은 무신론자, 아니 무신론자로 살기로 결의한 사람에게 이런 석학이 불교 신자란 사실이 가져다주는 당혹감이 일종의 배신감 같은 감정으로 불편하게 다가왔다.

- 저는 잠수함입니다. 이 연구실에 들어오면 저는 잠수하여 해

저 2만 리로 내려가는 거죠. 그러면 삼라만상과 결별하고 오로지 내가 이곳에 온 바로 그 이유에 집착합니다.

- 그게 불교와 무슨 상관이지요?

- 아, 불교는 사실 종교라기보다는 일종의 세계관이지요. 샤카모니의 세계관이 현재의 불교를 대표하지만 다른 세계를 만들 수도 있지요. 깨닫기만 하면 말이죠.

- 아, 엔라이튼먼트(enlightenment).

- 샤커모니의 세계는 2차 미분방정식의 세계입니다. 끝없는 순환.

- 저도 예전에 그런 생각을 했던 적이 있습니다.

- 한번 얘기해보세요, 미스터 캉.

나를 바라보는 카우프만 교수의 눈이 빛났다.

- 별건 아니고요. 학부 시절 미분방정식을 풀다가 생각했던 것인데요. 일차 미분방정식은 그러니까 폭발이나 멸종의 세계를 묘사하고 이차 미분방정식은 순환하는 윤회의 세계를 묘사한다. 그래서 일차 미분방정식은 기독교적이고 이차 미분방정식은 불교적이다. 뭐 이런 생각….

- 역시 탁월한 직관을 소유했어, 미스터 캉. 근데 일차 미분 방정식의 세계관이 불교에도 있다는 것을 아시나요?

- 제가 종교 쪽으론 무지해서….

- 혹시 서방정토란 말 들어봤어요? 미륵.

– 아, 들어본 것 같아요. 그 경우엔 원 샷으로 가는 거죠. 일차
  미분방정식의 해처럼. 하하하.

카우프만 교수는 기분이 좋아진 듯 나를 감싸듯 팔을 넓게
벌리고 말을 이었다.

– 미스터 캉, 우리 잠시 커피 브레이크 합시다. 저기 앞에 시카
  고 와이너리로 갑시다.

우린 연구동 앞 시카고 와이너리 커피샵으로 걸었다. 나는
독한 에스프레소를 마시고 싶다는 생각에 더블을 시켰다. 마치
시카고 마피아처럼. 예상치 못하게 불교를 신봉한다는 벽안의
과학자 카우프만 박사에 대해 일종의 무언의 시위로 항의라도
하고 싶은 심정이었다.

– 미스터 캉은 종교를 갖고 있나요?
– 없습니다. 저는 뭐 그저 죽으면 혼비백산. 이런 생각이지요.
  종교적 삶이야 굳이 제가 부정할 필요는 없지만 사실 지나치
  게 다양한 종교가 존재한다는 자체가 외려 종교란 믿을 게
  못 되는 것이라는 생각을 굳히게 합니다. 종교인에 대한 약
  간의 혐오도 부인할 수는 없고요.
– 그럼 저에게도 혐오감이 생겼겠군요.
– 아, 아니에요. 교수님이야 제가 혐오하는 그런 종교인이 아
  니라 구도자이신 거죠.

설탕을 두 봉지나 털어 에스프레소에 섞으며 말을 이었다. 종교에 대하여 말하는 지금, 갑자기 현신이 떠올랐다. 지금쯤 현신은 뭐 하고 있을까? 잘 있을까? 작은 에스프레소 잔 안에 진한 커피가 소용돌이치며 돌았다.

— 아참 제게도 세계관이 하나 있어요, 박사님.
— 뭡니까?
— 아까 방정식 관련한 것인데요. 삼차 미분방정식의 해 중에 솔리톤 해가 있잖습니까. 저는 아마 그 솔리톤 세계에 살고 있나봅니다. 하이퍼볼릭 시컨트 제곱($sechx^2$)으로 묘사되고, 전파 속도가 크기에 비례하는 독특한 파동. 소멸하지 않으나 아주 고독한 파동….
— 아, 멋있습니다. 역시 미스터 캉은 나와 같이 연구해야 마땅합니다. 사실 요즘 내가 관심 가지는 것이 바로 그 솔리터리 웨이브예요. 일전 세미나 때 미스터 캉이 던졌던 질문의 요지도 사실 이것으로 요약되지요. 우린 너무 폭발과 소멸, 그리고 윤회의 세계관으로 우주를 이해하려 했어요. 당시 미스터 캉의 질문을 듣고 사실 전율했어요. 어떻게 한국의 이름 모를 대학원생이 내 연구의 핵심을 이렇게 꿰뚫었는가 하고 말이죠.

심각하게 생각지 않고 던진 나의 몇 마디 말이 카우프만 교수에게 이렇게 심각한 반응을 자아내리라곤 상상하지 못했다. 에

스프레소 커피를 한 모금에 들이켰다. 마피아의 신생 보스처럼.

인연

며칠간의 열띤 토론은 매우 흥분되는 것이었지만 한편으론 매우 많은 에너지가 소모되는 과정이었다. 입술이 부르트고 입 주위가 찢어져 피가 보일 정도였다. 자주 있는 기회가 아니므로 가급적 카우프만 교수와 많은 대화를 나누려 애썼다.

카우프만 교수는 박사 과정을 마치면 자기 실험실에서 같이 지내자고 제의했다. 이렇게 카우프만으로부터 많은 수확을 얻었으므로 며칠의 피로는 문제가 안 되었다.

돌아오는 비행기는 샌프란시스코에서 갈아타야 했다. 터미널 여기저기에 스탠포드대학 유니폼이 걸려 있었다. 기다리는 동안 스타벅스에서 커피를 시켰다. 동그란 간이 탁자에 조명이 밝게 내리 비쳤다. 시애틀에 거주하는 친구에게 전화를 돌렸다. 언제나 그렇듯 시애틀엔 비가 내리고 있다고 했다. 차고를 수선하다 비가 와서 멈추고 커피를 마신다고 했다. 짧은 대화로 서로의 안부를 주고받았다. 탑승 안내 방송이 흘렀다. 비행기에 올랐다. 이제 태평양을 건너면 한국이다.

가방을 열어보았다. 올 때 사 두었던 미라클 향수가 얌전히 들어 있다. 갑자기 빨리 한국으로 가고 싶다는 생각이 들었다. 오늘따라 비행기는 왜 이렇게 늦게 출발하는 건지….

좁은 공간에 열 시간 이상을 앉아 기다린다는 일은 사람을 정말로 기진맥진하게 만든다. 장시간의 비행기 여행을 좋아하는 사람은 아마도 특별한 체질을 타고났을 거라는 생각은 국제선 비행기만 타면 어김없이 든다. 탑승 전 마셨던 커피의 이뇨 작용 탓에 화장실을 몇 번 들락거리다 나는 깊은 잠에 빠졌다.

꿈을 꿨다. 꿈속에서 나는 다시 카우프만 교수와 있었다. 카우프만 교수는 작은 테스트 튜브를 들고 있었다.

– 미스터 강, 나는 이 작은 테스트 튜브 안에 내가 말한 세계를 만들었소. 드디어 깨달은 거요. 하하하.

테스트 튜브 안에 눈으로는 거의 확인 불가능한 작은 기포가 있었다. 느닷없이 테스트 튜브가 나를 빨아들였다. 눈앞에 아까의 작은 기포가 농구공만 하게 보였다. 기포의 표면은 이제껏 보았던 어떤 보석보다 매끄럽게 빛났다. 자세히 보니 기포는 팽창하고 있었다. 농구공만 했던 기포가 이제 지붕만큼 커져 금방이라도 나를 삼킬 듯했다. 어느새 나는 기포와 물의 경계면에 서 있었다. 사지를 잡아채는 거대한 압력이 느껴졌다. 기포의 표면장력을 견디기 위한 표면의 전단 응력이 나를 부술 듯 점령해 들어왔다. 이를 악물고 전단 응력에 대항했다. 순간 기포가 무시무시한 속도로 붕괴되었다.

내 몸이 기포의 붕괴와 함께 음속을 넘는 속도로 경계면을 따라 기포 중심으로 날아갔다. 갑자기 등을 강하게 때리는 힘이 느껴졌다. 나는 기포의 경계면에서 이탈하여 더 빠른 속도로 기포 중심을 향해 날아갔다. 눈앞에 음속을 돌파한 충격파가 여울처럼 나를 감싸 날리고 있었다.

기포 경계면 저편에서 비로드(veludo) 같은 얇은 층이 생기더니 격렬한 섬광이 터져 나왔다. 내 몸이 너무 빨리 날아가 갈기갈기 찢길 것 같았다. 눈앞에 반데르발스(van der Waals) 코어가 암벽처럼 서 있었다. 무서워 비명을 질렀다. 으악. 비명에 놀라 잠이 깼다. 스튜어디스가 다가오더니 불안한 듯 쳐다봤다.

– 아유 오케이?
– 오케이. 노 프라블럼, 엣올.

스튜어디스가 건넨 음료수를 마시며 수건으로 이마에 흐르는 땀을 닦았다.

공항에 내리자 피곤이 한꺼번에 밀려왔다. 수염이 빨리 자라 숙소에서 나오면서 깎은 턱이 10시간 비행 끝에 까끌까끌해졌다. 현신에게 향수를 선물해야 하는데 얼굴이 초췌한 게 여간 신경에 거슬리는 게 아니었다. 공항 화장실로 들어갔다. 가방에서 일회용 면도기를 꺼냈다. 면도를 할 적마다 하루도 빠지지 않고 잘려나가는 수염을 바라보며 안 되었다는 우스운 생각이 들곤 했다. 분명 자라나야 하는데 주인은 가만두지 않는다. 존재하지만 존재해서는 안 될 존재. 거추장스런 존재. 나도 언젠가 그런 존재가 되는 날 미련 없이 세상을 떠야지. 수염을 깎을 때마다 다짐하지만, 한편으론 그때 가봐야 한다는 생각이 꼬인다.

면도를 하고 내처 머리마저 감았다. 화장실에 들어온 사내 하나가 이상한 눈으로 쳐다봤다. 공항에 기숙하는 노숙자인줄 짐작할 테지. 멀쩡한 사람이 공항에서 면도하고 머리감는 걸 보니 맛이 간 사람인가 하는 표정이다. 대충 깔끔 떠니 아까보다 한결 나았다. 미러클 향수 하나 전달하는 데 이런 호들갑을 떠는 게 평소의 나답지 않다고 생각하면서도 생전 처음 전하는 향수 선물이니 좋게 보이고 싶은 마음을 어찌할 수는 없었다.

도착하자마자 현신에게 전화한 탓에 현신이 공항으로 오고 있었다. 서점 앞 의자에서 하릴없이 도어를 쳐다보며 기다렸다. 현신이 보였다. 안경을 쓰고 주름치마를 입었다. 다리선이 참 곱다. 자리에서 일어서며 손을 들어 현신에게 반가움을 표시했다.

우린 어색한 듯 말없이 스타벅스를 찾았다. 커피 두 잔을 시키고 푹신한 의자를 골라 앉았다. 맞은편에 일단의 스튜디어스들이 자리 잡고 깔깔대며 대화를 나누고 있었다. 무슨 말을 해야 할지 말문이 떠오르지 않았다. 말없이 가방을 열었다. 미러클 향수 꾸러미가 기적이라도 일으킬 마법의 상자처럼 느껴졌다.

- 현신 씨. 이거 아무것도 아녜요. 그냥….
- 고마워요. 제가 좋아하는 향수예요. 색깔도 좋고.
- 좋아해 주시니 고맙네요.

나는 현신이 눈치 채지 못하도록 안도의 한숨을 쉬었다.

잠깐 동안 우린 서로 말없이 앉아 있었다. 무슨 말이라도 해야 할 것 같은데 생각이 나질 않았다. 현신이 말없이 내 얼굴을 쳐다보았다. 현신의 고운 눈과 긴 속눈썹이 나의 영혼을 빼앗으려 들었다. 사슴처럼 고운 눈동자를 들여다보았다. 검은 동공이 깊은 호수처럼 빛나고 있었다.

－ 민호 씨. 미국 다녀온 얘기 해주세요.

　나는 카우프만 교수와의 만남과 그와의 대화에 대해 대략적으로 말해주었다. 놀랍게도 그가 불교신자였으며 해탈을 꿈꾸는 과학자란 말도 덧붙였다. 어쩌면 미국 가서 몇 년 살게 될지도 모르겠다고 말했다.

－ 그럼 우린 못 만나겠네요?
－ 그럴 수도 있겠죠. 이메일이나 이런 것으로 연락이야 가능
　하겠죠.
－ 그건 거짓이에요. 사이버 세계죠.
－ 그래도 적어도 현신 씨와 소통할 수는 있잖아요.
－ 그건 거짓이에요.

　현신이 화난 목소리로 쏘았다. 뾰로통한 표정이 귀여웠다. 현신을 화나게 한 것이 못내 미안해 무슨 말이라도 해야겠다는 생각에 말을 꺼냈다.

- 현신 씨에게 무슨 일 생기면 제일 먼저 달려올게요.
- 그게 무슨 소용이에요?
- 그런 마음을 가지고 있단 말이죠.

왜 이렇게 현신에게 마음 쏠려 있을까. 이제껏 이래본 적이 없었는데….

- 불교식 사고방식을 잠시 빌려 생각하면 말이죠….
- 또 말이죠, 해 보세요 말이죠.
- 그러니까 현신 씨와 내가 만난 것이 전생의 인연….
- 그런데요?
- 아마 임진년 즈음에 왜구가 마을로 쳐들어 온 거예요. 그때 현신 씨는 나의 주인아씨였고 나는 마당쇠였어요. 마당쇠 주제에 주인아씨를 몰래 흠모하는.
- 호호호.
- 왜구들이 동네 사람을 마구 죽이고 약탈하다 주인집까지 쳐들어 온 거예요. 제가 곡괭이를 들고 미친놈처럼 왜구들과 맞섰지요. 앞마당에 왜구의 시체가 쌓였어요. 주인아씨를 보호해야겠다는 생각 하나로 죽기를 각오하고 싸운 거죠.
- 그래서요?
- 왜구들과 혈전을 벌이다 힘에 부쳤어요. 아무리 몸을 던진다 해도 홀로 맞선다는 게 쉬운 일은 아니었어요. 마지막 남은 한 명과 일전을 벌이는데, 아씨 앞에서 말이죠, 적의 칼에 맞

은 거예요. 그래서 아씨의 품에 쓰러졌어요.

 ─ 성치 않은 몸이었지만 아씨를 보호하기 위해 마지막 남은 사
력을 다해 달려드는 왜구를 죽였어요. 그리고는 아씨의 품에
안겨 세상을 뜬 거죠. 하늘로 휭하니 날아올랐죠. 내 얼굴에
아씨의 눈물이 방울방울 떨어졌지만 아씨에게 말을 건넬 수
는 없었어요, 죽었으니까.

 ─ 소설을 쓰세요, 앞으로. 호호.

현신의 기분이 좀 나아 보였다.

횡설수설 말을 늘어놓고 내 얘기에 빠져 정말 그랬을지도 모
른다고 생각했다. 그렇게 나는 현신에게 다가서고 있었다.

 ─ 그러니 현신 씨에게 무슨 일이라도 생기면 제가 제일 먼저
달려와야 하는 거죠….

침잠하는 유충

전화를 했다. 신호음이 들렸다. 현신의 목소리가 듣고 싶었
다. 발신음이 한동안 이어지더니 끊겼다. 다시 걸었다. 발신음이
이어지다 다시 끊겼다. 그리고 무미건조한 안내 음성이 흘렀다.

 ─ 고객님이 전화를 받을 수 없습니다.

전화기에서 들려오는 기계음이 마음을 짓눌렀다. 다시 걸었다. 혹시나 하는 마음이 집착으로 바뀌었다. 제발 한 번만 받아주라. 다시 걸었다. 하지만 아무런 대답이 없다.

미국으로 떠날 수 있다는 말에 화가 누그러지지 않은 걸까. 만일 그렇게 되면 어떻게 처신해야 하나? 그 동안 한 몸 추스르는 데 여념 없던 나 같은 인간이 어떻게 한단 말인가. 갑자기 할 수 있는 일에 한계가 느껴지며 무력해졌다. 한 번 더 전화해보자. 버튼을 눌렀다. 여전히 신호음만 울렸다. 울려대는 발신음은 차라리 절망이었다. 발신음의 횟수가 더할수록 현신의 얼굴이 저 멀리 사라져갔다. 전화기를 던졌다.

갑자기 거미가 된 기분이다. 자기 꽁무니에서 뽑은 거미줄에 거꾸로 대롱대롱 매달린 거미. 바람이 밀어 어느 가지인가에 달라붙기를 기다리며 매달린 거미, 마침내 바람이 밀어 꽁무니에서 뽑아낸 거미줄이 어딘가에 닿는 텐션을 느껴 공중에 몸을 던지는 거미. 갑자기 나를 이어주던 줄이 끊어졌다. 어김없는 중력의 작용이 나를 한없이 추락시켰다. 여덟 개의 발을 펼쳐 안간힘을 쓰지만 한없이 추락한다. 꽁무니 거미줄이 너울거리며 무언가를 부여잡고자 했지만 이미 거미줄은 끈적임조차 없다.

아무것도 잡지 못하고 땅바닥에 떨어져 죽어가는 거미처럼 전화기가 방바닥을 뒹군다. 봄날의 따사로운 햇볕은 내 몸의 각질을 잘도 말릴 것이다. 그러고 나면 말벌이나 애호박벌이 나를 찾아 내 몸을 먹어치우겠지. 나는 바싹 말라 텐트처럼 공허해진 각질만 땅바닥에 드리운 채 내가 거미였노라, 증명할 것이다.

결국 미러클은 일어나지 않았다. 어쩌면 지금의 상황이 미러클일지 모른다. 일단 연락이 두절된 현신에 대한 생각을 가슴한 편에 접어 간직할 수밖에 할 수 있는 일이 없었다. 한때 읊조리곤 했던, 가끔은 허황되게 그런 감정에라도 휩싸이고 싶을 때 외우던 김남조의 시가 떠올랐다.

…

당신을 나의 누구라고 말하리
나를 누구라고 당신은 말하리

우리
다 같이 늙어진 어느 훗날에
그 전날 잠시 창문에서 울던
어여쁘디 어여쁜
후조라고나 할까
…

나는 현신의 창가에서 울던 어여쁜 새가 아니라 어쩌면 현신이 징그러워했을 거미였을지도 몰랐다. 언제인가 다시 연락 오겠지. 아니면 우연이라도 볼 수만 있다면 좋겠다고 생각했다. 현신에게 어려운 일이 생긴다면 반드시 내가 나설 거라는 혼자만의 다짐도 하였다. 머리가 아팠다. 오늘은 일단 잊자. 모두 잊자. 설마 무슨 일이야 있을까. 내일이면 또 다른 세상이 열리겠지.

현신이 차지하는 내 마음 속 자리가 그렇게 컸다. 나는 하루 하루를 힘들게 지탱하고 있었다. 삼류라고 듣지도 않았던 버스에서 우연히 들린 유행가 가사가 가슴에 송곳처럼 꽂혔다. 가슴을 찢는 고통은 좀체 멎을 줄 몰랐다. 사랑의 후유증. 가슴에서 분비되기 시작한 화학 작용의 느닷없는 중단이 가지고 온 고통이다. 떠난 사람을 무작정 그리워하는 어리석음. 내겐 이 상황을 견딜 만한 여유가 없었다. 무슨 결사대원마냥 독신주의로 살아갈 것이라고 매일 아침 되뇌었다. 부러 일에 몰입하는 수밖에 없었다. 잠시라도 여유가 생기면 현신의 얼굴이 떠올라 견딜 수 없었다. 말할 수 없는 그리움의 형벌. 가슴을 도려내는 아픔을 견딜 길 없었다.

다시 일에 몰두했다. 오직 일만 생각하기로 했다. 오십 분 일하고 십 분의 휴식을 실천했다. 정리해 두었던 질문 리스트를 다시 확인하고, 또 다른 질문 리스트를 작성했다. 다시 읽은 논문마다 색인 카드를 날마다 새로이 작성하고, 쓰는 문장마다 번호를 매겼다. 그렇게 나의 세계로 침잠하기 위해 공을 들였다. 감각은 서서히 딱정벌레처럼 굳어져 갔다. 아니 수면에 들어간 번데기처럼 감각이 정지해 갔다.

수면욕은 인간이 갖는 욕망 중 가장 강력한 욕망이다. 수면을 통해 복잡한 사고를 정리하고 창의적 사고의 공간을 만들어 낸다. 매일 매일 보충하는 수면의 위대함보다 더 위대한 것이 곤충의 수면이다. 번데기는 곤충의 수면욕의 최고 형태이다. 번데기 안에서 유충의 몸은 해체되고 마지막 남은 몇 가닥 신경이 수면 전과는 전혀 다른 날개 달린 곤충으로 변신한다. 그리고 연애는, 날개 달린 곤충에게만 허락된다.

나는 아직 유충이었다. 번데기 수면에 이르지 않은 미성숙 유충. 유충에게 연애란 애당초 허락되지 않는다. 게걸스러운 유충의 먹이 집착답게 책과 논문을 씹으며 방정식을 배설해야 한다. 아, 길고 깊은 잠에 들고 싶다. 언젠가 나에게도 날개가 돋겠지. 그 동안 나는 어쩌면 영원히 유충이고 싶어 했던 건지도 모른다.

어두운 밤하늘

규칙적으로 의도했던 하루하루의 삶이 어느 정도 고통을 잠재우는 듯했다. 사실 뭐 대단하게 연애를 시도한 것도 아니었다. 그저 마음에 좀 끌렸을 뿐, 억지로 자신을 추스렸다. 하지만 전혀 느껴보지 못했던 감정을 매일같이 확인하며 놀라고 당황하고 괴로워 하니, 적어도 이것은 내 첫사랑 항목에 집어넣을 수 있겠다. 첫사랑은 어차피 다 깨어지는 거라는 가식적 위로를 동원했다.

신문을 읽다 영화 〈타잔〉에 출연했던 침팬지가 아직 살아 일흔여덟 장수하고 있다는 기사를 접했다. 집에서 기르는 개들이 오래 살지 못한다는 통계를 알고 있던 나로서는 흥미로운 기사였다. 기사는 인간과 비슷한 종들은 대략 백 살 언저리의 삶을 산다고 했다. 물론 숲속 유인원은 그렇게 오래 살지는 못할 것이다. 자연의 냉혹함은 이들을 힘 있을 때까지 살게 한 다음 먹이 사슬에 들어 소멸되게 만든다. 천수라는 개념은 인간이라는 최고 포식자들에게만 허용되는 개념이다.

나는 갑자기 물리학을 떠나 인간 존재에 대한 궁금증이 싹트기 시작했다. 하긴 천안문 사태의 주역이었던 물리학자 팡리즈(方勵之)는 인류주의적 우주론에 대한 훌륭한 글들을 펴냈다. 그는 내가 존재한다는 사실에서 모든 것이 출발되어야 한다고 주장했다.

내가 없다면 너는 있는 것인가? 있다 하여도 내가 없다면 너의 존재는 무슨 의미를 가지는가? 그렇다면 이 광활한 우주에서 지구와 별을 쳐다보고 질문을 던지는 자, 즉 인간이 없다면 이 우주는 적어도 인간에겐 없는 것이다.

나는 지금 우주에 질문을 던지고 있다. 그렇다면 내가 존재해야 한다. 그러려면 지구의 크기는 꼭 이만해야 한다. 지구는 태양 주변을 거의 정확한 원을 그리며 공전해야 한다. 내 세포 내 효소들이 작용할 수 있는 적당한 온도의 대기가 주어져야 한다. 만일 지구가 지금보다 크다면 나는 아마 강력한 중력을 견디기 위해 내 몸의 크기를 줄여야 할 것이다. 지구가 지금보다 작다면 나는 더 거대한 몸집이 되거나 공처럼 튀어 다녀야 한다. 내가 존재하려면 지구는 꼭 이만큼 되어야 하고 태양은 저만치 존재해야 한다. 그리고 지구와 태양은 딱 이 만큼의 거리에 위치해야 한다.

어쨌든 내가 존재한다. 밤하늘을 쳐다보며 질문을 던졌다. 밤하늘은 왜 어두운가. 태양보다 더 밝은 수많은 별들이 반짝이는데. 그 별빛이 지구로 내달려 비추면 밤하늘은 시력을 상실할 정도로 밝아야 하지 않는가. 이 패러독스의 해답을 구하는 데 인류는 오랜 시간을 소모했다. 최근에 우주가 팽창하고 있는 사실을 발견하고 나서야 인류는 밤하늘이 어둡다는 아주 오래된 관측 사실을 진리로 받아들일 수 있었다.

과학 발전 속도의 더딤이란…. 밤하늘이 어두운 것처럼 지금 내 마음이 어둡다. 현신이란 별빛이 더 이상 내 마음을 비추지 않는다. 현신과 나 사이의 거리는 팽창하는 우주처럼 멀어지고 있다.

내가 존재한다. 그러므로 나는 질문하고, 웃고, 울고, 배설한다. 존재함으로써 눈에 보이지도 않는 DNA에 대한 과학자들의 허풍에 귀 기울일 수 있다. 존재하므로 우주가 팽창하고 있다는 허풍, 힘은 질량에 가속도를 곱한 것이라는 허풍을 들을 수 있고, 그것을 진리라 믿을 수 있다.

통로

- 현신이에요.

전화기 너머 목소리는 분명 현신이었다. 나는 순간 전화기를 손으로 가리며 식은 커피를 들이켰다.

- 현신 씨. 어디에요?
- 나 학교 앞에 와 있어요.
- 지금 바로 나갈게요.
- 아네요. 나오지 마세요.
- 바로 나갈 테니 제발 좀 기다려줘요.

전화가 끊겼다. 엘리베이터로 뛰었다. 9층에서 깜박이는 엘리베이터 표시등이 좀체 움직일 줄을 모른다. 참고 기다릴 여유가 없었다. 비상계단으로 뛰었다. 숨이 턱에 찼지만 몇 칸씩 뛰어내렸다. 달리는 중간 중간 창밖으로 정문을 살폈다. 눈에 띄는 사람이 없다. 벌써 갔나. 숨이 턱에 차도록 달렸다. 아무도 없었다. 혹시나 하고 심포니로 내달렸다. 심포니에도 현신은 없었다. 생각할 겨를 없이 회기역으로 달렸다. 달리면서도 줄곧 길가를 살폈다. 무작정 회기역 안으로 밀고 들어갔다. 플랫폼에 대학생 몇이 수다를 떨고 있었다.

전철이 들어왔다. 문이 열리고 사람들이 쏟아져 나왔다. 사람들이 전철로 들어가고 텅 빈 플랫폼에 나 혼자 남았다. 벤치에 허물어져 잠시 앉았다 다시 역사 밖으로 나왔다. 무엇 때문에 학교 앞까지 왔을까? 그리고 왜 그렇게 황급히 사라졌을까? 왜 나오지 말라고 강하게 말했을까? 머리가 어지러웠다.

전철역 계단을 걸어 내려오는 다리에 힘이 풀렸다. 가까스로 난간에 기대 걸음을 디뎠다. 전화를 걸었다. 발신음이 이어졌다. 다섯 번까지 안 받으면 끊어야지. 속으로 다짐하며 발신음을 세었다.

– 여보세요.
– 현신 씨. 지금 회기역까지 현신 씨 찾으러 왔습니다. 지금 어디 계세요?
– 아까 봤어요. 뛰어나오는 것….
– 그럼 소리라도 치셨어야죠.
– 저 지금 민호 씨 보고 싶지만 그럴 수 없어요.
– 어쨌거나 전화 안 받기 그런 거 하지 마세요.
– 알겠어요.
– 현신 씨, 아무래도 이상해요. 무슨 일이예요?
– 아니에요.
– 무슨 일이라도 있으면 제발 말해주세요. 달려갈게요.
– 고마워요.

전화가 끊겼다. 아무래도 정상적인 상황은 아니었다.
며칠이 그렇게 답답하게 흘렀다. 현신에게 몇 번인가 전화를 했지만 통화는 되지 않았다. 분명 무슨 일인가 일어났다. 불안감을 지울 수 없었다. 전화가 울렸다. 끊기기라도 할까봐 급하게 전화를 잡았다.

– 민호 씨, 인비지블 클럽 지하 통로로 와주세요. 급해요.

전화가 끊겼다. 현신의 갑작스런 콜에 당황했다. 그날 클럽에서 우연히 보았던 그 통로는 어둠에 숨겨진 깊이로 나에게 긴장과 불안을 안겨주었다. 그런데 현신이 그곳에 있다. 그곳에 갇혀 빠져나오지 못하고 있다면 어떻게 하지. 불안감이 짓눌렀다.

일단 필요한 것을 챙겨 주머니에 쑤셔 넣었다. 작은 손전등과 맥가이버 칼, 그리고 메모 노트와 볼펜을 우겨 넣고 연구실을 박차고 나갔다. 인비지블 클럽의 문은 작은 맹꽁이 자물쇠로 잠겨 있어 강제로 여는 데 문제는 없었다. 스위치를 찾아 불을 켜고 액자를 비틀었다. 소리 없이 벽이 움직였다. 벽 안쪽으로 손전등을 비췄다. 계단이 있었다. 계단을 타고 조심스럽게 지하통로로 들어갔다. 뒤에서 스르르 벽이 움직이더니 닫혔다. 이제 어둠 속에 꼼짝없이 갇힌 신세였다. 숨을 못 쉬게 되면 어떻게 하나 잠시 불안했다. 하지만 그 정도로 밀폐되어 있지는 않았다. 시원하면서도 한편으로 퀴퀴한 지하실 특유의 냄새가 코를 찔렀다. 손전등에 의지하여 서서히 걸음을 옮겼다. 벽을 더듬어 지하로 내려갔다. 손전등에 비친 계단이 무슨 원시의 우물처럼 빛을 냈다. 어둠에 익숙해지면서 주변의 윤곽이 조금씩 드러났다. 가만 보니 통로는 한 줄로 이어져 있지 않고 중간 중간에 문으로 나뉘어 있었다. 슬며시 손잡이를 당겼다. 단단히 잠겨 있는지 꼼짝도 하지 않는다. 도대체 현신은 어디에 있는 걸까?

순간, 둔탁한 물체가 내 뒷머리를 때렸다.

제 **5** 부

—

드러나는 비밀

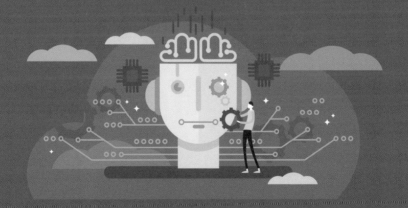

현대의 연금술사

얼마의 시간이 지났을까? 꿈속에서 본 듯한 왠지 낯익은 방에 누워 있었다. 문득 팔뚝에 쓴 글씨의 의미를 찾으려 전전긍긍하며 찾았던 와초리의 기억이 떠올랐다. 결국 기억을 되돌리는 일을 포기하기로 했었지만 지금 두 개의 충격이 시큰한 뒷머리에 생생하다. 어떤 남자에게 쫓기다 막다른 골목에서 결투를 벌였다. 그리고 무엇엔가 가격당해 쓰러졌다. 동시에 들리는 둔탁한 물체가 바닥에 부딪치는 소리, 그리고 흐릿한 눈에 비친 현신. 알 수 없는 공간들. 그래 이 방. 그리고 또다시 현신, 형태, 방주, 피라미드….

지금 떠오르는 생각은 꿈일까, 아니면 잃어버렸던 이틀의 기억일까. 혼돈스러웠다. 두 가지 기억을 연결하는 무언가를 떠올리려 애썼다. 인비지블, 형태, 현신, 형태의 노트, 방주, 플라스크의 기포, 네피림…. 순환되는 단어들의 환영이 나를 옭아맸다. 누운 채 시간을 보냈다. 이 공간에 온 것이 처음이 아니라는 생각이 점점 커졌다. 잠시 숨을 가다듬고 기억을 더듬었다. 그렇다 나는 이 공간을 방문했었다. 나가기 직전 외부 세계에 이 공간의 비밀을 알리지 못하도록 기억을 지우는 주사를 맞았었다. 뒤통수를 맞았다고 기억이 살아날 리는 없을 터, 클럽 지하통로에서 쓰러진 후 누군가가 나에게 다시 기억을 회생시키는 어떤 조치를 한 게 분명하다. 그렇다면 이전에 나에게 보여주었던 그것들이 이들에게는 매우 중요한 것들임에 틀림없다. 이렇게 다시 찾은 이상 망설일 일은 없다. 베일에 싸인 이 단체의 목적을 반드시 알아내야겠다. 한편으로 나를 이곳에 초대하는 방식이 지난번이나 지금이나 매우 원시적이란 점에 비춰 어쩌면 큰 위험이 도사리고 있다는 것을 직감했다.

노크 소리가 들렸다. 벌떡 일어나 앉으며 주머니를 뒤졌다. 다행히 연구실에서 나오면서 구겨 넣었던 물건들이 손에 잡혔다. 일단 유사시를 대비해 맥가이버 칼을 손바닥 안에 쥐었다. 문이 열리더니 노인이 들어왔다. 지난번 방주 안의 전시물을 보여주던 바로 그 노인이 상기된 표정으로 입을 열었다.

– 강군, 다시 만나게 되어 기쁘네.

나는 아무런 대답도 하지 않았다. 이 노인이 내뿜는 카리스마와 회색빛 불투명성은 내가 무슨 말을 해도 결국 자기 할 말만 다하고 말 것이란 느낌 때문이다.

– 자네 이곳에서 나가기 전 마지막으로 나와 함께 보았던 걸 기억하는가?
– 네, 작은 플라스크 안에 규칙적으로 빛나던 어떤 존재였지요.
– 기억력이 좋군.

노인이 빙긋이 웃었다.

– 자네를 이곳에 다시 초대한 이유는 몇 가지 중요한 일 때문일세. 그중 한 가지 일은 바로 그 플라스크 안의 존재에 대한 연구이고 다른 하나는 유전자와 관련한 것이야.
– 일에 대하여 말씀해주시니 감사합니다만, 왜 저인 것이죠?
– 자네는 아주 특별하다네.
– 칭찬처럼 들리는 게 아니라, 제가 뭐 비정상이란 말로 들리는군요.
– 맞았어. 정확한 표현이야, 비정상.

노인이 다시 싱긋 웃었다.

– 그렇다면 그 일은 저와 같은 비정상적 사람만 할 수 있는 일

인가요? 도대체 저는 당신들에게 어떤 종류의 비정상이죠?

노인이 두 팔을 크게 휘저으면서 말했다.

- 아아, 너무 과민 반응하지는 말게. 비정상이란 말, 우스갯소리로 한 거니. 정확히 얘기하면 독특하다는 말이야. 자넨 우리 연구소에 아주 필요한 존재야.
- 자네 연금술사들 얘기는 들어봤겠지?
- 네, 금을 만들어내려는 사람들이었죠. 원시적 화학의 기여자들 말입니다.
- 그렇지. 그런데 왜 그들은 군이 금을 만들려고 했을까?
- 그야 값어치가 있으니 그랬겠죠. 하긴 금이란 것이 갖는 독특한 성질 때문일 수도 있겠습니다.
- 금의 독특한 성질, 그게 무엇이지?
- 글쎄요….

금의 녹슬지 않는 성질을 떠올렸다.

- 영원성일세.
- 그렇겠군요.
- 인간은 영원히 살고 싶어 하는 욕망을 갖고 있지. 영원한 존재에 대한 동경 말일세. 무덤에서 시신은 썩어 없어져도 금은 남아서 발굴되지 않는가?
- 그렇다면 연금술사들은 영생의 길을 찾는 신비로운 구도자

들이었겠군요.

- 그렇지. 그들 중 일부는 쇠붙이를 금으로 바꾸는 신비의 가루를 발견했다고 전해지기도 했지. 하지만 연금술사가 금을 만드는 재주가 있다는 사실이 알려지면 바로 황금알을 낳는 거위처럼 영주들에게 체포되는 운명에 놓이지. 감금당한 채 필요한 온갖 시료들이 주어지지만 영주가 원하는 것을 만들어내지 못하면 바로 교수형에 처해지기도 했지.

- 그렇군요. 그런 위험을 알았을 텐데도 연금술을 연구한 그들은 목숨을 건 구도자들이라 할 수도 있구요.

- 그렇다네.

- 그런데 지금 왜 제게 그런 말씀을 하시죠?

- 오늘날에도 그런 부류의 사람들이 있다네.

- 오호 놀랍군요. 하긴 금이야 핵반응을 통해 만들어 낼 수도 있지요. 지금이야 그다지 신기한 일은 아니죠.

- 그렇지 핵물리학은 금을 만들 수 있는 방법을 완벽하게 제공했지. 바로 과학의 발전은 이러한 다른 차원의 문제를 해결하는 데 묘미가 있는 거야.

- 그렇지요. 오늘날 이 지구상에 상상의 세계는 사라졌어요. 상상하는 자는 오로지 과학자들뿐, 어떤 의미에서 그들을 무당이라고도 할 만하죠.

- 좀 더 얘기해 보게.

- 이제 사람들은 과학자가 하는 말이라면 액면 그대로 받아들여요. 성직자들의 말보다는 과학자들의 말을 더 믿을 거예

요. 인간이 보지 못하는 미지의 세계를 탐구하고 이를 알려
주는 유일한 탐험자들이니까요.

– 하긴 그렇지.

– 하지만 영원성의 추구는 오늘날에도 이어지고 있다네.

– 물질이야 영원할 수 있지요.

– 인간 말일세.

– 그런 사람들이 있단 말인가요?

영원의 문

노인은 단도직입적이다. 지난번처럼 여기저기 데리고 다니
며 설명하지 않고 바로 문제의 본질로 들어가고자 서둘렀다. 마
치 논문 주제를 주려고 부른 지도교수처럼 노인은 나의 생각을
하나의 초점으로 몰아갔다.

– 영원한 것은 보존되는 것이죠.

– 그렇지 어제, 오늘, 내일, 그리고 영원 무궁히.

– 그럼 에너지죠.

– 에너지도 형태가 다양하고, 그 가용성은 분산되어 소멸된
  다네.

– 네, 열역학 제2법칙.

– 열역학 제2법칙을 가장 강력하게 버텨내는 것이 무엇인지

아는가?

- 그야 생물이죠.

- 생물은 에너지를 섭취하면서도 몸 안의 엔트로피를 최저로 유지해요.

- 그렇지. 결국 에너지의 가용성을 유지하는 거지. 그것의 핵심은 생명의 코드, 바로 DNA지.

- 뭐 그야 상식적인데요. 하지만 그 수많은 DNA 정보를 가지고 우리가 생명의 신비를 파헤치는 데는 무리가 따를 수 있습니다. 무엇보다 양자 단위의 불확정성 때문에 제아무리 염기 서열을 정확히 맞춘다 해도 결국 복제는 제대로 이루어지지 않을 겁니다. 생명 윤리학자들은 이를 간과하고 있어요. 복제한다 해도 결국 동일하지 않다는 것이 물리적 판단입니다.

- 자네는 보기보다 현대 과학에 대해 상당히 비관적이군.

- 비관적이라기보다는 저는 현대 과학이 알아낸 인간의 한계를 잘 안다고 생각합니다.

불확정성의 원리, 불완전성의 원리, 아인슈타인의 상대성 이론은 결국 우리 인간의 한계, 측정 능력의 한계, 인식 능력의 한계를 규정한다. 우린 그렇게 불완전한 존재이다. 그러므로 우린 자연 앞에 늘 겸손해야 한다는 것이 나의 지론이다.

- 문제는 노아의 홍수일세.

- 네? 무슨 말씀이신지….
- 자네 성경에 하나님이 인간의 죄가 지나침을 보고 인간을 지은 것을 한탄하여 세상을 물바다로 만들어 멸종시키려 한 얘기 알지 않는가?
- 지난번에 방주를 보여주셔서 이후에 성경을 좀 읽었지요.
- 거기에 하나님이 이제부터 인간의 수명을 120살로 하겠다고 한 구절 읽었는가?
- 그래서요?
- 창조론자들은 홍수 이전과 이후의 기후나 대기 조건이 달라 인간의 수명이 그렇게 변했다고 말하기도 하지만.
- 그 외의 뭐 다른 설명이라도.
- 하나님이 인간의 유전자를 변형시켰을 확률.
- 전지전능하니 가능하겠죠. 인간의 수명을 결정하는 노화 유전자를 찾아야겠군요.
- 그런 연구를 많이들 하고 있지.
- 그래요, 만일 노화 유전자를 찾아 그것을 변형할 수만 있다면 엔트로피를 최저로 하는 시스템이 계속 작동하여 인간의 수명을 비약적으로 늘릴 수 있겠군요.
- 목표치는 제시되어 있다네.
- 목표치라니요?
- 성경에 의하면 애초에 인간 수명은 구백 살 이상인 것으로 되어 있지.
- 그렇다면 성경의 모든 구절이 다 과학적이란 말인가요?

- 그럴 수도 있고 아닐 수도 있지만, 아주 대범한 가설인 셈이지. 아직 누구도 그 진위를 입증하지 못한 가설일세.
- 그러시면 그 가설을 입증해보이시겠단 말인가요?
- 하하하. 바로 그 지점에서 자네의 도움이 절대적으로 필요해.

결국 노인의 이야기를 종합하면 성경에 제시된 몇 가지 사실들에 대하여 그 가능성을 과학적으로 입증해보이겠다는 것이었다.

- 이런 작업이 무슨 유용성을 갖는지 모르겠군요.
- 실망스런 말이로군. 자넨 물리학도가 아닌가? 실용성을 따지는 것은 순수의 입장에선 외도일세. 단지 우리를 자극하는 것은 호기심이란 말이지. 자넨 궁금하지도 않은가? 원래 구백 살씩 살던 존재인데 무슨 이유로 이제 백이십 살까지 밖에 살 수 없게 되었다, 라고 주장할 때 그 진위를 밝히는 것, 아니 밝혀 보려는 시도가 왜 의미 없는 일이지?
- 그야 뭐 그렇지만, 인생은 짧잖아요? 입증 방법도 그렇고….
- 입증 방법이라….
- 그렇죠. 우리가 만일 오래 사는 길을 연다 해도 그것을 입증하려면 이미 우리가 죽고 난 후에나 증명될 것 아닙니까. 우린 결국 그 연구의 혜택을 볼 수도 없는 것이고.
- 그렇지. 연구의 혜택을 자신이 얻으려는 이기주의를 극복해야지. 어쩌면 이 분야의 선구적이고 체계적인 과제 책임자는

진시황제일지도. 동원할 수 있는 모든 조직과 물량을 활용하여 불로불사의 명약을 찾게 하고 실험마저 했으니.

– 하하, 그렇군요.

– 하지만 그가 그렇게 오래 살지 못한 것은 참으로 애석한 일이지. 적어도 우리가 하고자 하는 이 연구에 관해서는 말일세.

– 그리 안 보이는데 감상적 부분이 있네요. 당시의 연구 방법이 트라이얼 앤드 에러(trial and error) 방식이어서 저로선 전혀 기대할 게 없겠는데.

– 혹시 아는가, 하나님이 몰래 숨겨놓은 생명 실과라도 찾을 수 있을지.

– 그럼 창세기 에덴동산의 생명 실과가 지구상에 실재한다고 생각하시는 건가요?

– 성경을 곧대로 해석하면 그럴 수도 있다는 것이지 내가 추구하는 방식은 아니야.

나는 이 노인을 한낱 과대망상 환자처럼 보았으나 점차 묘한 흥미를 끄는 면이 있다고 생각했다.

베일

진리는 주름지고 겹쳐 있는 베일에 가려 있다. 자연과학은 그 베일을 벗겨내는 과정이다. 베일을 벗은 진리가 흉한 모습으로 드러날 수도 있다. 그러나 내게 그 과정은 아름답다. 아름다움의 추구.

하지만 인간 사회는 사실에 옷을 입혀 진리로 위장하기도 하고 진리를 거짓으로 폄훼하기도 한다. 이렇게 수사학은 진리를 분별하는 조타수 역할도 하지만 진리를 가리는 가장 효과적인 도구로 작용하기도 한다. 사람들은 문제의 본질을 얘기하다가도 어느 순간 그 표현 방식을 놓고 시비한다. 그리고는 그것을 당면한 본질보다도 더 중요한 문제로 바꿔 버린다. 인간 수명에 대한 베일은 이제 유전공학 연구의 축적으로 과거 어느 시기의 인식보다 진리에 더 많이 접근하고 있다. 문제는 지금 이 지하 연구실의 연구가 어느 정도 진행됐는지 아직 가늠할 길이 없다는 것.

노인이 만일 호기심만 가득한 아마추어라면 나는 분명 시간만 허송할 것이다. 그렇게 허비한 시간은 나의 앞날에도 치명타가 될 것이다. 물리학자의 수명은 6개월에 불과하다. 6개월만 놀면 물리학자는 평범한 인간으로 돌변한다. 물론 대학에서 강의를 때우고 일반인들을 대상으로 아는 척 늘어놓을 수는 있겠지만 어떤 새로운 이론이나 문제를 뱉어낼 수 없는, 더 이상의 학자가 아니다.

이곳 연구의 진척 상황을 확인하고 싶어졌다. 하지만 현신의 다급했던 전화 목소리가 떠올랐다. 나를 여기로 오게 만들었던 현신. 우선 그녀를 찾아야 한다는 생각이 지금까지 노인과 나누었던 모든 대화를 덮었다.

– 그런데 현신 씨는 어디 있죠?

노인이 말없이 빙긋 웃었다.

– 현신은 피라미드의 방에 있네. 일전에 자네와 같이 있던 그
  곳.
– 혹시 현신 씨와는 무슨 관계죠?
– 내 딸이라네.

헉, 놀라지 않을 수 없었다. 현신의 아버지가 바로 이 지하
연구실의 우두머리라. 그러고 보니 지난번 졸업식에서 봤던 아
버지의 낯 익음을 이제야 이해할 수 있었다. 어쩌면 나는 그들이
정교하게 쳐놓은 거대 음모에 빠져든 셈이다. 나의 새삼스러런
감정을 읽은 듯 노인이 씽긋 눈웃음을 지었다.

– 정말이세요?
– 하하. 진짜 딸은 아니고 딸로 삼았지.
– 무슨 말씀인지….
– 천천히 알게 될 걸세, 때가 되면. 어쨌든 현신은 지금 엄연
  한 내 딸이네.

알쏭달쏭한 말을 내뱉으며 노인이 머리를 흔들어 재촉했다.
나는 말없이 노인을 따랐다. 노인의 굽은 등과 목표를 지향해 빼
든 목이 독특한 생물체를 연상케 했다. 방주가 있는 큰 방을 지

나 피라미드의 방에 이르렀다.

– 어서 오세요.

현신이 하얀 가운을 입고 맞았다. 반가움에 무슨 말이라도 하고 싶었지만 피라미드와 밝게 빛나는 현미경 앞의 유리 기구들이 내비치는 이색적 풍경에 눌려 아무 말 할 수 없었다. 그 대신 나는 입을 다문 채 현신에게 가볍게 목례했다.

– 민호 씨가 다시 오니 좋아요. 안심이 되요.
– 무슨 말씀이에요?

노인이 헛기침을 하더니 급한 일이 있다며 자리를 떴다. 노인의 구부정한 등을 한동안 바라봤다.

– 현신 씨가 저 분의 딸이라면서요?
– 네, 그래요.
– 그럼 어머니는?
– 몰라요. 사실 아버지도 모르죠. 저 분이 아버지 노릇을 해주시는 거예요.

나는 갑자기 현신이 고아라고 생각하며 질문을 후회했다.

– 현신 씨 이런 거 하지 말고 밖으로 나가요. 나가서 맑은 바람 쐬고 다른 사람들처럼 연애하고. 영화 구경 다니고….

– 누구랑 연애를 하라고요?

현신이 나를 또렷이 쳐다보았다.

나는 아무 말도 하지 못했다. 바로 저예요, 라는 말이 목구멍
을 타고 올라왔지만, 독신으로 살기로 했던 결심을 이렇게 순간
의 감정으로 날려 버릴 수는 없다. 현신이 어려운 일이 생기면
난 달려간다. 그냥 그 옛날 임진년에 아씨마님 품에 안겨 죽었
던 머슴처럼. 그래 난 현신의 머슴으로 적당하다. 사랑이란 애
당초 나란 놈에게 걸맞지 않다. 아씨마님에게 무슨 일이 생기
면 목숨을 바칠 수 있지만 나 같은 놈에게 달콤한 연애는 애초
에 없는 거다. 너무 호사스럽다. 그 따위 건 나를 제외한 남들이
누려야 할 것들이다.

현신이 내 눈을 빤히 쳐다봤다. 고백을 듣고야 말겠다는 표
정이다. 나는 현신의 손을 잡았다. 가는 손마디에서 빠르게 뛰
는 그녀의 심장 고동이 느껴졌다.

– 현신 씨. 나는 현신 씨를 좋아해요. 정말로요. 하지만 결혼
  은 안 되죠.

현신이 빙긋 웃었다.

– 민호 씨가 나를 좋아한다면 된 거예요. 뒷일은 하늘이 정하
  는 거구요.

현신이 손을 들어 내 얼굴에 댔다. 내 볼을 만지고 귀를 잡아당겼다. 현신의 앳된 행동에 정신이 나갔지만 싫지는 않았다. 아씨마님이 마당쇠를 귀여워해주는 중이다. 그뿐이다. 감히 아씨마님에게 손댈 수 있다는 생각은 없다.

- 민호 씨, 내가 사람일까요?
- 무슨 뚱딴지같은 소리예요?
- 저는 부모가 없어요. 저는 인공이에요. 아.티.피.셜.
- 놀리지 마세요. 현신 씨.

네피림 프로젝트

현신의 말이 내 가슴을 찢어놓았다. 그동안 얼마나 외로웠으면 스스로를 사람이 아니라 생각할까. 부모가 없다, 함은 불우한 고아원 아이들의 얘기로 동정은 하지만 사회가 알아서 잘하겠지 하는 정도의 나와 직접 관계없는 얘기였다. 그런데 지금 내 앞에 서 있는 아름다운 현신이 고아다. 인간의 행불행이 그리 멀리 있는 게 아니라 바로 눈앞에 이렇게 나와 관계하는 존재의 얘기임에도 관심 두지 못했다는 부끄러움에 고개를 숙였다. 현신이 받았을 마음의 상처와 외로움이 상상 속에 증폭되어 가슴을 헤집었다. 나는 아무 말도 못하고 눈물을 떨궜다.

- 현신 씨 미안해요. 그런 줄 몰랐어요.

갑자기 현신이 받아 왔을 서러움과 외로움 모두를 내가 보상해주어야 한다는 의무감이 일었다.

— 미안하다니요? 민호 씨가 미안할 이유가 뭐죠? 그리고 민호 씨가 상상하는 것처럼 전 그렇게 불행하지 않아요. 동정하지 않으셔도 돼요. 호호.

현신은 나의 연민에 아랑곳 않는 눈치다. 오히려 나를 뚫어지게 보면서 또박또박 말을 이었다.

— 민호 씨 저는 인조예요. 저와 같은 존재는 이곳에서 언제든 다시 만들 수 있어요.
— 무슨 말이죠?
— 저는 그러니까 인공적으로 합성된 유전자란 거죠.
— 말도 안 되는 얘기하지 마세요.
— 민호 씨도 곧 알게 될 거예요. 이곳의 과학적 수준은 아주 뛰어나요. 인간의 유전자를 재합성할 수 있는 기술을 갖고 있단 말이에요. 제가 바로 안티 네피림 1호예요. 네피림 프로젝트의.
— 무슨 말인지 이해할 수 없어요. 그런 일은 불가능합니다.
— 불가능이란 말을 그렇게 함부로 말하시다니요. 전도 유망한 물리학자께서.

멍한 정신으로 현신의 얼굴을 들여다봤다. 피부 속으로 강철 두개골과 전선이 이리저리 연결된 것은 아닐까 생각했다. 공상 과학 영화의 사이보그를 떠올렸다. 인조인간에 대한 집요한 상상은 프랑켄슈타인부터 끊임없이 확대 재생산된 주제여서 그렇게 만들어진 상상 속의 장면이 머릿속을 휘저었다.

 - 현신 씨의 말을 받아들일 수 없어요. 인조인간이라면 그것을 증명해보이에요.

현신이 빙그레 웃으며 손을 내밀어 내손을 잡았다. 따뜻했다. 부드러운 현신의 손에서 가늘게 진동하는 맥박을 느낄 수 있었다. 따뜻한 피가 흐르고 맥박이 뛰는 인조인간. 믿을 수 없다.

 - 저는 완전한 인간이에요. 생물학적으로 완전한 인간. X-선을 투사하건 혈액 검사를 하건 완전한 인간. 하지만 저는 바로 노아의 홍수 이전에 존재하던 네피림의 유전자가 제거된 인간이에요. 아직 다소 불완전하지만.
 - 무슨 말인지 잘 모르겠어요. 현신 씨.
 - 네피림 얘기는 아시죠? 노아의 홍수 이전의 존재. 가끔 네안데르탈인이라고 주장하는 사람들도 있지만, 대부분 자이언트죠. 성질이 포악하고 싸움을 잘하는 인간. 하나님의 아들들이 인간의 딸을 통해 낳은 자식들.
 - 그런 신화 얘기는 그만하세요. 누가 그런 것을 믿기나 한답니까? 노아의 홍수만 해도 중동 지역엔 다른 설화가 있다는 거 알아요. 더욱이 어떻게 네피림의 유전자를 판단할 수 있

단 말입니까. 그것을 안다 해도 어떻게 인간 유전자에서 그 것을 제거할 수 있느냐 말이에요. 불가능해요, 절대로.

현신이 웃었다. 내가 자신의 말을 믿는 게 오히려 이상하다 는 듯 더 이상의 논쟁은 필요 없다는 표정이었다. 내 말에 답하 는 대신 현신은 천천히 현미경에 눈을 가져갔다. 능숙한 솜씨로 버튼을 조작했다. 현미경의 상이 확대되어 스크린에 피사되었 다. 스크린에 난자로 보이는 세포가 활동하고 있었다. 작은 기 계 하나가 등장했다. 일반적으로 보아왔던 체세포 수정을 위한 바늘이나 정교한 손놀림은 없었다. 육면체 로봇이 살금살금 난 자에 접근했다. 로봇이 난자의 세포벽에 붙어 작은 구멍을 내었 다. 얇은 스트로가 뻗어 나가더니 세포 안의 핵을 흡입했다. 난 자 세포가 투명해졌다. 로봇이 추출한 난자의 핵을 배출했다. 마 치 작은 곤충이 배설하는 모양새였다.

로봇이 아까의 스트로를 거둬들이더니 다른 색깔의 스트로 를 난자에 꽂았다. 잠시 후 어떤 액체가 스트로를 통해 흘러들 었다. 애초의 모양으로 난자 안에서 액체가 변하며 핵을 형성했 다. 일을 마친 로봇이 화면 좌측으로 사라졌다. 잠시 후 아까와 는 달리 생긴 로봇 둘이 나타났다. 두 개의 로봇이 핵이 제거된 난자를 양쪽에서 잡았다. 보이지 않는 어떤 에너지 파동이 전달 되는 듯했다. 순간 난자가 두 개의 세포로 분할했다.

나는 벌린 입을 다물 수 없었다. 세상은 겨우 마이크로 머신 을 제작한답시고 간단한 모터를 만드는 정도에 허덕이고 있다.

저토록 작은 난자의 핵 이식을 가능케 한 로봇이 있다니. 충격이었다. 아무런 생각도 할 수 없었다.

– 지금 화면에 보인 것이 사실이에요? 조작된 영상 아니죠? 물론 사실이라고 하겠지요. 하지만 정교하게 조작된 영상일 가능성이 더 많아요.
– 왜 그렇게 생각하시죠?
– 인류의 진보는 이와 같이 이루어지지 않습니다. 충분히 알려진 문제들로부터 출발해 서서히 진행돼요. 지금 현신 씨가 보여준 실험은 제 눈에는 공상과학이에요. 현재의 기술로는 구현이 불가능한. 실세로 이런 기술이 구현된다면 이미 인류의 지식을 뛰어넘은 어떤 초월적 존재이거나 과학이 매우 발달한 외계인들입니다. 그러니 공상과학이랄 수밖에….
– 호호. 두 눈으로 보시고도 안 믿으시는군요.
– 어떻게 믿을 수 있어요. 저 정도 작은 단위로 정밀한 조작을 수행할 수 있는 로봇은 현재의 기술로는 만들 수 없어요. 더욱이 로봇이 마치 곤충처럼 걸어 다녔잖아요. 인간이 만든 기계는 대부분 바퀴를 쓰는 데 말이죠.
– 그럼, 무엇 때문에 제가 이런 영상을 보여줬다고 생각하세요?
– 글쎄요. 내가 그 이유를 어떻게 알겠어요. 현신 씨가 인조인간이란 말부터 허구예요. 인간과 똑같은데 인간이 아니라는 주장, 말도 안 돼요. 나와 다른 것이 없는데 뭐가 인공이라

는 말이에요.

- 네. 물론 겉모습은 다를 것 없어요. 하지만 이 겉모습을 구성하는 그 실체가 인공적으로 합성된 것이라니까요.
- 하하하. 그러니 거짓이죠. 이제 겨우 게놈 지도를 만들고 원숭이와 사람이 얼마나 다르나 이런 걸 조사하고 있는 마당에 인공 DNA라뇨. 현신 씨가 공상과학 소설을 너무 많이 읽은 거예요.
- 그럴까요?
- 아무튼 뭐 설득력이 아주 떨어지는 것은 아니네요. 방금 보여준 그 영상도 아주 탁월하게 표현된 상상이고요. 이곳을 인류의 미래라는 주제로 박물관을 만들어 개방하면 어린이들에게 인기 좋겠습니다.

현신은 더 이상 아무 말도 하지 않았다. 내가 하는 말에 대꾸할 필요조차 느끼지 않는 듯했다.

소리의 빛

기침소리가 들렸다. 노인이 돌아왔다. 나는 여전히 혼돈스러웠다. 정교하게 연출된 영상을 본 거라 믿고 싶었다. 하지만 현신이 한 말이다. 사실일 확률을 배제할 수 없다. 만에 하나 이 상황이 실제라면 노인을 필두로 한 이들의 정체는 무엇이란 말인가? 인간의 몸을 입은 외계의 고등 생물체일까?

노인이 말없이 다가왔다.

─ 이제 우리 다른 방으로 가세.

말없이 노인을 따라갔다. 노인의 굽은 등과 쭉 뽑은 거북목
이 걸을 때마다 묘한 리듬으로 흔들렸다.

─ 질문 있습니다.
─ 해보게.
─ 아까 보니 인조 유전자를 만드는 기술을 갖고 계시다고 하던
　데 그게 가능합니까?
─ 그야 뭐. 그리 어려운 일은 아닐세. 우린 꽤 오래 전에 그 일
　을 끝냈다네.

나는 할 말을 잃었다. 입이 바싹 말랐다. 두려움이 엄습했다.
이렇게 고도로 지적인 인간들이 왜 나를 불렀을까? 혹시 내가
이들이 필요로 하는 생체 실험 재료라면…. 이들의 지적 수준으
로 보아 내가 하고 있는 현대물리학은 이들에겐 이미 잘 알려진
상식 수준일 것이다. 그렇다면 내가 이들의 지식을 이해하는 데
만도 수많은 시간을 들여야 할 터이다. 내가 이들에게 과학적 도
움을 준다 해도 아주 눈곱 만큼일 뿐, 그게 아니라면 결국 내 몸
으로 때우는 실험일 수밖에….

육중한 문이 열렸다. 문 안쪽으로 다양한 비주얼 윈도우가

강력한 보호 구조 안에 존재하고 있었다. 그리고 거대한 전자 총 같은 장비가 위용을 자랑하며 버티고 있었다.

– 여기가 우리를 비밀의 문으로 인도한 최초의 실험실이야. 우린 당시 지구를 위한 인공 태양을 만들자는 평범한 생각이었어. 흔히 얘기하는 핵융합 원자로를 만들려고 했던 거야. 인류의 진보는 항상 어떤 종류의 힌트에서 출발한다네.

– 무슨 말씀이신지.

– 1989년에 유타대학의 폰즈와 영국 사우샘턴대학교의 프라이슈만 박사 팀이 상온 핵융합이란 것을 발견했다고 난리친 적이 있었지. 그 대학 총장이 얼마나 경솔한 친구이던지. 이 연구 결과를 학계의 검증 없이 바로 타임지에 알려 기사화되면서 화제가 된 것 말일세.

– 상온 핵융합 말이군요. 저도 알지요. 저도 그때 검증 실험한다고 한 일주일 실험 장치 만들고 중성자 검출기 가져다 들이대고 수선을 떨어댔었죠.

– 우린 그때 그들의 방법에 오류가 있다는 것을 이미 알고 있었네. 하지만 신의 계시가 임했다는 사실로 이해했지. 이제 너희들도 지구에 인공 태양을 띄울 때가 되었다는 신의 메시지.

노인이 거대한 전자총 같은 설비 주위를 돌면서 말을 이었다.

– 우린 성경을 다시 읽었네. 그렇다면 혹시 신이 어딘가에 계

시를 남겨 놓지 않았을까 하고 말일세.

– 그래서 발견하셨나요?

– 그렇지 우리들은 너무나 흥분했어. 그건 창세기 1장에 나와 있었네. 너무 쉬운 데 있어 오히려 간과되었던 것이지.

– 그게 무엇인데요?

– 태초에 빛이 있으라 하심에 빛이 있었고…. 말씀으로 빛을 만든 것은 하나님의 위대함을 알리는 신호탄이지. 빛의 의미 는 어둠을 몰아내는 하나님 나라의 선포였다네. 또한 우주를 만들기 위한 에너지의 공급이었어. 하지만 이 구절에 또 다 른 비밀이 숨어 있었네.

– 무엇인가요?

– 바로 소리로 빛을 만드는 것.

– 어떻게 소리로 빛을 만들겠습니까? 빛은 전자기파이고 소리 는 밀도파인데. 물질파와 전자기파를 발생시키려면 어마어 마한 고온 상태가 되어야 합니다. 그러려면 막대한 에너지 가 공급되어야 하는데 소리로 에너지를 공급한다. 그건 불 가능합니다.

나는 노인의 말을 무조건 반박하기로 결심하고 나름의 논리 를 들이대었다.

– 하하하. 자네는 새우만도 못 하구만.

– 네? 무슨 그런 모욕을….

나는 얼굴이 벌게졌다.

- 농담일세. 너무 화내지는 말게나. 사실 새우는 그 사실을 이미 알고 있어.
- 무슨 말씀이신지?
- 하와이 군도나 남태평양의 섬들 근처에 사는 새우가 있지. 한 5센티미터 정도 되는 손가락 굵기만 한 새우. 한쪽 집게발이 제법 큰 헤라클레스 슈림프.

노인이 나를 데리고 벽면에 설치된 수족관으로 향했다. 수족관에 열대어들이 한가로이 형형색색의 빛깔을 자랑하며 노닐었다. 바위틈엔 말미잘과 산호가 물살에 흔들거리며 또 다른 세상을 만들어내고 있었다. 자세히 들여다보니 바위 틈새로 노인이 말한 새우들이 보였다. 새우 한 마리가 슬금슬금 헤엄쳐 나왔다. 조그만 물고기를 향해 다가가더니 앞발을 쑥 내밀었다. 나는 새우가 집게발로 고기를 붙잡아 죽이려는 건가 궁금해 지켜봤다. 하지만 새우는 집게발을 벌려 앞으로 내민 채 마치 권총을 쏘는 자세로 겨냥만 했다. 한 순간 새우가 앞발을 꽉 다물었다. 그런데 새우 앞의 작은 물고기가 비실거리더니 죽은 듯 꼼짝하지 않았다. 배를 드러내고 누운 물고기를 향해 새우가 천천히 다가가더니 예의 집게발로 틀어쥔 채 찢어 먹기 시작했다.

- 자네, 저 물고기가 왜 기절했는지 아나?
- 글쎄요. 제가 볼 때 새우의 앞 집게발에서 무언가 분사된 것

같은 느낌입니다만. 독은 아닌 것 같고, 뭐 독이 분사될 가능성도 있겠지요, 아마 화학 물질이나 전기 충격을 가하지 않는다면 물고기가 저렇게 기절할 리는 없을 테죠.

새우, 그리고 궁창

— 하하하.

노인이 큰 소리로 웃었다.

— 상식은 늘 큰 소리로 군림하지만 진실 앞에 무릎 꿇는 법. 그리고 다시 진실이 상식으로 군림하지.
— 그럼, 다른 메커니즘이 있나요?
— 저 새우의 거대한 집게발을 자세히 보게.

나는 새우를 자세히 들여다봤다. 여느 새우와 다를 바 없었다. 한편으론 가재와 비슷한데 꼭 가재와 새우를 반 잘라 붙인 모습이었다.

— 새우의 집게발을 잘 보게.

자세히 보니 새우의 집게 아래쪽이 일반적 새우와 다르게 둥글게 튀어나와 있다. 저런 형상이면 집게발을 꽉 다물지 못할 것 같았다.

- 집게발 아래 둥글게 튀어나온 부분이 좀 이상하군요. 꽉 다
  물어질 것 같지 않은데.
- 저 녀석의 집게 위쪽에는 아래쪽 집게의 튀어나온 부분을 수
  용할 수 있는 칼집 같이 파인 부분이 있다네. 집게를 순간적
  으로 다물면 어떤 일이 벌어질까?
- 캐비테이션(cavitation)…. 물이 순간적으로 가속되며 국지적
  압력이 진공에 가까워진다. 그러면 물이 끓어 작은 기포가
  생성되는 것이죠.
- 그렇지, 바로 그거야.

노인이 만족스러운 듯 두 팔을 뻗으며 말하는 목소리 톤이
높아졌다.

- 자네 물 사이에 궁창을 만들어 궁창 위의 물과 아래의 물을
  만들었다는 성경 구절 혹시 기억하나?
- 뭐, 그렇게 쓰여 있더군요. 제가 가장 한심하게 생각했던 구
  절이죠. 성경을 그대로 믿으면 안 되겠다고 생각한 이유 중
  하나죠. 나중에 하나님이 궁창에 별을 붙였다고 하는데, 그
  러면 물에 별을 매달았다는 허황된 말이 되니. 옛 사람들의
  상상력이란 그런 거죠. 궁창을 무슨 대단히 강한 강철 캐노
  피 정도로 상상했겠죠.
- 하하하. 성경을 잘 이해하지 못하는군.
- 별로 의미를 두지 않으니 군이 이해하려고도….

- 자네, 저 새우의 꽉 다문 집게발의 작은 틈에 뭐가 들어 있을 것이라 생각하나?
- 그야 바닷물이겠죠.
- 그래, 그럼 그때 캐비테이션이 생기면 어떤 일이 벌어지는 거지?
- 그야 물에 기포가 발생하는 거죠.
- 거 참. 기포가 생긴다는 얘기는 물과 물 사이에 공간이 생긴다는 얘기 아닌가?
- 그렇다면 하나님이 캐비테이션으로 우주를 창조했다는 말씀이시군요. 궁창으로 물과 물을 나눈다.
- 허허허.
- 하긴 빅뱅 초기를 그렇게 볼 수도 있겠군요.
- 아무튼 그 작은 기포는 아주 비극적인 운명을 갖고 태어나지. 극적인 탄생과 함께 집게 밖으로 거세게 밀려 나가 운명을 다하는….
- 그야 뭐, 다시 압력이 정상화되면서 응축 소멸하는 거죠.
- 그래, 그때 존재의 소멸을 알리는 거대한 팡파르가 울려 퍼지는 거지.
- 충격파 말씀이지요?
- 그렇다네. 그 충격파가 곧장 집게발을 떠나 겨냥한 작은 물고기를 때려 물고기를 기절시키는 거지.
- 오호라. 대단한 검투사로군요. 자연의 이치를 이용해 먹이를 잡는다. 네가 저 새우 정도만 되어도 좋겠습니다.

- 이제 자네가 새우만도 못하단 내 말, 인정하는 거지? 하하하.
- 하나님은 모든 진리를 자연이라는 거대한 책에 써놓았어. 무지한 인간들은 성경만을 읽지. 하지만 성경과 자연을 같이 읽어야 비밀이 풀리네.
- 좋은 태도입니다.

뱉어놓고 노인에게 건방진 소리로 들렸을까 싶어 노인의 표정을 살폈다. 만일 이 노인이 앞서 보여준 화면을 실제로 구현했다면, 어쩌면 나는 이 노인과 이렇게 대화를 나누는 것만으로도 영광으로 생각해야 할 풋내기이다. 노인이 말없이 빙긋 웃었다. 젊은이에게는 가끔 시건방을 떨 특권이 있다. 하룻강아지들의 특권이다.

- 힌트가 주어지고, 그 힌트는 다른 힌트를 불러일으켜 마침내 우리는 폭발적 발견의 시기를 보냈어. 근 2년 동안 우리는 거의 잠을 못 자고 살았지. 마치 신의 계시가 온 신경을 타고 내 몸 구석구석으로 흐르는 듯했어.
- 그러시군요. 하지만 그 아이디어를 현실화하는 데 많은 시간과 자본이 소요되었을 텐데요.

사실 나는 이 실험실의 규모와 장비에 혀를 내두를 수밖에 없었다. 이 정도 실험실은 어느 국책연구소도 갖지 못한 어마어마한 것이었기 때문이다. 이런 장비를 개인이 마련한다는 건 상상하기 어려웠다.

- 다 모여들었지. 일종의 비밀결사조직이야. 이미 존재해 왔던 조직도 흡수하고. 아니 흡수라기보다는 일종의 투자를 유도한 셈이지. 나는 이제 인류의 미래를 열어갈 것이네. 다만 이 일의 결과를 세상에 공표할 대리인들이 필요한 것이고.
- 네, 뭐라구요? 그 결과를 직접 발표해 노벨상을 수상하고 역사에 이름을 남기는 게 아니구요?
- 하하하. 그 일은 우리 몫이 아니라네. 우리는 아인슈타인에게도 이미 우리의 연구 결과를 알려줬었어.

노인의 말에 할 말을 잃었다. 이 노인은 과대망상증 환자임에 틀림없다. 이 노인의 말대로라면 세상의 위대한 발견은 이미 이들에 의해 다 이루어져 있고, 만인이 알고 있는 위대한 과학자들은 이들이 그중 선별하여 찾은 대리자란 말이다. 문득 떠오르는 이름들이 있어 노인에게 물었다. 혹시 이 모임이 르네상스시기에 존재했던 로버트 보일의 인비지블 칼리지와 연결되어 있는 게 아닌가 하는 뜬금없는 궁금증이었다.

- 혹시 아이작 뉴턴도 연관이 있나요?
- 오호, 아이작 뉴턴. 그분은 우리 그룹의 중요한 핵심 멤버였지. 한때, 우리 그룹의 대표이기도 하고.
- …….

원초적 유전자

– 결정적 진보는 원자 단위까지 조작 가능해지면서 비롯되었
어. 바로 저 기계 덕분이지.

노인이 거대한 전자총 같은 장비를 가리키며 말을 이었다.

– 저 기계는 혼돈을 제어한다네.
– 혼돈이라뇨?
– 아까 말한 새우의 집게발에서 발생한 기포의 요동은 혼돈이
지, 발생 자체도 그렇고. 하지만 발생 순간 기포의 내부 압
력과 온도는 지구상 어떤 실험 용기에서도 달성할 수 없는
높은 온도와 압력에 이르게 돼. 이것이 우리가 의도했던 인
공태양은 아니지만 인공적으로 만든 원시 우주의 공간이라
고 할 수 있지.
– 그런데요?
– 거기에서 아주 미세 단위의 새로운 물질들을 만들 수 있다는
말이지. 이를테면 카본 나노 튜브 같은. 이제 와서야 관심 있
는 사람들이 좀 이해할 수 있는 개념이지만…. 우린 이것 말
고도 다양한 것을 만들 수 있게 되었지.
– 어떻게 가능하죠?
– 일단 우리들은 혼돈스런 기포의 발생 순간에 엄청난 음향을
방사시켜 각 기포마다 만들어내는 국지적 고온 고압 상태의

반응로를 제어하기 시작했어. 바로 이 장비로 말이지.

- 그래서요?
- 그렇게 되니 마치 실리콘 기판 위에 마이크로 구조물을 형성하는 방식처럼 분자 단위에 원자를 하나하나 붙이는 경지에 이른 것이지.
- 오호 그렇게 인조 DNA를 만들었다?
- 그렇지 모든 것은 프로그램과 이를 통제하는 기계로 가능해진 것일세.
- 그렇다면, 인간의 완성된 게놈 지도를 프로그램으로 입력하였다?
- 그렇지. 그렇게 만들어진 인조 DNA가 실제와 같은지 여부와 생리적 활성화가 제대로 이루어지는지를 검토했지. 결과는….

노인이 눈을 깜박이며 뜸을 들이더니 말을 이었다.

- 매우 만족스러웠어.
- 우린 다시 성경을 읽기 시작했지. 노아의 홍수 부분을….
- 아 거기요? 저도 그 부분에서 이해할 수 없는 이상한 점을 느끼긴 했습니다.
- 하나님은 인간의 죄가 지나쳐 땅의 모든 생물을 없애려고 결심하지. 그런데 하나님을 가장 격분하게 했던 부분이 바로 네피림이었지.

- 아, 네피림….
- 하나님의 아들들이 인간의 딸과 결혼하여 낳은 자식들. 한마디로 원래 인간이 가진 유전자의 순수성이 이들에 의해 훼손된 것이야. 그렇게 훼손된 유전자의 일차적 특질이 바로 거인이었고. 그들이 벌인 죄상이 초기부터 있었던 일은 아닌 것 같고 어떤 시기 이후 벌어진 거라고 이해돼. 그리고 그들은 당시 인류에 기여한 바도 있어 사람들에게 신뢰나 인기를 얻기도 했고. 성경에도 이들은 "고대의 유명한 용사더라" 라고 기록되어 있는 걸 보면….
- 그래서요? 그게 뭐가 문제가 되는 거예요?
- 문제가 되지. 만일 이들이 사람들로부터 신뢰와 인기를 얻었다면, 사람들 중에는 네피림과 결혼하여 그 강한 유전자를 얻고 싶어 하는 부류들이 생겼을 테니.
- 아하. 이제 좀 알 것 같네요. 그러니까 네피림의 유전자가 급격하게 인간들 사이에 퍼지기 시작했다.
- 그렇지. 바로 그러한 종족의 혈통적 혼합은 결국 하나님이 태초에 설계한 유전자의 훼손을 의미하고….

노인의 얘기를 듣는 내내 혼돈에 휩싸였다. 이 노인은 우리의 유전자가 이미 신의 아들들에 의해 훼손되었다고 주장한다. 그렇다면 그러한 과정은 오늘날에도 이어지고 있다는 얘기이다. 오늘날에도 그 유전자를 이어받은 존재들이 자식을 낳는다면 그 자식이 바로 노인이 얘기하는 네피림의 후손이다. 신은 일단 이렇게 자신의 의지가 훼손되어 발생한 존재들을 제거하려 했다. 그런데 신은 왜 하필 노아에게 방주를 지으라고 했단 말인가?

- 질문이 있습니다.
- 말해보게.
- 노아에게 방주를 만들게 하고 그의 여덟 식구와 정한 짐승의 쌍을 태워 홍수에서 구원한 것으로 기록되어 있는데, 신은 왜 그렇게 하셨나요?
- 그야 알 수 없지, 신의 뜻이니. 하지만 우리가 알 수 있는 분명한 한 가지는 신이 노아의 유전자를 조작했다는 것. 바로 그것이지.
- 네?
- 그리고 그것을 성경에 암시해 놓았지.
- 어떻게요?
- 인간의 수명을 백이십 살로 하리라. 그러니까 이것은 유전자의 개보수를 의미하지. 아마 구백 살 이상 살던 원래 유전자의 구조는 신의 아들들과도 아이를 낳을 수 있는 조건이었던 것 같아. 어찌하였건 신의 주요한 목적은 신의 아들들과 인간의 딸이 결합하여 아이를 낳지 못하게 하는 것이었으니, 이를 막으려 인간의 수명을 짧게 만든 게 아닌가 생각했지.
- 그렇게 생각하셨군요.
- 그렇다네. 우린 몹시 흥분했지. 어쩌면 노아의 홍수 이전의

유전자를 만들 수 있다면, 우리는 원래 존재했었지만 지금의 관점에선 전혀 새로운 인간을 만들 수도 있을 것이란 것이지.

– 아주 위험한 생각이시네요.

– 어떤 면에선….

문들아, 머리 들라

노인의 말을 듣는 내내 등에서는 식은땀이 흘렀다. 이 노인이 성경의 말을 그대로 받아들인다는 것은 그렇다 치더라도, 만일 이것이 사실이라면 성경이 사실이란 말이고, 그렇다면 어찌하였건 하나님이란 존재가 있고…. 그렇게 생각의 나래를 펼치자 성경에 기록된 다른 말들도 다 사실이란 생각으로 이어졌다. 나는 마음 한구석에 성경은 반드시 우화여야 한다는 굳은 신념을 가지고 있다. 반드시 그래야 하고 신은 다만 인간이 창조한 존재여야 한다고 믿었다. 그렇게 만들어진 가공의 신을 통해 삶을 꾸려가는 인간이 존재하고 신에 의지해 살아가는 인간이 존재한다. 이 정도면 지금 세상의 종교를 이해하는 데 족하다고 생각했었다. 그런데 도대체 이 노인은 이런 가공할 첨단의 과학으로 성경의 설화 같은 얘기를 붙잡고 감당하기 힘든 엄청난 얘기를 쏟아내고 있으니 등골이 서늘하지 않을 수 없었다.

나는 노인의 이러한 시도가 결국 형편없는 실패로 끝났기를 바라는 한 가닥 실낱같은 바람을 억누를 수 없었다. 그저 좋은 시도였고, 그로부터 나온 부가 생성물이 인류에 도움을 줄수 있다면, 하는 그런 정도의 바람이었다. 조금 더 나아가 자신의 유전자 정보와 두뇌의 뉴런 연결 정보를 저장해두었다 언제든 다시 생성하여 삶을 이어갈 수 있도록 하는, 그런 정도로도 충분히 획기적인 발견일 것이라 생각했다. 그렇게 오래 살아 무엇 한단 말인가.

죽음이 꼭 나쁜 것은 아니다. 죽음으로 인간의 모든 인연은 끝을 맺는다. 만일 인간이 죽지 않고 영생한다면 인간 사회의 역동성은 존재할 수 없다. 그냥 그렇게 안정적으로 사회가 굴러갈지는 모르나 진보는 더 이상 이루어지지 않는다. 외부로부터의 얘기치 않은 작은 교란에도 체계는 힘없이 무너져 내릴 것이 분명하기 때문이다.

구백 살의 삶을 누리는 문제 역시 마찬가지다. 모두가 구백살을 산다면 한정된 공간과 자원을 나누는 과정에서 생기는 문제들이 다시 우리 삶을 괴롭힐 게 뻔한 이치이기 때문이다.

문들아, 머리 들라.
영원한 문들아.
만왕의 왕 들어가신다.

헨델의 메시아가 멀리서 울려 퍼졌다. 현신이 틀어 놓은 음악이었다.

– 현신 씨, 여기서 이런 음악을 듣게 되니 환희와 불안이 교
  차하네요.
– 그렇죠. 전선이 어지러운 실험실에 울려 퍼지는 푸리에 시
  리즈….
– 네, 그렇지요. 나의 고막과 청각은 이것을 시리즈로 연결시
  켜 뇌로 잘 전달하고 있고요.

헨델의 메시아가 실험실에 울려 퍼졌다. 현란한 스케일은 마
치 음 하나하나가 하얀 포말처럼 실험 장치에 튕겨 부서지는 듯
착각이 일었다. 악보에 표시된 음표는 이렇게 다시 음으로 살아
나 울려 퍼진다. 결국 정보는 다양한 형태로 재생산된다.

지금 이 순간 어느 조그만 시골 교회 아마추어 성가대의 연
습곡으로, 또는 오케스트라와 전문 성악가들이 연출하는 웅장
한 곡으로 헨델의 메시아가 울려 퍼지고 있을지 모른다. 어디서
어떤 형태로 불리어지고 연주되든 그것은 결국 헨델의 메시아
에 대한 다양한 변주에 불과하다. 그리고 우린 어쩌면 아담의 단
순한 변형에 불과한 존재일지 모른다.

아무리 잘 구성된 악보라 할지라도 연주자의 부주의로 일부
음이 이탈하면 소음으로 전락한다. 이런 연주자들의 불협화음
은 차라리 귀를 막게 한다.

내 앞에 서 있는 현신은 어떤 존재인가? 그녀와 노인의 말
처럼 인조 DNA로 구성된 인간이라면 인간이 아닐까? 어차피
DNA라는 것은 생물학적 질료를 구성하고 그 메커니즘을 주는

장치에 불과한 것 아닌가. 인간이 삶에서 연출되는 다양한 경우의 수를 DNA로 규정할 수는 없는 것. 내가 현신을 만나고 지금이 기묘한 공간에 함께하는 이러한 삶의 과정을 어떻게 DNA라는 미시 세계로 연관 지어 규정할 수 있단 말인가?

인간 존재의 의미는 미시적 DNA에 있는 게 아니다. 바로 정신에 있다. 정신엔 과거, 현재, 미래에 대한 온갖 소망이 담겨 있다. 무엇보다 그 정신에는 유전자가 갖는 원초적 본능을 초월한 지성이 숨 쉰다.

나는 데카르트를 좋아한다. 나는 생각한다, 고로 존재한다. 그래, 나의 존재는 아담의 DNA건 네피림의 그것이건, 아니면 현신이 얘기하는 인조의 그것이건 상관없다. 지금 생각하는 존재로서의 나, 바로 그것이다.

제 **6** 부

—

고대의 용사

잉태

현신, 노인과 함께 천천히 다른 방으로 향했다. 고요한 복도에 세 사람의 발자국 소리가 만들어 낸 리듬이 기묘한 반향으로 돌아왔다. 노인이 현신이 들을세라 조용히 얘기했다.

- 자네, 현신을 보호해주어야 하네.
- 네?

다른 방에 이르렀다. 현신이 무엇을 하려는지 혼자 떨어져 한쪽으로 걸어가더니 자리를 잡았다. 노인이 나의 눈을 뚫어지게 응시하더니 조용히 입을 열었다.

- 현신은, 그러니까 말하자면 노아의 홍수 이전의 인간이야. 우리 계산이 맞는다면.
- 그렇다면. 아주 오래 살겠군요.
- 그럴 걸세. 현신은 아마 우리의 죽음을 보고 또 다른 이들의 죽음을 수 없이 본 다음에나 죽음을 맞이할 걸세.
- 그렇다면 남는 것은 고통뿐일 테죠.
- 그게 고민일세. 오래 살 수 있는 현신이 과연 사람들과의 이별을 어떻게 받아들일지….
- 그야 닥쳐봐야 알 수 있는 일이죠.
- 그렇겠지.

노인이 조심스럽게 시험관을 꺼내들었다.

- 우린 네피림의 잉태를 기다리고 있다네.
- 네?
- 이 시험관들에는 현신의 난자들이 들어 있어. 그러니 이 존재들은 노아의 홍수 이전의 인간 난자인 셈이야. 하나님의 아들들은 이 난자에 자신들의 씨앗을 넣었던 걸세. 그렇게만 된다면 우린 그 존재의 유전자를 해독할 수 있을 테지.
- 이 실험을 위해 우린 인공 자궁을 개발했어. 사실 이게 인간 세상에 알려지면 여인들이 더 이상 출산의 고통을 겪을 필요가 없겠지. 인공 자궁에서 아이가 자라 열 달이 차면 세상으로 나와 폐로 호흡하게 하는 장치야.

– 놀라운 발명입니다. 출산의 고통을 영원히 없앨 수 있다. 다른 건 차치하더라도 이 발명만 세상에 내놓아도 엄청난 혁명이고 어마어마한 부를 만들 수 있겠습니다.

– 이것은 우리의 연구를 위한 것일 뿐, 돈이나 부가 목적은 아니야. 돈이나 재물을 가지고 남을 위한다는 것은 의미가 없는 일. 은과 금은 내게 없으나 내게 있는 것으로 네게 주노니. 곧 나사렛 예수의 이름으로 일어나 걸으라. 이런 말씀이 있지….

인공자궁에서 일어나는 난자의 분할은 결국 정자의 수정을 전제로 한다. 노인은 지금 헌신의 난자를 인공 자궁에 넣고 자연 분할을 시도하려는 것이다.

– 이 실험은 왠지 실패할 것이란 예감이 드네요.

– 그랬지. 우린 매 단계 실패를 예상했어. 어느 한 단계 쉽게 넘어간 적은 없었어. 과학의 진보가 늘 그렇듯…. 밤새워 공부하고 노력해 만점 받은 학생을 시집이나 들고 다니며 딴 생각하며 노는 천재라고 여기는 사람들과 같은 이치야.

– 무슨 말씀이신지?

– 비유가 적절치 않았나 보군. 연구의 최종 결과만 보면 사람들은 마치 그 연구를 시작할 때 이미 답을 알고 있었던 것 같이 쉽게 생각한다는 말이지. 완벽한 동기, 완벽한 방법론, 완벽한 결론. 하지만 사실은 그렇지 않아서 매순간 불가능을

실낱같은 가능성으로 파헤쳐 이룬 결과이고 마침내 거대한 연관성을 드러내는 것이지.

노인의 얘기를 들으며 이 실험에 대한 불편함과 그 결과의 실패를 기대라도 하듯 비아냥거리는 말투로 내뱉었다.

– 정자가 필요한 거군요. 네피림의 정자 말이죠.
– 바로 그거지. 지적 특질을 가진 네피림의 DNA.

갑자기 내 몸 깊숙한 곳으로부터 치고 올라오는 역겨움과 통제하기 어려운 분노를 주체할 수 없었다. 사랑과 유리되어 진행되는 생.명.제.조. 더욱이 그 일이 현신의 몸을 빌려 이루어진다는 사실에서 오는 주체할 수 없는 순간적 감정이었다. 나도 모르게 소리쳤다.

– 현신을 제발 인간으로 돌려주세요!

이성을 잃었다. 현신을 이렇게 실험 대상으로 삼는 것, 그 과정을 지켜봐야 한다는 것, 그리고 노인에게서 뿜어져 나오는 항거할 수 없는 카리스마가 내 목을 쥐어짜 피를 토하게 할 것 만 같았다.

주먹으로 인공 자궁 유리 장치를 때렸다. 노인은 말릴 생각도 하지 않는다. 손등을 타고 피가 흘렀다. 여기 있는 모든 기구들을 부수고 싶었다. 테이블 위에 있는 실험 도구를 쓸어 엎었다.

– 이제 속이 좀 풀리나?

노인이 나직하지만 강단 있는 목소리로 물었다. 현신의 얼굴
을 보았다. 현신의 얼굴에 알 수 없는 슬픔이 스쳤다.

– 더 부수고 싶다면 얼마든지 부수게. 자네가 화를 내는 이유
를….

노인이 무표정한 표정으로 무미건조하게 내뱉었다.

– 현신을, 우리와 같은 인간으로 돌려놓으란 말이에요. 노아의
홍수 이후로 말입니다.

더 이상 서 있을 수 없었다. 얼굴을 감싼 채 그대로 무너져 내
렸다. 볼을 타고 두 줄기 뜨거움이 서럽게 흘렀다.

나의 발작적 행동에도 현신은 흔들리지 않았다. 마치 멀리
앉아 텔레비전 화면을 쳐다보듯 내 흥분과 감정의 흔들림을 지
켜만 보았다. 내 감정의 수면은 일순간 절벽에서 떨어진 바위가
일으킨 파문처럼 소용돌이 쳤지만 현신의 수면은 너무도 잔잔
해 나의 수면으로부터 일어난 파문을 고요하게 잠재우는 듯했
다. 어쩌면 현신은 구백 해를 살 수 있을 비범함을 자랑스러워
할지도 모른다고 생각했다. 인간이란 항상 자기중심적으로 사
고하는 존재일 수밖에 없으므로.

하루하루를 살아가며 주위에서 짧은 생을 살다 간 존재들에 대해 연민했던 적이 얼마나 있었던가? 이 봄 흐드러지게 핀 목련이 지고 말면 내년 그 즈음을 기다릴 뿐 떨어진 목련 꽃잎을 연민했던 적은 없었다. 어쩌면 현신에게 나란 존재는 그녀의 긴 생에 무수히 나타났다 사라질 수많은 존재 중 하나에 불과한 건지 모른다. 피었다가 사라진 하나의 남자….

현신에게 같이 이곳을 빠져나가자, 말하고 싶었다. 그러나 목구멍까지 올라오는 그 말을 애써 삼켰다. 무엇보다 현신 자신이 느끼는 감정과 그녀가 희망하는 존재의 의미를 아직은 알 수 없었다. 현신의 입을 통해 직접 듣고 싶었다. 설혹 현신이 그렇게 얘기한 들, 이 진보된 존재들을 상대로 나의 무기력한 과학적 지식으로 어찌 항거할 수 있단 말인가.

냉정해지기로 했다. 지금 내가 할 수 있는 현실적 대처는 일단 이들에게 고개 숙이는 것이다. 이들이 나를 필요로 해 초대한이상 나에겐 이들이 필요로 하는 무엇인가 있다. 우선 그게 무엇인지 확인하여 흥정하자. 그렇게 현신을 구할 방법을 모색하자. 그렇지 않다면 나는 이곳에서 몇 년이고 묶인 채 탈출의 길을 모색해야 할지 모른다. 지금으로선 살기 위해서라도 이들에게 협조하는 수밖에 없다.

이제 내가 할 일이 무엇인가? 할 수 있는 한 이들의 진보된 과학을 확인하고 습득해야 한다. 겸허하게 이들의 진보를 받아들여야 한다. 찢어진 손에서 흐르던 피가 굳어간다. 인공 자궁 장치에 내 손에서 뿌려진 피가 기하학적 무늬를 만들며 흘러내리고 있었다.

미션

엄청난 과학적 결과라 할지라도 매우 원시적인 도구로부터 만들어지는 일은 흔하다. 이곳에 있는 실험 장치를 찬찬히 살폈다. 결국은 내가 숨 쉬고 있는 지금 시대의 기술로 이루어진 반도체, 고전압 장치, 레이저 장치 등등으로 구성된 것들이었다. 아마 먼 미래에 지금의 이 중후장대한 장치들이 휴대해 다닐 수 있을 정도로 작아질 것이 틀림없겠지만, 기술을 열어가는 초기의 노력은 항상 이렇게 어수선하다.

- 우리는 네피림의 출현을 기다리고 있어. 자네에게 미션을 주겠네. 네피림의 출현을 유도해주게.
- 네? 어떻게 제가 그 일을 할 수 있다는 말씀이죠?
- 우리가 분석한 바에 따르면 자네 유전자에는 네피림의 유전 정보가 아주 강하게 응집되어 있어.
- 네?

노인의 말의 의미가 선뜻 다가오지 않았다. 도대체 무슨 뚱딴지같은 얘기란 말인가. 거인도 아니며 네피림의 포악성이 있을 성싶지 않은, 스스로 생각해도 오히려 다른 사람들보다 더 나을 게 없는 지극히 평범한 나에게….

– 자네의 유전 정보에는 독특하게 네피림의 우수한 특질 중 유
독 지적인 부분이 강하게 표출되고 있어. 말하자면 자네는
지적 거인인 셈이지. 불행하게도 그걸 깨우칠 기회를 아직
못 만났을 뿐. 조금만 기다리면 자네는 아주 많은 위대한 일
을 하게 될 걸세. 이곳에서의 트레이닝이면 충분해.

노인이 이마의 땀을 닦으면서 말을 이었다.

– 일단 자네의 유전자를 활용해 그 변화를 지켜봐야겠네.
– 결국 저는 일종의 생체 실험 도구군요. 마루타….
– 그렇게는 생각하지 말게. 우리는 어떠한 인격적 모욕을 느
끼는 수단도 사용하지 않아. 단지 자네가 가진 유전자 정보
가 현신의 홍수 이전의 인간 유전자에 섞여 어떻게 변화되
는지를 보는 걸세. 유전자 지도의 어느 부분에서 강하게 변
화되고 어느 부분이 원래의 특질을 유지하는지 여부 말이야.
– 말하자면 일종의 자식을 낳는 일인데 결혼도 안 한 채 그런
일을 할 수는 없습니다. 그 아이는 제가 키워야 할 것 같군요.

노인이 화가 났는지 얼굴이 붉어지더니 목소리를 키웠다.

– 이런 꽉 막힌 친구 같으니. 이것은 그저 엠브리오에 불과한
거야. 배아란 말일세. 자네가 그렇게 상상하고 나서면 이 일
은 진행할 수 없는 거야. 왜 그렇게 답답한가.

갑자기 머리가 아파오기 시작했다. 수많은 남자들이 섹스의

희열을 추구하면서도 제발 내 정자가 난자를 만나는 일은 없기를 바라는, 일종의 사기극을 떠올렸다. 일단 수정이 이루어지면 배아는 이미 그 존재 자체로 인간으로서의 의미를 갖는 것 아닌가. 그리고 동시에 부모로서의 의무를 가져야 하는 것 아닌가. 그렇다면 나의 유전자를 함부로 사용하게 할 수는 없다.

― 그렇게는 못 하겠습니다.

노인이 말없이 돌아섰다.

내게 있어 이 문제는 생명 윤리에 직결되는 문제였다. 생명 윤리의 존엄성은 결국 인류가 사회를 유지하기 위해 소위 정상적이라고 주장할 수 있는 범위에서 지켜진다. 하지만 개개인의 삶의 현장에서 생명 윤리가 무시되는 일은 다반사다. 기본적으로 불가능에 가까운 경쟁을 뚫고 수정이 이루어지는 생명 현상에서 소멸되는 나머지 유전자들의 존엄성은 애당초 고려 대상이 아니다. 철저한 적자생존의 원칙이다. 내 몸에서 생산되는 수억 개의 유전자 정보를 다 갈무리한다는 것은 그래서 불가능하다. 아무리 저항한들 내게 그 정보를 채취해가는 일쯤 이들에겐 전혀 문젯거리도 안 될 터. 다만 노인은 형식상 나에게 그것을 알려준 것에 불과할 뿐. 망설이다 결심했다. 일단 이들의 요구를 수용하자.

― 알겠습니다. 일단 제가 할 수 있는 일은 요구대로 하겠습니다.
― 좋네. 뭐 그리 어려운 일은 아니지만, 일단 시작했으면 하네.

유전자의 변화를 체크하는 프로그램은 옆에 있는 컴퓨터에 있고, 자네는 현신과 자네의 유전자 정보를 혼합하여 그 차이를 분석하게 될 걸세. 물론 레퍼런스는 자네의 정보와 현신의 정보. 그리고 비교 목표는 믹싱된 유전자 정보야. 하지만 한 가지 샘플만 가지고는 안 돼. 우리가 원하는 건 적어도 수십 개의 샘플을 만들어 이들의 혼합 정도를 통계 수치화하는 것이야.

－하지만 유전자 정보의 어떤 부분이 믹싱되었다 한들 그것이 성체가 되었을 때 어떻게 발현되는지는 어떻게 알 수 있습니까?

－우린 그것에는 관심이 없어. 관심은 오직 네피림이란 존재가 어떻게 가능한가의 여부이지. 사실은 신의 아들의 유전자 지도를 발견하려는 거야.

노인은 갑자기 하지 말아야 할 말을 내뱉은 듯 입을 다물었다.

－신의 아들의 유전자 지도라고요?

나는 노인의 말에 경악했다. 그렇다면 이들의 목표가 신의 아들을 만드는 것이란 말인가.

고대의 용사, 그리고 지적 거인

－저의 유전자에서 어떻게 신의 아들의 유전자 지도를 알아낸

단 말입니까? 분명 네피림의 지적 유전자는 저의 유전자에 부분적으로 믹싱되어 있을 것이고 이는 마치 뜨거운 물에 녹은 믹스 커피에서 커피, 설탕, 프림을 분리해내는 일이나 마찬가지 일일 텐데.

– 바로 그거야. 역시 자네는 이해가 빠르네. 커피에서 그것들을 어떻게 분리해낼 수 있을까?

– 그야 뭐 일단 물을 증발시켜 말려야 하겠지요. 여러 가지 물리적 특성을 활용해야 할 겁니다. 비등점. 어는점 등 서로 분리될 수 있는 특성들.

– 그렇지 바로 그거야. 자네가 오기 전에 우린 이미 많은 실험을 했어. 거인들의 유전자 정보를 얻어 분석하고 차이를 추적했지. 그리고 이미 안티 네피림 유전자와의 믹싱 실험도 했어. 믹싱을 이용한 분리의 정보를 알아내는 작업은 인내력이 필요한 실험이야.

– 그렇군요.

– 그런데 문제가 생겼다네. 우리는 원형 유전자를 구성하고 이를 이용해 체세포 생식을 통해 개체를 만들었지. 그래서 성체로 발현시키는 데는 성공했어. 그렇게 거인을 탄생시켰지만 지능이 형편없고 성격이 포악한 놈이 나타난 거야.

노인의 입에서 흘러나오는 얘기에 입을 다물 수 없었다. 결국 유전자 변형 조작을 통해 이들은 몬스터를 만들어 낸 것이었다.

- 따라오게.

나와 현신은 노인의 구부정한 등을 보며 지하로 내려갔다.

어두컴컴한 지하에 감옥 같은 쇠창살이 드리워 있었다. 매우 어두웠다. 짐승의 울부짖는 소리가 안에서 울려 나왔다. 쇠창살이 흔들리는 소리와 비명소리에 머리카락이 쭈뼛 섰다.

쇠창살로 된 몇 개의 문을 차례로 열고 들어간 좁다란 복도 끝의 작은 우리. 야생의 맹수를 가두어 둔 우리에 건장한 젊은이가 분노에 찬 표정으로 악마와 같이 포효하고 있다.

키와 체구가 나의 두 배는 되어 보였다. 얼굴은 마치 조각한 듯 준수했다. 손발이 벽에 고정된 사슬에 묶인 거인이 우리를 보자 더욱 울부짖었다. 야생의 동물처럼 포효하는 거인의 모습은 이제까지 보았던 어떤 짐승보다 사나웠다.

- 우린 저 친구에게 교육이란 것을 시도했어. 하지만 완전히 실패했지. 우리의 언어를 이해할 만한 지능조차 갖고 있지 못했던 거지. 우린 이 연구를 실패로 거의 단정 지었어.

노인이 다시 걸음을 옮기며 말을 이었다.

- 어쩌면 정보만 존재할지도 몰라. 저런 육체는 아니야. 어쩌면 저게 진짜 네피림의 모습일지도 모르지. 우린 원하는 정보의 반도 회수하지 못한 것일지도 몰라.
- 그렇다면 저의 유전자 정보에 있다는 지적 거인의 유전 정보

를 저 고대의 용사에게 삽입하면 되겠군요.

– 그럴 수도 있지. 하지만 그 전에 유전자를 합성해야 하네. 저
 생명체 또한 인조 유전자 합성의 결과지. 저 생명체를 만들
 어낸 인조 유전자를 수정해주어야 한다네. 그러기 위해 자네
 의 유전자 일부를 분리해 붙여 넣을 거야. 문제는 자네의 유
 전자에서 분리해낸 정보가 저 생명체 유전자의 어떤 부분과
 다른지를 먼저 확인해야 하고, 또한 인간의 유전자와 분명히
 다른 정보인지도 확인해야 해.

– 어려운 얘기네요.

– 아주 어려운 퍼즐을 맞추는 일이지.

– 얼핏 보면 어느 부분만 콕 집어 분리할 수 있을 것 같지만 기
 실 그렇지 않다네.

– 그렇다면 정보가 여기 저기 흩어져 혼성되어 있다는 얘기
 인가요?

– 바로 그거야. 유전자 정보는 비선형성이 매우 강해. 아마도
 유전자가 자신을 보호하기 위해 이런 구조를 유지하고 있는
 건지도 몰라. 자네, 유전자 정보의 길이가 생물체의 고등한
 정도와는 전혀 비례하지 않다는 사실은 알고 있나?

– 네, 어디선가 들은 듯합니다.

– 우린 일단 저 존재의 유전자 정보에 자네 유전자의 지적 거
 인 정보를 삽입하는 핵심적 일을 진행할 것이야.

– 알겠습니다. 그럼 오늘부터 제가 할 일을 할 수 있도록 제가
 사용할 프로그램과 작업 도구, 그리고 공정서를 주십시오.

노인이 현신에게 눈짓으로 무언가를 지시했다. 현신이 어딘가로 가더니 두툼한 책 한 권을 들고 왔다.

- 차례대로 읽고 순서에 따라 작업하게. 한 순서도 빼먹거나 하면 안 되네.
- 알겠습니다.

나는 일단 책을 받아들고 훑어 내렸다. 얼핏 보기에 단순한 생물학 실험서 같이 보였지만 새로운 장치들이 많이 나열되어 있었다. 장치마다 사용법이 빼곡히 설명되어 있었다. 많은 부분이 자동화되어 있고, 오류에 따른 자가 진단 기능이 있어 문제가 발생하는 경우 바로 알 수 있도록 되어 있었다. 하긴 이렇게 복잡한 공정에서 발생하는 한순간의 오류가 해당 오류 이후의 모든 상황을 혼돈스럽게 만들어 버릴 것이다.

한 배를 타고

빼곡하게 들어찬 매뉴얼을 세심히 읽어가며 나는 본격적인 실험에 착수했다. 복잡하게 얽힌 단계들을 이어가느라 여유 시간이 넉넉지 않아 휴식을 취할 틈조차 없었다. 다리가 부어올랐다. 이러다 실험을 끝내지 못할 수도 있을 거라 생각했다. 한참의 시간을 씨름하며 나는 이 실험이 며칠은 계속 이어져야 한다는 것을 알았다.

다른 사람이 대신 맡아주기라도 해 잠깐의 휴식이라도 취할 수 있다면 하고 생각했다. 하지만 그 과정에 한 순간의 오류라도 발생하면 복잡한 단계의 어디서 해당 오류가 발생했는지 알 수 없는 구조였다. 더욱이 매 단계 시시각각으로 변하는 유전자 정보의 모양을 관찰하는 과정 자체가 다시는 경험할 수 없는 중요한 핵심 과정이란 생각에 한시도 눈을 뗄 수 없었다.

현신이 들어왔다. 링거 병을 손에 든 현신의 표정이 무표정에 가까울 정도로 냉정해 보였다. 내 왼쪽 발등에 알코올 적신 솜을 닦더니 링거 줄 끝에 달린 주사 바늘을 꽂았다. 그리고 링거 줄에 무슨 성분인지 모를 약을 끼워 연결했다.

– 민호 씨, 이것으로 식사와 수면을 대신하는 거예요. 실험은 삼 일 동안 지속되어요. 실험대 옆에 소변을 볼 수 있는 장치가 있으니 힘들더라도 견뎌주세요.
– 알겠습니다. 잘 지내시는 거죠?

반가움과 걱정이 섞인 인사를 건넸다. 현신이 가지런하고 하얀 이를 드러내어 미소를 지었다.

– 가볼게요. 성공을 빌어요.
– 네.

의자를 돌려 실험 장치로 향했다.
붉은 글씨의 경고 문구가 눈길을 붙들었다.

농도의 미세한 차이가 유전자 믹싱의 결과를 실험의 의도에 반하는 극단적 반작용으로 유도할 수 있음. 실험에서 나온 포지티브 결과 값에 대해서만 이후 과정에 적용할 것. 네거티브 값은 모두 폐기해야 함. 반드시 정확한 정제가 요구됨.

프로젝션 화면의 형광 신호가 혼란스럽게 번쩍거렸다. 신호를 번역해 보여주는 해독기가 각 단계에서 계산된 유전자 정보를 급하게 출력해 뱉어냈다. 푸른색 정보는 포지티브, 붉은 색은 네거티브이다. 이 결과 값에 대한 판단과 결정은 오퍼레이터의 수동적 결정에 의존한다. 나는 판독기의 결과 값을 보며 매뉴얼대로 명령을 내렸다. 네거티브 결과를 제거하라. 현미경으로 확대된 화면에 여러 대의 마이크로 로봇이 분주하게 움직이며 내가 입력한 명령을 수행한다.

화면 한쪽에 예상치 못했던 노란색 경보가 깜박였다. 식은땀이 흘렀다. 전혀 처음 보는 경보였다. 놓친 단계가 있는가 싶어 현 상황과 직접 관련되는 단계로 돌아가 빠르게 검색했다. 지금의 상황에 관련된 어떠한 설명도 찾을 수 없었다. 혼란스러운 와중에도 나는 더 또렷하게 선택의 기로에서 빠르게 분석하고 있다. 매뉴얼에는 없지만 화면이 지시하는 선택지 중 하나를 선택하여 처리해야 한다. 전혀 예상치 못한 상황에 나의 선택을 재촉하듯 노란색 경고등은 계속 명멸한다.

다음 단계로 이행하는 데 남은 시간은 20초. 계속 기다려 보기로 했다. 실험 전체를 망치는 한이 있더라도 여기서 속단하는 것은 좋지 않다. 시간이 흘렀다. 10초 전. 여전히 노란 경고등은 멈추지 않았다. 9초, 8초. 이제 시간이 없다. 손바닥에 흐르는 땀을 닦으려 바지를 문질렀다. 주머니에 든 동전이 바닥에 느껴졌다. 어차피 둘 중 하나의 선택이었다. 동전을 꺼내 던졌다. 동전의 앞이 나오면 푸른색으로 처리하라고 명령할 심산이었다. 동전이 책상 위를 굴렀다. 2초 전. 동전이 책상 위에 몸을 뉘었다. 앞면을 확인하고 주저 없이 푸른색 입력 스위치를 눌렀다. 스위치를 누르는 시간이 길게 느껴졌다. 명멸하던 노란 경고등이 푸른색으로 변하는 것을 확인했다. 위기를 넘겼다. 나는 이마에 흐르는 땀을 닦았다. 생각해보니 마지막 순간에 노란 경고등에 초록빛이 어른거렸던 것 같았다. 푸른색이 맞을 것이다. 다리가 저려왔다. 다리에 꽂은 링거에서 피가 역류했다. 한숨을 내쉬며 의자에 몸을 던졌다.

현신이 들어왔다. 폐쇄회로로 나의 작업을 지켜보고 있었을 터였다.

― 모두 민호 씨의 끈기에 놀랐어요. 종종 이런 상황이 발생하곤 했는데 다들 허둥지둥 급하게 하나를 선택했지요. 아마 이 실험 결과는 이전 실험과는 좀 다를 것 같아요.

현신이 다리에 꽂힌 링거 줄을 조절하며 말했다.

새로운 조합

삼 일을 놀라운 집중력으로 실험에 임했다. 내가 이 과정에 참여하기로 하고 실험에 몰두한 이유는 물론 이들이 원하는 네피림의 유전자를 만들어 주고자 한 것만이 아니었다. 그들이 원하는 결과에 관계없이 나는 이들의 기술 중 혹시라도 완전한 성인의 유전자를 바꾸어 놓을 수 있는지의 여부가 궁금했다.

발생 초기 단계의 유전자를 바꾸는 일은 조작 횟수가 적어 어떤 면에서 가능할 수 있겠지만 완전 성체의 유전자 정보를 모두 바꾸는 기술을 보유하고 있을지도 모른다는 생각 때문이었다. 그게 가능하다면 내가 몰래 품고 있던 한 줄기 희망, 현신의 유전자를 우리와 같은 보통 인간의 유전자로 바꿀 수도 있을 것이라는 희망 때문이었다. 내가 가지고 있었던 짐작은 이들은 틀림없이 새로 조작된 유전자를 지하에 가두어 둔 저 포악한 네피림에 적용할 것이라는 점이다. 그게 성공한다면 내 희망도 이루어질 수 있다.

노인이 미소를 지으며 들어왔다.

― 민호군, 매우 만족스러워. 자네는 역시 내가 생각한 대로야.
  마지막 순간까지 견디는 그 인내심은 놀랄 만하더군. 이번
  유전자 조합은 만족스러울 것 같아. 계산에 의하면 이전 네
  피림 유전자와 자네의 유전자에서 서로 차이 나는 부분들이
  잘 재구성된 것 같아. 결과는 물론 지켜봐야겠지만.

- 그렇다면 새로운 개체를 발생시켜 키워야겠군요. 교육도 시키고. 이 실험 결과는 앞으로 20년은 기다려야 확인할 수 있겠네요.

내 기대를 확인하기 위해 슬쩍 떠보는 질문을 노인에게 던졌다.

- 우린 다른 기술 하나를 더 개발했어. 성체 유전자 치환 기술. 우리 몸의 모든 세포는 저마다 수명이 있어 각각의 세포마다 탄생과 소멸을 반복하지. 그 탄생의 순간에 작용하는 유전자 치환에 성공했어.
- 환상적이군요. 어느 날 갑자기 예전과 다른 유전자 정보를 갖고 살아갈 수 있다. 유전자 이상으로 문제가 생긴 사람들에겐 말할 수 없는 희망을 줄 수 있는…. 적어도 이 실험실의 기술을 적용하기만 하면 말이죠.
- 그렇지 이제 인류가 유전자 이상으로 겪는 문제는 거의 해결되었다고 봐야지.
- 그러니까 환자의 체세포에서 유전자를 채취한 뒤 문제를 해결하거나 진보한 유전자 형태로 변형하여 성체의 체질을 개선할 수도 있다 그런 말씀이군요. 잘하면 얼굴 모양도 막 바뀌겠네요.
- 가능성이 있지. 특별한 조건하에서 생체 신진대사를 가속화시키면.

- 무엇이 진짜인지 알 수 없는 세상이 열리는 것이네요.
- 그래서 이 기술을 세상에 알리면 안 되는 것이야.
- 사람들이 이 기술을 곧 발견하지 않을까요?
- 가능성이야 충분하지. 하지만 다행히 생명 윤리에 대한 논란으로 관련 연구가 진척되지 않고 있지. 물론 지금 전 세계에 비밀스러운 연구 집단이 꽤 존재하고, 이들은 이미 상당한 실험 결과를 내기도 했어. 단지 발표만 안 하고 있을 뿐.
- 상당히 위험한 일이군요.
- 그렇다네. 금기시하는 일은 언제나 위험한 일이지. 세상의 모든 금기를 양성화하면 사람들은 그 일이 가져올 현실과 미래를 예측할 수 있어. 하지만 금지시켜 놓음으로써 비밀리에 진행되고 그래서 안 좋은 방향으로 전개될 확률이 높은 것이야.
- 왜 그렇지요?
- 그것은 해당 연구를 지원하는 단체의 성격에 달려있지. 금지된 연구를 지원하는 단체라…. 단순히 생각해도 뻔한 일 아닌가?
- 그럼 지금 이 연구를 지원하는 단체는요?
- 아닐세. 우리 연구를 지원하는 곳은 매우 전통 있는 단체일세. 바로 오늘날 인류의 지성이 걸어온 발견의 모든 순간에 함께했던 단체. 자네도 언젠가는 가입하게 될 거야.
- 그렇군요.

나는 애써 관심 없다는 표정을 지었다.

새로운 조합을 지하에 갇힌 네피림에 공수하기 위한 미사일 유도체를 만드는 작업은 나에게 비밀로 한다고 했다. 실상 나에게 필요한 것은 바로 그것이었다. 노인이 마치 내 마음을 꿰뚫는 듯 이후 과정은 Dr. NO가 맡는다고 했다.

변신

– 이제 지하로 가세.

노인의 구부정한 등을 따라 우리는 말없이 지하로 향했다. 지하에서 거대한 네피림의 포효가 들려왔다.

어두운 철창 방에서 거구의 네피림이 분노에 찬 표정으로 우리를 쳐다본다. 눈에선 금세 불이라도 튈 것 같다. 대리석을 깎아 조각한 듯 우람한 근육질의 가슴과 배가 아름답다.

슉. 동행한 연구원이 마취제를 꽂은 총을 쏜다. 짧은 시간에 거인의 무릎이 꺾이더니 온 몸이 조용히 늘어졌다. 연구원이 조심스레 확인하며 철창을 열고 총구로 늘어진 거인의 어깨를 밀었다. 거인은 아무런 반응도 없었다. 이윽고 Dr. NO가 네피림에게 다가가 주사기를 꽂았다. 매우 많은 양의 새로운 유전자 미사일이 네피림의 혈관을 타고 주입되었다. 네피림이 몇 차례 몸을 떠는 듯하더니 이내 잠잠해졌다.

- 이제 긴 잠에 빠질 걸세. 잠은 새로운 탄생을 의미하지. 아마 이 친구는 긴 꿈을 꾸게 될 거야.
- 이런 일을 여러 번 반복하셨나 봐요?
- 당연하지. 매순간 우리는 이 일의 성공 여부를 확인하기 위해 투여 전과 후의 체세포 유전자를 검토했지. 몇 퍼센트 정도 치환되었는지의 여부 말일세. 시간에 따른 치환율 데이터도 확보했어. 지금까지의 과정은 매우 성공적이야.
- 그렇군요.

나는 침을 삼켰다. 네피림 같은 거인 괴물에 대한 이야기는 항상 흥미로운 문화의 소재였다. 프랑켄슈타인이 그렇고, 지킬 박사와 하이드가 그렇다. 평소엔 온순한 성질의 박사가 분노와 공포에 직면하여 초록색 거인으로 돌변하는 영화 〈두 얼굴을 가진 사나이〉도 있었다. 슈퍼맨이나 아이언맨 같이 인간의 파워를 능가하는 어떤 존재의 가능성은 항상 흥미를 끌고, 창조자와 피조물의 관계를 되묻는다.

이스라엘 민족의 머릿속에 존재하는 공포의 존재 네피림은 팔레스타인의 거인족을 소멸하는 영웅적 용사들의 서사에 많이 등장한다. 아낙 자손의 거대함에 비춰 자신들을 메뚜기만하다고 표현했다. 여호수아가 이들을 섬멸했다. 다윗은 거인으로 공포의 상징이었던 블레셋의 골리앗을 물맷돌로 물리쳐 민족의 영웅으로 등장했다. 이스라엘의 영웅들은 이렇게 거인 혹은 네피림의 후예와의 싸움에서 탄생했다.

며칠이 지났다. 실험의 성공을 확인하려면 며칠을 더 기다려야 했다. 지하의 네피림은 아직도 깊은 잠에 빠져 있다. 모든 세포의 발생 초기에 맞춰 작용할 유전자 치환을 위해 마이크로 로봇이 혈관을 타고 몸의 모든 세포를 찾아 바꾸고 있는 중이었다.

적어도 나를 안심하게 한 것은 그러한 변신 과정이 꽤나 평온하다는 것이었다. 독 사과를 먹고 잠든 백설공주처럼. 유전자 치환을 위해 새로운 유전자를 주사하여 잠에 빠진 현신의 붉은 입술에 입을 맞추는 상상을 했다. 내 입맞춤으로 현신은 눈부시게 아름다운 눈을 뜨고 새로운 인간으로 다시 태어날 것이다.

그러나 어떻게 새로운 유전자 조합을 수행하는 마이크로 로봇을 얻을 수 있단 말인가? Dr. NO에게 물어보면 틀림없이 나의 의도를 문제 삼을 것이다. 스스로 찾아내야만 한다.

탄광

- 저는 단순한 테크니션이 아닙니다. 제게도 이곳에서 하는 연구를 같이 볼 수 있게 해주십시오.

나는 단호하면서도 정중하게 노인에게 요청했다.

- 알고 있네. 우린 자네의 연구를 기대하고 있어. 자네의 추상적 공리 능력 그것이 우리에게 매우 필요해. 이곳 연구는 매

우 실험적이야. 그러나 수많은 데이터 더미 속에 숨어 있는 위대한 연관성을 찾아내야 하는데 거기에 자네의 능력이 반드시 필요해.

― 이제 무엇을 해야 할까요?

― 일단 읽게. 우리의 그동안의 연구와 아직 인류에 발표되지 않은 비밀스런 결과들. 물론 그 연구들 대부분은 이전 선배들이 해놓은 것이지만.

― 그런 자료가 어디에 있지요?

― 탄광으로 가세.

― 네, 탄광이요?

― 지하 깊숙한 곳에 도서관을 만들어 놓았지. 우리가 탄광이라고 부르는. 핵폭발에도 견딜 수 있는⋯. 인간들은 너무 유치해 그런 불덩어리를 갖고 장난을 치지. 유치하단 말일야. 인류를 끝장내고자 한다면 환상적인 방법들은 얼마든지 있는데. 핵은 그 파괴력이 너무 작아.

― 무슨 말씀이신지.

― 핵무기는 사실 폭발력보다 오히려 그 숫자로 힘을 과시하는 거야. 우리 집에 돈 많다고 뻐기는 부잣집 아이들과 같은 유치한 과장이고 장난일 뿐 정말 위험한 것은 아니야. 사람들에게 야릇한 공포감을 안겨주는 것일 뿐.

노인의 말에 대구할 필요는 없다. 먼저 도서관을 보고 싶다. 얼마나 많은 자료가 쌓여 있는지. 그리고 얼마나 새로운 발견들이 있는지. 머릿속은 타임머신을 타고 미래로 가는 여행을 상상하고 있었다. 엘리베이터를 탔다. 무시무시한 속도로 하강했다. 중력의 변화가 강하게 느껴지더니 이내 평온해졌다.

– 다 왔네.

엘리베이터 문이 열리자, 견고한 철문이 앞을 가로막았다. 푸른 조명이 신비롭게 지하 세계를 밝히고 있었다. 철문이 소리 없이 열렸다. 방으로 들어서자 소리 없이 로봇이 다가왔다. 키보드와 모니터가 있었다. 키워드를 입력하게 되어 있었다. 간단하게 테스트해볼 요량으로 네피림이라고 입력했다. 로봇 화면에 나타난 눈이 깜박거리더니 스르르 사라졌다. 얼마 있자 로봇이 몇 개의 보고서를 들고 돌아왔다.

– 완전 자동화된 도서관이군요.
– 그렇다네. 앞으로 개선이 필요하지만 그런대로 쓸 만해.

계시록

서고에 각종 보고서들이 빽빽하게 들어차 있다. 이들 보고서들은 모두 디지털로 변환되어 중앙 컴퓨터에 보관되어 관리되고 있다. 주제별로 정리된 내용들 중에는 상당히 흥미를 끄는 주제도 있고, 어떤 것은 그 내용을 이해할 수 없는 이상한 단어들로 이루어진 것도 있다.

이것들을 다 보려면 최소 몇 년은 이곳에 틀어박혀 있어야 할 것 같다. 눈에 띄는 보고서 중에는 새로운 에너지 변환 장치가 있었다. 우주론에 관련된 중요한 내용들도 확인할 수 있었다. 시간과 공간에 대한 새로운 정의와 이를 응용한 이론도 있었다. 이것들을 모두 이해하려면 많은 시간이 필요할 뿐 아니라, 설혹 이해한다 하더라도 입증을 위해 그보다 더 많은 시간과 노력이 소요될 것이라 생각했다.

놀라운 것은 어떻게 이렇게 많은 미발표 보고서들이 존재할 수 있는지의 여부였다. 마치 신의 계시를 모아놓은 것 같은 착각이 들었다. 요한 계시록을 넘는 새로운 종류의 계시록.

노인이 볼일이 있는 듯 잠시 밖으로 나갔다. 기회였다. 나는 그 새를 틈타 재빨리 로봇에게 '유전자 치환'이라고 입력했다. 여러 관련 문서들이 이어졌다. 성체 유전자 치환 기술이란 제목이 눈에 들었다. 그 보고서를 선택했다. 로봇이 눈을 깜박이더니 열람 불가라는 결과를 화면에 띄웠다. 당신은 열람 가능 리스트에 없습니다. 쉽지 않겠다는 생각이 들었다. 그렇다면 중앙 컴퓨터에 접근하는 수밖에 없다. 문서의 제목은 확인했으니 중앙 컴퓨터를 해킹하는 수밖에 달리 방법이 없었다. 이곳 시스템으로 보아 그 일이 쉬울 리는 만무할 터이지만 혹시나 하면서 중앙 컴퓨터에 엑세스하기 위해 키보드를 두드렸다. 아이디와 패스워드를 묻는다. 하는 수 없이 일단 이 작업은 이 단계에서 포기하기로 했다.

유전자 치환 관련 서류 중 하나를 일단 확보해 보기로 했다. 물론 성체의 유전자 치환과는 거리가 먼 내용이지만 일단 서류의 구성과 내용들을 확인하고자 하는 생각이었다.

보고서 제목은 부분 장기의 유전자 치환 기술이었다. 내용을 보니 많은 그림과 잘 정돈된 문서로 문서 작성에 있어서의 전문적 수준을 확인할 수 있었다. 요약문에는 필요성, 방법, 결과가 잘 정리되어 있었다. 중요한 실험 기구의 모양 등이 잘 설명되어 있었다. 현재 기술로는 알 수 없는 기계들이 명시되어 있었는데, 그것들은 기재된 참고문헌을 통해 추적할 수 있게 되어 있다.

이 서류 한 개만으로도 현재 과학계를 뒤흔들 수 있는 큰 발견을 발표할 수도 있겠다는 생각에 미쳐 흥분되었다. 하지만 그런들 내게 무슨 의미란 말인가. 남이 이미 이뤄놓은 업적을 내 것인 양 떠벌이는 부정한 일일 뿐. 도덕적이지 않을뿐더러 내가 가장 경멸해온 일이다.

이 계시록의 방은 인류의 미래 기술들을 품고 발표될 날만을 기다리며 잠자고 있다. 그렇다면 이들 발견을 발표해 줄 연구자는 다만 여기 존재하는 계시록을 인간 세상에 전하는 선지자에 불과하단 말인가. 방안을 찬찬히 살피며 둘렀다. 중앙에 거대한 안테나가 있었다. 어떤 신호를 포착하기 위한 것인지 무엇을 위한 것인지는 알 수 없다.

노인이 다시 들어왔다.

– 제게도 중앙 컴퓨터에 접근할 수 있는 계정을 주세요.

– 알겠네. 기다리게.

– 저기 중앙 천장에 설치된 안테나는 뭐에 쓰는 것인가요?

– 아, 그것. 여기 있는 자료를 공중에 뿌리는 것일세.

– 네? 비밀스레 보관하는 자료를 공중에 뿌린다?

– 일종의 공공적 행위로 이미 오래전부터 해오던 일이야.

– 왜지요?

– 저 안테나는 텔레파시 감응 장치야. 우리가 발견한 정보를
추려 단계적으로 뿌리지. 그러면 세상 사람들 중 이를 포착
하여 감응하는 사람들이 있을 테고. 텔레파시에 감응해도 아
예 이해하지 못하는 사람도 있고 정확히 이해하는 사람도 있
을 수 있고.

– 그래서요?

– 자네도 알고 있을 텐데, 왜 그 있잖은가. 동일 주제에 대한 과
학적 발견이 동시다발적으로 여기저기서 나오는 경우.

– 그렇다면 여기서 보낸 텔레파시에 여러 명이 동시에 감응했
다는 말씀….

– 그렇지.

– 우린 하루 세 번 이것을 작동하지. 이른바 계시의 시간.

– 그 시간이 언제죠?

– 새벽 두 시에서 네 시, 오전 열한 시에서 오후 한 시, 오후 다
섯 시에서 일곱 시.

– 그렇게 시간을 정한 이유라도.

– 잘 생각해보게. 그 시간대면 평범한 사람들은 잠을 자거나

식사하며 수다를 떨거나 곤한 하루 일을 마치고 퇴근길에 자기 차 앞으로 끼어드는 차량의 꽁무니에 욕이나 해대는 시간이지.

─ 그러니까 평범한 사람들에겐 감응시키지 않겠다는 얘긴 거군요.

─ 더욱이 여기서 쏘는 에너지는 매우 약해서 고도의 지적 흥분 상태에서만 감응할 수 있어.

─ 여기에 감응해 결과를 낸 사람들이 많은가요?

─ 아주 많지. 이것을 적극 활용한 사람도 있고 그냥 우연찮게 감응한 사람도 있고.

─ 혹시 제가 알 만한 사람이라도?

─ 자네 포앙카레는 잘 알지? 그 사람은 하루에 두 번만 수학에 대해 연구를 집중했어. 나머지 시간은 주로 테니스장에서 시간을 보냈고. 사람들은 그를 천재라고 했지만 사실은 무의식적 감응을 가장 잘 활용한 사람인 거지.

─ 그렇다면 여기에 감응하여 지식을 전파하는 사람들이 가지는 공통적인 특징이 있겠네요.

─ 그렇지. 아주 헌신된 과학자들에게 감응한다네. 뇌파가 특정 주파수로 조절되는 순간 감응이 이루어지는 것이니. 경우에 따라서는 아무 것도 쓰여 있지 않은 노트를 펼치는 순간 방정식이 보이기도 하고 오랫동안 품었던 의문이 한순간 섬광처럼 풀리기도 해.

─ 그렇다면 기독교인들에게 더 많이 전파되겠네요.

- 그게 가장 아쉬운 부분이지. 기독교인 중에 지적으로 탁월한 사람은 생각 외로 적어. 많은 사람들이 지적 호기심보다는 복 받는 것에 집착하고 아주 게을러. 게다가 권력욕에 사로잡힌 돼지 같은 사람들도 많아. 돼지에게 진주를 쥐어준들 무슨 소용이 있겠는가.
- 그렇더라도 진리를 사모하는 자들이 없기야 하겠습니까.
- 소수이지. 대부분은 새벽에 일어나 하늘이 내리는 지혜의 소리를 들으려 하는 게 아니라 그저 뭐 해 달라, 무얼 달라, 이런 주문을 외는 데 시간을 허비하지.
- 그렇군요.
- 기독교인들의 반지성적 태도는 아주 뿌리가 깊어. 사실은 도마 사도 정도가 지성적 사도라 할 수 있어. 그는 예수의 손의 못 자국에 손가락을 넣어볼 정도로 실증적 인물이야. 하지만 기독교인들은 이런 태도에 대하여 대놓고 표현은 안 하지만 반감을 갖지. 반 지성을 신앙으로 착각하는 것은 그들에겐 오래된 전통이거든. 그래서 무식한 자들이 대중들을 향해 큰소리로 외치며 자신만이 참된 신앙의 모범이라고 외치지. 게다가 흔히 고스트에 대해 아전인수적 해석을 더해 반지성에 더욱 접근하고. 쯧쯧.
- 기독교인들이 반지성이란 말은 처음 듣는 주장이네요. 제가 알기론 기독교인들 중에 지성인이 많고, 대학 총장, 국회의원, 사회 지도층 등에도 기독교인들이 월등히 많다고 아는데.

– 그렇지. 그런 일은 그저 행정이나 정치. 즉 권력에 연관되지 진리와 연관되는 일은 아니니. 많은 기독교인들은 권력을 추구해. 그들은 바로 그 권력에 의해 살해된 예수의 의미를 알려고 하지 않아. 사랑이 아닌 권력으로 세상을 변화시키려 하는 것인지.

– 사랑이 아니라 권력으로…. 기독교인들이 들으면 많이 싫어하겠군요.

– 그렇겠지. 하지만 사실이란 말일세. 내가 볼 때, 기독교인 중에 그래도 쓸 만한 학자는…. 음, 그러니까 맥스웰 장로나 패러데이 장로 정도. 아, 또 있지. 지하 막장에서 일했던 제임스 와트. 그 친구도 에너지 변환 장치의 계시를 받았지.

노인의 얘기를 듣는 동안 이곳 지하 밖의 현실 세계에 대해 일면 타당하다는 생각을 하면서도 마음 한 편 불편한 생각을 좀체 지울 수 없었다.

– 이런 식으로 말씀하시면, 인류의 진보나 과학자의 천재성은 아무 의미가 없다는 얘기군요.

– 아니지 그들은 천재야. 이 미세한 감응에 응답했을 뿐 아니라 그 감응의 완전한 모습을 재구성해냈으니 말일세.

질문

우린 다시 거인이 갇혀 있는 방을 찾았다. 유전자 치환 실험의 진척 정도를 확인하기 위해서였다.

지하 철창 안으로 2미터 50이 넘는 네피림이 웅크리고 있었다. 이전과는 확연히 달라진 모습이었다. 양미간이 눈에 띄게 단정해 보였다. 그토록 분노에 차 사나워 보였던 눈매가 매우 누그러져 있었다.

― 변화가 확인되네. 좀 더 자세히 체크해봐야겠어.

노인이 확신과 호기심에 찬 어조로 내뱉었다.

― 눈에 띄게 변화가 보입니다. 표정이 이전과 달리 매우 평온해 보입니다.
― 그러게 말일세. 자네의 지적 거인 유전자 정보가 제대로 변화를 일으킨 것 같아. 뭔가 지적 각성이 일어난 것처럼 보이지 않는가?

노인이 Dr. NO에게 몇 가지 테스트를 지시했다. Dr. NO가 체세포 변화 데이터를 불러냈다.

― 오호, 놀라워.

노인이 흡족한 웃음을 띠며 감탄을 연발했다. 컴퓨터가 유전자 치환의 완성도 데이터를 보여주었다. 90% 이상의 높은 치환 결과였다.

 - 자네의 지적 거인 유전자 정보가 이전 네피림의 유전자와 매우 잘 조합되었다는 것이지. 그렇다면 우리의 시도가 상당히 성공적일 가능성이 높아.

노인이 환하게 웃으며 약간은 흥분된 어조로 말했다.

 - 좀 더 관찰하고 다음 단계로 진행하세.
 - 다음 단계라니요?
 - 그러니까 우리가 지금 만든 이 인조 유전자는 네피림의 유전자일세. 그렇다면 이제 현신의 유전자와 비교해야지. 어떤 유전자 믹싱이 네피림을 만드는지. 그래서 그것을 환원하여, 이 네피림 유전자를 형성하는 원형 유전자를 찾아내야 해.
 - 그 유전자는 무엇을 의미하죠?
 - 바로 성경에 기록된 하나님의 아들이란 존재. 그들의 유전자이지.
 - 그럼 천사를 말씀하시는 건가요?
 - 알 수 없지. 하지만 천사는 아닐 거야. 인간일 거야. 네 생각이지만. 하지만 전혀 다른 형의 인간이지. 어쨌든 유전자 정보를 나눈다는 측면에선 인간일 수밖에 없지. 하지만 아닐 수도 있어. 이 경우 유전자 치환이 실패할지도 모르네.
 - 무슨 말씀인지….

– 만일 인간과 다른 유형의 어떤 존재라면 그 유전자를 치환하는 과정에서 대상 인간이 사망할 수도 있어. 일단은 인간 난자의 초기 분할 단계에서 체세포를 주입하여 그 변화를 보아야 하네. 물론 인간 말고 동물의 난자도 이용할 필요가 있어. 필요하면 식물의 유전자도….

– 너무 혼돈스럽습니다.

– 그렇다네, 하나님의 아들들이란 존재가 인간의 모습이 아닐 확률도 있기 때문에 경우의 수를 늘어놓은 것에 불과하지. 인간의 모습일 확률이 가장 높다고 기대는 하지만.

– …….

노인의 말이 너무 충격적이어서 아무 말도 할 수 없었다.

지하실의 거인은 아주 얌전해져 있었다. 손발을 묶어 두었던 쇠사슬도 풀어 주었다. 언제 야수로 돌변할지 모르는 두려움이 접근을 조심스럽게 만들었지만 적어도 그의 표정과 행동에 어떤 야수성은 보이지 않았다.

몇 가지 책을 넣어주었다. 기본적인 한글 자모와 한글 제자 원리 및 언어학을 비교적 쉽게 설명한 책이었다. 한쪽 벽에 만들어진 칠판에 거인이 글씨를 흉내 내었다. 학습하고자 하는 열망이었다. 며칠이 지나 다시 거인의 방으로 내려갔다. 거인은 잠들어 있었다. 현신이 손으로 칠판을 가리켰다. 칠판에 글씨가 또렷이 쓰여 있었다.

나는 사람이다. 나는 알고 싶다.

– 놀라워. 놀라운 학습 능력이야.

놀라움에 입을 다물 수 없었다. 어쩌면 이 거인은 이제 지적
으로도 엄청 탁월한 존재로 다시 태어난 것일지도 모른다.

– 자, 우리 이 친구에게 이름을 지어주세. 현신아 어떤 이름
  이 좋을까?
– 네피.

현신이 오래전부터 생각해 두었던 듯 주저 없이 말했다.

– 네피. 좋은 이름이다. 그래 그렇게 부르도록 하지.

네피의 변화는 모두를 흥분시켰다. 이 친구가 고도의 지적
능력을 갖게 되었다면 조만간 우리들 수준으로 변화될 것이다.
그 이후의 변화가 궁금했다, 일단 우리 수준으로 만들어야 한다.
이제 이 친구가 글을 읽고 이해할 수 있게 되었으니 책을 계속
넣어주어야 한다. 네피의 창살 방에 책꽂이를 옮겼다. 필요하다
싶은 책을 몇 권 꽂아 넣었다. 그렇게 넣어둔 책들을 네피는 쉽
없이 읽었다. 책을 읽는 중간 중간 멍하게 생각에 잠긴 자세로
한참을 있기도 했다. 그리고 며칠 뒤 창살 방 벽의 칠판에 네피
의 첫 번째 질문이 적혔다.

아름다움이란?

네피가 드디어 질문을 시작했다. 우리는 아리스토텔레스의
미학으로 시작해 온갖 미술 관련 책들을 책꽂이에 채웠다. 네피
가 빠른 속도로 책을 읽어 내렸다.

네피의 변화를 보면서 현신도 저런 과정을 거쳐 지금의 모
습으로 변이한 것 아닐까 생각했다. 이러한 과정을 통해 새로운
유전자로 업데이트되어 가는 동안, 이전의 네피가 처했던 모습
과 같이 존엄성이 무시되었던 것은 아니었을까? 십중팔구 그랬
을 것이란 생각에 가슴 한 편이 아려왔다.

한편으로는 또 하나의 의구심이 일었다. 현신이 지금 내 눈
에는 인간처럼 보이지만 그렇지 않을 수도 있다. 바로 눈앞의 존
재가 어느 날 갑자기 전혀 다르게 변할 수도 있다는 사실을 직
접 확인한 데서 오는 일종의 두려움이었다. 존재는 어떻게 의미
를 가질 수 있을까? 삶의 과정에서 애초에 형성된 나의 의식과
행동 양식이 변화되는 질적 연속성에 기초한 것이리라. 연속성
의 붕괴로 인한 질적 변화는 결국 기존의 내가 아닌 다른 존재의
출현에 다를 바 없다. 새로운 존재.

언제든지 나도 그렇고 현신도 그렇고 네피도 그렇고, 주사
한 방에 새로운 존재로 만들어질 수 있다는 사실에 경악하지 않
을 수 없었다. 갑자기 한기가 몸을 감쌌다.

어느 날 현신의 유전자가 잘못되어 개조가 필요하다면서 다
시 새로운 유전자를 주사하여 수정한다면 내 마음속 현신은 존

재하는 것인가 아닌가. 그렇게 새롭게 태어난 현신을 나는 지금과 같이 느끼고 다시 사랑할 수 있을까. 사랑이라는 게 어떤 의미에서는 자기 연민이랄 수 있는, 보이는 이미지와 그에 대한 단순한 연민에 그치는 것인가. 사랑이란 게 뇌에서 분비되는 화합물의 작용에 불과한 것이라면 대상의 변화는 문제가 안 될 수도 있겠다는 생각도 들었다. 사랑은 환상이며 환각에 불과한 자기 연민의 발현이니. 그렇다면 사랑의 대상이란 건 결국 단순히 자기 연민을 불러일으키는 촉매제에 불과한 것 아닌가.

나는 갑자기 현신을 변화시키기 위한 실험이 이루어질 것 같은 불안감에 사로잡혔다. 어떻게 하든 그것만은 막아야 한다. 하지만 다른 한편으로는 내가 현신을 노아의 홍수 이후의 나와 같은 인간으로 만들어야 된다는 이중적 모순에 혼돈스러웠다.

나는 현신이 지금 모습과 성격을 그대로 유지한 채 단지 우리 인간과 똑 같은 모습으로 우리 인간과 같은 생의 기간을 유지할 수 있는 변화를 상상하지만, 행여 전혀 그렇지 않은 상황으로 변할 수도 있다고 우려했다. 그리고 그 시도의 결과가 가져다 줄 실망과 두려움에 나도 모르게 몸서리쳤다.

생명을 다루는 과학은 이제까지 내가 해왔던 과학의 영역과는 너무나 다르게 인간의 존재와 인식에 대해 직접적으로 영향을 끼치는 것이었다. 혼돈과 공포. 지금 나의 상황을 대변해줄 가장 정확한 단어였다.

탈출

실험실이 웅성거렸다. 모두가 예상치 못한 상황에 놀란 표정들이다. 네피가 사라졌다. 그 거대한 몸집을 숨길 곳이 이곳에는 마땅치 않은데 지하실에서 사라졌다.

노인이 실험실 전체 인원들을 불러 모았다. 그리고는 말없이 중앙 홀 한쪽 벽 안쪽에 가지런히 진열되어 있던 총을 나눠줬다.

– 어떤 일이 발생할지 알 수 없다. 발견 즉시 사살하라.

노인이 비장하고 단호한 표정으로 명령을 내렸다.

네피는 이제 공공의 적이 되었다. 더 이상 철창과 쇠사슬에 매여 울부짖는 괴물이 아니라 인간의 언어를 이해하고 어느 정도일지 가늠할 수 없는 지식을 소유한, 그래서 누구도 그 행동을 예측할 수 없는 두려운 존재가 되었다. 그가 실험실의 각종 장치를 변조하거나 실험실 요원들을 살해할 가능성조차 배제할수 없는 상황이다.

노인이 묘한 표정을 지으면서 내게 권총 한 자루를 내밀었다. 손에 들어오는 앙증맞은 권총의 둥근 총구가 차가운 빛을 발했다. 과연 내가 이 총을 사용할 수 있을까. 차라리 총을 거절할까 하는 생각이 스쳤다. 현신이 말없이 총을 받아 들었다. 무표정한 현신의 얼굴. 총을 받아들던 그녀의 눈에 일순 광채가 빛났다. 현신이 내 곁에 다가오더니 나직한 목소리로 얘기하며 이끌었다.

― 민호 씨, 잠시만.

사람들이 각기 자기의 공간으로 돌아갔다. 분주한 움직임
속에 현신이 이끄는 대로 우리 둘은 복도 끝 작은 실험실로 몸
을 숨겼다.

― 민호 씨.
― 네.
― 저를 사랑하시나요?
― 전에 말했잖아요.
― 지금 말해주세요.
― 네, 현신 씨를 사랑합니다.
― 그럼 절 도와주세요.
― 어떻게요?

현신이 내 귀에 입을 갖다 대고는 나직이 속삭였다.

― 제가 네피를 탈출시켰어요.

심장이 펌프질 쳤다. 뭔가 예상치 못한 상황이 전개되고 있
음을 직감했다.

제 7 부

홍수 이후

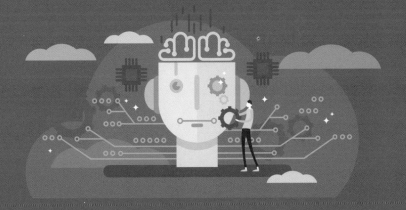

의심

　황급한 구둣발 소리가 가까이서 요란스럽게 이어졌다. 이렇게 둘이 이곳에 있다는 것이 저들의 눈에 이상하게 보일지도 모른다고 생각했다. 현신에게 눈짓으로 신호를 보냈다. 현신이 재빨리 문을 열어 밖으로 나갔다. 나는 방안을 뒤지는 척했다. 문이 열리고 몇이 안을 들여다본다. 나는 권총을 들지 않은 왼손바닥을 펴 보이며 아무도 없다는 신호를 보냈다.

　구둣발 소리가 복도 저편으로 사라졌다. 맥이 풀리면서 의자 팔걸이를 붙잡고 주저앉았다. 삼일 동안의 집중 실험과 그 이후에 전개된 상황을 숨 쉴 틈 없이 지켜보는 과정에 내 머릿속을 혼란스럽게 파고들었던 온갖 상상으로 평소 같았으면 벌써 쓰러졌어야 했다. 다만 예기치 않은 상황의 한복판에서 그 동안 억지로 버텼던 긴장감이 스르르 몸에서 빠져나갔다. 잠이 들었다.

꿈을 꿨다. 꿈속에 현신이 네피와 함께 있었다. 거대한 몸짓의 네피가 현신을 두 팔로 받쳐 안고 있었다. 현신의 표정이 매우 행복해 보였다. 지나치게 큰 남자의 팔에 안긴 가녀린 여인의 모습이 희극 속의 연인 같았다. 하지만 그들의 눈엔 행복이 가득했다. 어쩌면 네피의 유전자가 현신의 유전자를 갈구하고 있었는지도 모르겠다고 생각했다. 설명할 수 없는 유전자의 끌림이 이들을 묶어 놓은 것 같았다. 나도 모르게 질투가 났다. 나는 뭐란 말인가. 현신 앞에 나섰다. 하지만 현신은 아랑곳하지 않았다.

― 저에게 친구가 생겼어요. 민호 씨.

현신의 한마디가 비수같이 꽂혔다. 너무나 화가 났다.

― 저놈은 불과 며칠 전만 해도 괴물이었다구요. 현신 씨. 저놈의 머리에 들어 있는 것은 나의 유전자예요. 바로 나, 강민호란 말입니다.

소리를 질렀다. 그러나 현신과 네피는 웃기만 했다. 네피에 대한 나의 질투가 하늘을 찔렀지만 어쩔 수 없었다. 나는 네피에게 다가가 있는 힘을 다해 후려치려 했다. 하지만 이상하게 팔이 마음대로 뻗어지지 않았다. 네피의 거대한 주먹이 나를 향했다.

털썩 나가 떨어졌다. 몸에 전달되는 묵직한 충격에 정신이 번쩍 들었다. 잠결에 의자에서 굴러 떨어진 것이었다. 식은땀이 흥건했다. 호흡을 가다듬고 생각을 정리했다. 한 줄기 의심이 돋았다. 혹시 현신이 정말 네피에게 끌린 것은 아닐까?

추적

노인이 다가오며 안절부절 못 했다.

- 큰일 났군.
- 뭐 대수인가요? 그냥 거인 하나가 사라진 것이죠. 아마 밖에서도 적응하지 못할 것이 틀림없어요.
- 그리 간단한 문제가 아닐세.
- 현신을 보호해야 하네. 네피와 현신은 유전적으로 서로 끌리게 되어 있어.
- 현신 씨는 좀 전까지 이곳에 저와 함께 있었는데요.
- 하지만, 내 추측이 맞다면 어쩌면 현신이 이 일에 관여했을 가능성도 있어.
- 그럴 리가 있겠습니까?

나는 애써 능청을 떨었다.

- 민호 군. 일단 현신을 찾아야 하네. 네피는 둘째야.

– 현신 씨를 어떻게 찾는단 말이죠?

– 현신은 지금 정상적인 상태가 아닐 수도 있어. 유전적 파트너를 찾고 있을지 몰라. 그렇기 때문에 자네에게도 마음을 많이 주었던 것일세. 자네라면 현신을 찾을 수 있을 거야.

– 그렇다면 현신이 오길 기다리는 수밖에요.

– 그럴 수도 있지. 어쨌든 현신이 자네에게 연락을 취할 가능성이 가장 높네.

– 이 일이 잘못되면 매우 위험해질 수 있어. 자네가 적극 도와야 하네.

노인이 심각하게 말했다. 노인의 생각도 살필 겸 나는 짐짓 딴청 피며 한 마디 내뱉었다.

– 그렇다면, 오히려 현신이 네피와 함께 지내는 것도….

– 자네 진심인가? 그럼 여긴 왜 왔나?

노인이 역정을 냈다. 노인은 단서라도 찾아내려는 듯 내 눈을 응시하며 얘기했다.

– 자네, 현신에게 잘하게….

마치 장인이 사위에게 하듯 내뱉더니 내 등을 두드렸다. 엄청난 과학적 결과물을 두고 사랑 타령이라니. 내심 불편했다. 현신이 인조인간이란 생각이 점점 또렷해졌다. 인조 유전자의 요구에 끌려 저 이상한 네피란 놈을 숨기고 찾아다니는 것인가. 상상하기도 싫은 생각이 불편함을 넘어 우울함으로 다가왔다.

사랑이란 게 정말 이런 유전자의 끌림일까. 수많은 시간을 망설이고 이리 재고 저리 재고, 스스로의 처지를 따져 왔던 내 모습이 사랑과는 거리가 먼 이성적 필요에 따른 행동이었을까. 사랑이란 눈을 멀게 만들고, 조건 없이 끌려야 하고, 그래서 물불 안 가리게 만드는 그런 것인가. 나는 어차피 이 세상 살아가는 동안 사랑과는 거리가 먼 존재. 그냥 하나의 중성적 존재이다. 그냥 사람이라고 불리는 중성적 존재. 그래 난 남자가 아니다. 사람이다. 다만 사람. 현신도 사람. 인조인간일지는 모르지만 사람. 네피도 스스로 사람이라고 했으니 사람이다. 사람.

왜 이렇게 사람을 갖고 복잡하게 생각하게 되는가. 이러면 어떻고 저러면 어떻고, 구백 살을 사는 인간이 출현한들 무엇이 문제인가. 그런 종류의 사람을 부러워하며 사람들은 오래 살고 싶은 욕망에 이 우수한 종족과 결혼하려 덤비겠지. 그래서 백이십 년, 이백 년, 한 오백 년 이렇게 수명이 증가했다 치자 그들은 그 긴 세월을 어떻게 살아갈까.

한 많은 이 세상 야속한 사람. 한 오백 년 살자는 데 웬 성화요…. 갑자기 민요의 한 구절이 떠올랐다. 한 오백 년 살자는데 웬 성화난 말이다.

문제는 나의 욕망이다. 오래살고 싶은가. 그럴 마음도 없지는 않다. 하지만 아무 일도 성취하지 못하고 오래 살아간다는 일은 내게 의미 없는 일이다. 그저 세월을 그렇게 흘려보내며 인류의 발전을 경탄의 눈으로 바라보는 나그네 같은 삶이 싫다. 내 몸에 어떤 조작을 가하는 것은 더욱 싫다. 이곳의 기술이라면 나는 언제든지 구백 년을 살 수 있는 인간으로 변신할 수 있다. 하지만 그렇게 구백 년을 사는 인간들이 있어야 할 세상은 따로 있어야 한다. 두 부류의 인간이 함께 살아간다는 것, 백여 년 사는 인간이나 구백 년 사는 인간 둘 중 한 부류의 멸종을 의미한다. 구백 년의 경험을 가진 부류를 백여 년 짧은 인생을 사는 인간이 어찌 감당할 수 있겠는가. 정치적 욕망은 틀림없이 이들 사이에 피할 수 없는 싸움을 일으킬 것이다.

현실과 진실

깜박 잠이 들었다. 이미 물샐 틈 없는 경계 태세에 돌입한 연구소에서 실험을 할 수는 없는 일이다. 나는 낮에는 주로 도서관에서 자료를 뒤적이다 일찍 잠이 들었다. 목이 탔다. 물을 찾았다.

– 여기 물 있어요.

낯익은 목소리였다. 나는 깜짝 놀라 눈을 뜨며 일어섰다.

– 불 켜지 말아요. 저예요.
– 어떻게 여길.

– 민호 씨 보러 왔어요.

난감한 상황이다. 나는 이불을 둘둘 말아 몸을 가리며 현신
을 살폈다.

– 지금 모두 저를 찾고 있겠죠?
– 맞아요. 모두 지금 현신 씨가 네피의 유전자에 끌려 있다고
  얘기해요.
– 그런 것 같아요. 저도 이상하게 생각하죠. 네피를 생각하면
  이상하게 가슴이 뛰어요. 네피에게 달려가고 싶어지죠.
– 그런 자신이 우습다는 생각 들지 않아요?
– 우습죠. 완전히 우스워요. 얼마 전까지 네피를 말도 못하는
  짐승 같이 취급했는데. 하지만 그때도 전 이상하게 네피가
  싫거나 무섭지는 않았어요. 네피에게 무슨 말이라도 하면 다
  들어줄 것 같았어요.
– 네피에게 홀린 겁니다.
– 그렇겠죠.
– 그런데 여긴 어떻게 들어왔어요?
– 저의 이런 행동을 민호 씨가 어떻게 생각하는지 궁금해서요.

현신이 내 얼굴을 빤히 쳐다봤다.

– 현신 씨, 제가 드리고 싶은 말씀은 일단 네피에게 끌리는 것
  은 유전자의 장난이니 이성적으로 제어해야 한다는 말입니

다.

– 어쨌건 제게는 현실이고 진실이에요.

– 화가 나네요. 현신 씨 이러는 거 정말 싫어요.

– 호호. 정말이에요?

– 그래요. 아주….

나는 일부러 벽을 쳐다보면서 투정하듯 내뱉었다.

– 그럼, 그 마음 지키세요.

– 네?

– 저를 지켜주세요. 민호 씨.

현신이 조용히 문을 열었다. 어둠 속에 거대한 물체 하나가 기우뚱 흔들리는 모습이 보였다. 등골이 오싹해지는 느낌에 몸을 움직일 수 없었다.

방문이 열리며 거대 인간이 들어왔다. 네피였다. 싱글싱글 웃고 있었다.

– 민호 씨. 나에게 지능을 부여한 사람 맞죠?

– 아. 뭐….

입에서 맴돌 뿐 말이 소리가 되어 나오지 않았다.

– 이제 마침내 민호 씨와 이렇게 소통하게 되었군요.

네피의 목소리는 동굴 깊은 곳에서 들려오는 소리처럼 낮으면서도 깊은 울림이 있었다.

－ 이제 나는 더 이상 실험 대상일 수 없습니다.
－ 그래야 한다고 나도 생각합니다.
－ 그렇게 생각해주니 감사한 일이요.

　네피가 큰 몸을 침대에 걸쳤다.

－ 나라는 존재에 대해 생각해 봤소.
－ 그렇군요. 뭐 좋은 생각이라도….
－ 인조인간의 최대 희망이 무엇이겠소?
－ 글쎄요? 일단 당신은 인간을 뛰어넘는 거대한 몸집과 비교도 안 되는 수명을 지니게 되었소. 게다가 이제는 놀라운 지적 능력마저 소유하게 되었으니 세상에서 가장 강한 존재가 된 것이요.
－ 굳이 그런 것을 희망이라고 한다면 유전자 조합으로 가능한 더 이상의 능력을 추구해야겠지요. 필요하다면 날개라도 달고….
－ 훗. 조류 인간이라….
－ 그렇게 비꼬지 마시요. 민호 씨.

　내 말에서 묻어나는 비아냥을 짐작한 듯 네피가 화를 내며 말을 이었다.

- 인조인간으로서 지금 나의 최대의 희망은 말이요. 바로 평범한 인간이 되는 것이오.
- 사람마다 다르겠죠. 당신은 지금 그런 생각을 하겠지만 또 다른 인조인간은 또 다른 생각을 할 수도 있겠죠.
- 그럴지도 모르겠소. 어쨌든 지금 나는 매우 위험한 상황에 처했소. 언제든 사살당할 수도 있는. 이 상황에서 저와 현신 씨를 지켜줄 유일한 사람이 바로 당신입니다.
- 제가 어떻게.
- 민호 씨는 저에게 연결되어 있어요. 유전자적으로 말이죠. 그리고 현신 씨도 민호 씨와 연결되어 있어요.
- 무슨 말씀이신지.
- 현신 씨는 민호 씨를 좋아하고 있소. 물론 나도 좋아하지만 말이오.
- 당신의 지금 말은 우습네요. 우리 셋의 사이는 그러니까, 아주 웃기는 사이네요.
- 아니요. 진지하게 생사를 함께하는 사이인 것이지요.

네피가 진지하게 말했다.

- 그건 그렇고 내가 어떻게 두 사람을 도울 수 있죠?
- 일단 이 연구소를 우리가 장악해야 합니다.
- 무슨 말인지.
- 이 연구소는 매우 발달한 과학적 성취물을 갖고 있소. 심지

어 내 몸의 설계도까지 갖고 조절할 정도로. 그러니 이 연구
소에서 탈출하는 것은 거의 불가능하다고 봐야 하는 거요.

– 그래서요?

– 우리 셋이 힘을 합쳐야 하오. 아니 정확하게는 머리를 합쳐
야 합니다.

– 그런다고 가능할까요? 나는 이미 이곳이 이룬 지적 성취에
감탄했을 뿐 아니라 압도당하고 말았거든요. 제가 이곳의 지
식을 다 이해하는 데는 앞으로 남은 내 생애를 다 바쳐도 불
가능하다고 생각합니다.

– 아니요. 가능성은 있소.

– 무슨 말인지.

– 지하 도서실의 감응 장치.

– 감응 장치의 주파수를 우리 뇌의 주파수에 동조시켜 빠른 속
도로 지식을 흡수하는 거요.

– 그게 가능할까요?

– 나와 현신에게는 가능하오. 우린 인조인간이니까. 당신에게
는 어떻게 반응할지 모르겠소.

– 그 다음에는?

– 그렇게만 되면 우리가 이곳의 모든 것을 파악하여 이곳에 대
한 통제도 가능할 거요.

– 그 다음에는?

– 그것까지는 알 수 없을 테지만. 지금 이 상황을 장악할 수만
있다면 충분히 우리 뜻대로 움직일 수 있을 테지.

잠시 생각에 잠겼다. 끝이 안 보이는 일에 말려든 느낌이었다. 인비지블 클럽의 지하를 내려오던 그 순간부터 나의 모험은 끝이 안보였다. 차분히 판단해보자. 인비지블 지하로 들어섰던 내 원래 의도가 무엇이었나. 바로 현신을 구하는 것이었다. 그래, 현신을 구하자.

― 좋소.

습관적으로 오른 손바닥을 내밀어 악수를 청했다. 네피의 큰 손바닥이 내 손을 감싸 쥐었다.

그들과 나

탄광으로 가는 길이 엘리베이터만 있었던 것은 아니었다. 다른 사람들의 눈을 피하기 위해 현신의 도움으로 우린 환기 통로를 타고 탄광으로 내려가기로 했다. 네피의 거대한 신체에 의지해 최대한 벽면에 밀착해 내려갔다. 한 발이라도 잘못 디뎠다간 바닥으로 추락하여 몸이 산산이 부서질 것이다. 지하에서 올라오는 땅속 바위 냄새가 코를 찌른다. 땀이 비 오듯 흘러 환기구 관의 이음새를 의지해 잠깐씩 멈춰 휴식을 취해야 했다. 온 몸에 땀으로 번진 물기가 주는 마찰력 감소는 중력에 더해져 끝없는 추락의 공포로 다가왔다. 다행히 네피의 거대한 몸과 인간의 능력이라고 상상할 수 없는 어마어마한 힘이 현신과 나의 떨어져

가는 기력에 안전장치 역할을 해주었다. 네피는 이런 악조건에서 대단한 인내력을 발휘하고 있었다.

한참을 내려간 끝에 천장 환기구를 뚫고 도서관 입구에 무사히 도착할 수 있었다. 현신의 아이디를 사용할 경우 현신의 위치가 드러나게 되므로 얼마 전 노인으로부터 받은 내 아이디를 사용했다. 도서관 문이 소리 없이 열렸다. 우린 몸을 최대한 낮춰 폐쇄회로 카메라를 피해 움직였다.

중앙에 지식을 송출하는 텔레파시 발진기가 있다. 네피는 이 장치에 대해 이미 모든 걸 파악한 듯했다. 조용히 기계의 오른쪽으로 돌아가더니 몇 개의 버튼을 익숙하게 조작했다. 낮은 발진음이 시작되었다. 이 정도의 발진으로도 동조가 가능하다는 것을 파악한 모양새다.

나는 눈을 감았다. 텔레파시가 보내주는 신호에 감응되기만을 기다렸다. 갑자기 머리가 깨질 듯 아파오기 시작했다. 머릿속에서 투명 막이 너울처럼 흩날렸다. 막의 저편에서 조그만 불빛이 흔들거리더니 불빛이 영사막으로 점점 확대되었다. 확대된 막으로 대수학적 도식들이 언뜻언뜻 스쳐 지나갔다. 숨을 죽이고 영상에 집중하려고 노력했다. 하지만 그림은 그렇게 페이드인 페이드아웃으로 스쳐 지날 뿐 좀체 또렷이 잡히지 않았다. 피로가 몰려왔다. 얼마의 시간이 그렇게 흘렀는지 알 수 없었다. 눈을 떠보니 도서관 바닥에 누워 있었다.

텔레파시 감응은 내게는 쉽게 일어나지 않았다. 결국 나는 네피와 현신의 지적 능력을 따라갈 수 없다는 사실을 알았다. 내가 그들에게 줄 수 있는 것은 무엇일까?

적어도 이 순간 네피의 지적 능력은 나의 결과물이며 따라서 결국 나의 피조물의 일부였지만, 나보다 우수한 지적 능력을 인정할 수밖에 없었다. 과학의 발달로 개발된 로봇이 마침내 인간을 지배하는 그런 아이러니의 세계에 와 있는 것처럼 느껴졌다.

네피는 불과 얼마 전만 해도 인간의 모습을 한 짐승에 불과했다. 인간의 이미지를 가진 짐승. 그래서 그에게 가해지는 유전자 조작에 대해서도 나는 죄의식 따위의 감정을 갖지 않을 수 있었다. 하지만 지금의 난 네피에 대한 묘한 질투심과 지적 열등감에 빠졌다. 이제는 그를 나 자신을 뛰어넘는 어떤 탁월한 인격으로 받아들이고 있는 것이었다.

현신은 어떠한가? 현신은 처음부터 인간으로 만났다. 그녀의 입을 통해 인조인간이란 말을 들으면서도 믿을 수 없을 만큼 현신은 나에게 처음부터 완전한 인간이었다. 현신이 중간 단계에 어떤 모습이었는지는 상상하고 싶지도 않다. 그랬던 현신이 네피에게 끌리자 얄팍한 질투인지, 딱히 꼬집어 말할 수 없는 묘한 감정을 느꼈다. 그리고 그 감정이 나를 여기까지 이끌었다.

이 두 인조인간의 운명 앞에, 비록 그들의 도와달라는 요청이 있었지만, 나는 그들보다 열등한 인간으로 서 있다. 피조물보다 열등한 신이 존재. 얼마나 우스운 일인가. 내가 바로 그런 꼴이다.

나에겐 무엇이 있는가. 그들보다 우월하다고 할 만한 그 무엇이 있는가. 결국 나라는 존재 자체, 평범한 인간이란 존재밖에 남은 것은 없다. 이것은 우월을 따질 수 있는 것이 아니다. 다만 다른 것이다. 나란 존재는 그들보다 개체 수가 많은 집단에 속해 있을 뿐이다.

내가 현신과 네피에게 줄 수 있는 게 무엇인가. 나는 그들이 포획한 노아의 홍수 이후의 인간 샘플인가. 그들에게 나는 무엇인가. 어쩌면 이제는 상황이 역전되어 그들의 실험 대상이 되는 것은 아닐까. 공포가 몰려왔다. 이제 이들은 창조자를 대상으로 실험할지도 모른다. 그렇다면 이 둘은 소멸시켜야 하는 대상이 아닐까. 하지만 아직 이들은 나에게 아직 어떤 불손한 의도도 드러내지 않았다.

이들과 어떤 종류의 약속을 해야만 할 것 같았다. 그 약속을 징표 삼아 이들이 나에 대한 믿음과 태도가 어떤 건지 감별해야 한다. 만일 그 약속을 어기는 순간 이들은 나의 적이 될 수도 있다. 그 순간 나는 온 힘을 다해 이들과 대항하고 소멸시켜야 한다. 하지만 이들이 약속을 지키기만 한다면 적어도 지금은 이들을 연구소 인간들로부터 보호해야 한다.

무슨 약속을 해야 한단 말인가. 고민하지 않을 수 없었다.

불신

– 안색이 안 좋아요.

잠자코 생각에 잠긴 내가 이상한지 현신이 내 얼굴을 살피
며 말했다.

– 아 아뇨. 아무것도 아닙니다.
– 말해보세요. 무슨 생각을 하고 있는 건지.
– 아, 아니에요.
– 아니긴요. 민호 씨 얼굴에 쓰여 있어요. 그러니 무슨 말이라
 도 해보세요.

늘 그랬지만 현신이 내 눈을 빤히 쳐다보면서 물어보면 도무
지 숨길 재간이 없었다. 그녀가 이미 내 생각을 다 읽고 있으며
행여 무엇을 숨기는 일이 큰 죄라도 짓는 것처럼 느끼게 만든다.

– 아, 그냥 혹시 내가 지금 현신 씨에게 사로잡힌 것이 아닌가
 하는 걱정이 들었어요.
– 호호. 잡힌 거예요. 오래전부터 전 민호 씨를 잡으려고 했지
 요. 이제 정말 잡힌 거예요. 호호.

현신이 농담처럼 대꾸하며 웃었다.

– 아, 아니에요. 그런데 우리가 이곳을 탈출한들 무슨 소용이
 있을까요. 저 사람들은 우리를 추적하는 일을 멈추지 않을
 겁니다. 특히 저 같은 경우는 밖으로 나간다 해도 언제나 저
 들이 찾아올 수 있죠.

– 그럴 일은 없을 거예요. 우리 둘만 감쪽같이 사라질 겁니다.

– 어디 가서 살려구요. 아시다시피 네피는 거대한 몸집을 갖고 있어 금세 눈에 띌 텐데.

– 생각해 둔 곳이 있어요.

– 문제가 있어요. 두 분이 탈출한다고 해도 이 실험실에서는 또 다른 둘을 만들어낼 겁니다. 마치 실험 중에 약간의 시약을 분실한 정도의 일일 테지요, 이들에게는….

– 모욕적으로 들리네요.

현신이 웃음을 멈추었다. 그리고 다부진 목소리로 말했다.

– 다시는 그리 못 하게 해야죠. 우리로서 족한 거예요.

– 그렇다면 여기 있는 장치를 모두 파괴하겠다는….

– 그래야죠.

– 아깝잖아요.

– 뭐가 아깝죠? 어차피 지상의 인간들은 모르는 지식들이예요. 어쩌면 몰라야 할 지식들이고.

– 그래도 뭔가 좋은 데 쓰일 지식도 있겠죠.

– 그 막연한 기대가 항상 발전이나 진보란 이름으로 인간들을 기만해 왔죠. 뉴턴이 한 일이 뭐죠? 만유인력이요? 그래서요? 그런 연구들이 축적되어 인간이 달나라를 갔다고 하죠. 핼리 혜성이 지구에 부딪치지 않는다는 것을 증명하고 안심시켰다고 해보죠. 그래서 뭐가 대단한 거죠? 그것을 모른다

고 인간다운 삶에 엄청난 문제가 있나요? 차라리….

― 차라리? 무슨 말씀을 하시려구요….

현신이 이렇게 쉴 새 없이 내뱉는 모습을 처음 보았다. 한편으론 이렇게 얘기하는 우리 모습이 우습기도 했다. 영락없이 바가지 긁히는 신혼 남편이었다.

― 차라리 지구는 네모난 땅덩어리며 멀리 가면 떨어진다고 알고 지내는 게 더 나을 수도 있죠. 그래서 하늘을 무서워하고 말이죠.

― 아, 하늘을 무서워해야 한다는 말이죠? 결국 그럼 무지는 하늘을 대변하는군요. 맞아요. 왜 종교인들이 반지성적인 태도를 취하는지 이제 좀 이해가 가는군요. 하늘을 무서워 해야 한다.

― 그건 좀 달라요. 얄팍한 권위를 유지하기 위한 기만일 뿐이죠. 아무튼 전 이곳의 지식을 폐기해야 한다고 믿어요. 그 가장 큰 이유는 바로 우리의 존재이죠. 그 전에 할 일이 있어요.

― 무슨 일인데요?

― 우리를 평범한 인간으로 돌리는 일.

― 가능할까요? 평범한 인간이라는 게 마땅치 않네요. 현신 씨의 경우는 수명을 정상화하는 데 있겠지만, 네피의 키와 체격은 어떻게 줄이죠? 수술이 필요한가요?

― 그래서 이 실험실은 없어져야 해요. 엔트로피 법칙이죠. 짜

낸 치약은 다시 집어넣을 수 없죠. 엎질러진 물이고요.

- 아아 알겠어요. 알겠어요. 아무튼 현신 씨의 말대로 계획을 세워봅시다. 네피도 동감하는 건지 궁금하고요.

네피는 현신의 말을 주의 깊게 듣고 있었다. 하지만 내 말에 선뜻 대답하지는 않았다. 현신이 기분이 상했는지 눈살을 찌푸렸다. 네피는 대답 대신 고개만 끄덕일 뿐이었다.

배신

현신을 먼저 변화시키기로 했다. 우리는 현신의 초기 유전자 시약을 들고 환기구로 기어들어갔다. 여기서 약 삼 일 동안 현신은 변신을 위한 잠에 빠질 것이다.

- 현신 씨, 좀 고통스러울 수도 있어요. 하지만 끝나고 나면 이제 평범한 인간이 되겠죠. 적어도 저와 동시대 인간이 되는 거예요.
- 좋아요. 바라던 일이예요.

현신이 조용히 눈을 감았다. 현신의 팔에 시약을 주사하면서 제발 고통 없이 무사히 일어나기만을 기도했다. 현신이 고요히 잠들었다. 나는 네피와 함께 환기구를 빠져 나왔다.

– 자, 이제 할 일이 뭐죠?

네피가 내 얼굴을 쳐다봤다. 그의 얼굴에 알 수 없는 표정이 스쳤다.

– 한 가지 제안을 하고 싶소.
– 무슨?

네피가 내 어깨를 잡아 구석으로 이끌었다.

– 나만 몰래 이곳을 탈출시켜 주시오.
– 무슨 말인지? 현신 씨는 어떻게 하고요?
– 현신 씨는 당신이 책임지고. 나는 당장이라도 이곳을 탈출해
  야 하오. 도와주시오.

갑작스런 네피의 태도 변화가 매우 불쾌했다. 물론 현신을
나에게 맡긴다는 말이야 그가 원치 않아도 내가 해야 할 일이
지만 그의 말에 묻어나는 현신에 대한 마음은 내가 생각했던 그
런 것이 아니었다.

– 무엇을 어떻게?
– 출구를 거의 알 것 같기는 한데 안 풀리는 매듭이 있소.
– 이제 당신이 하고 싶은 대로 다 할 수 있을 텐데 내가 필요
  한 이유를 모르겠군요. 현신은 잠들어 있고 조용히 나가기
  만 하면 될 텐데.

- 내가 확인한 정보의 마지막 어느 부분에서 막히는 지점이 있는데 당신이라면 그 부분의 실타래를 풀어줄 것이라 생각되오.
- 오호. 당신에게 내가 그렇게 중요한 사람이라. 나도 놀랍군요.

이렇게 대답하며 네피가 탈출을 위해 풀지 못하는 지점이 무엇일지 생각했다. 나보다 훨씬 나은 텔레파시 감응을 통해 이 연구소의 모든 부분을 꿰뚫었을 텐데 풀지 못하는 마지막 매듭이 있다? 그렇다면 시스템에 입력되어 있지 않은 무언가가 있다는 의미이다. 시스템과 단절된 외부와의 연결 통로가 있으며 내피의 인지 능력으로도 확인할 수 없는 그 외부와의 연결 통로를 내가 알고 있다는 반증이다. 그게 무엇일지 생각했다.

외부와의 연결 고리라면…. 문득 머리를 스치는 둔탁한 통증과 함께 떠오르는 장면이 있었다. 인비지블 클럽 통로. 그 통로를 이용해 들어왔던 사람은 내가 아는 한 두 명이었다. 현신과 나. 현신은 지금 깊은 잠에 빠져 있다. 그렇다면 네피가 나를 필요로 하는 이유는 바로 그 통로를 찾아 탈출하려는 계획이다. 그렇지만 내 경험으로 그 길은 외길이다. 겹겹이 감시 장치가 설치되어 있을 뿐 아니라 지금쯤 철저하게 통제되어 있을 게 뻔하다. 어떻게 그곳을 통과해 나가겠다는 생각인지 그 가능성은 전혀 생각할 수 없었다. 생각을 뒤로 하고 짐짓 모르는 척 네피에게 항의하며 물었다.

– 하지만 현신 씨를 이대로 두고 갈 수는 없어요. 나는 끝까지
여기 남을 생각입니다. 아마 당신이 어떻게 되든 이 연구소
는 최종적으로 나를 필요로 할 것이고, 나는 내가 해야 할 또
다른 일을 할 것이오.

네피는 실망한 표정으로 예의 그 깊고 울림 있는 소리로 말
을 이었다.

– 시간이 별로 없소. 내가 확인한 이곳의 감시 체계 정보에 따
르면 그 감시 체계를 교란할 수 있는 도구가 바로 저 텔레파
시 발진 장치요. 이 장치에서 이상 전자파를 발진시킨 후 벌
어지는 혼란을 틈타 탈출할 수 있소. 당신은 다만 그 탈출구
만 식별해주면 됩니다.
– 무슨 말인지?
– 탈출구가 여러 갈래로 나 있는데, 모두 비슷한 모양이오. 사
실 그 갈래마다 번호가 매겨져 있는데, 보안상 어떠한 문서
나 시스템에도 연결되어 있지 않아요. 그중 한 갈래 길이 당
신이 들어온 길이오. 이 역시 현신이 얘기한 것이고, 현신이
당신에게 하는 요청이기도 해요.
– 혹시 현신에 대한 당신의 감정이 실은 현신에게서 그 통로
를 알아내기 위한….
– 솔직히 말하자면 내 주된 목적은 그렇소. 유전자적 욕망이
전혀 없지는 않지만 나는 이미 이성으로 내 유전자 욕망을

제어할 수 있는 존재란 걸 이제 모르지 않을 테지요. 헌신에 대한 욕망이 전혀 없는 건 아니지만 그보다 더 큰 건 바로 자유를 찾고자 하는 내 이성의 의지란 말이요. 유전자의 욕망을 제어할 만한 가치가 있는 일이라 생각하는데, 그런 내 이성을 잘못된 판단이라 생각하는 거요? 그조차 당신이 내게 내어준 유전자 정보에 들어 있는 이성의 힘 덕택이라고 하면 어떻소?

분노가 치밀어 올랐다. 힘만 있다면 이 녀석을 두들겨 패주고 싶은 마음이었지만 마지막에 내뱉은 말, 그조차 당신이 내어준 유전자 정보…, 이 말이 귀에 꽂히는 순간 온 몸의 기력이 빠져나가 어떻게 해볼 도리가 없었다.

잠

잠자고 싶은 욕망. 어쩌면 욕망은 신이 생물에게 명한 가장 강력한 계명일 것이다. 욕망은 육체의 반응이다. '정신이 육체의 욕망을 거스를 수도 있다'고 하는 말은, 정신과 육체의 이원화라는 현학적으로 포장된 우리 인간의 지적 허영이다. 그렇게 욕망을 부정하고 싶은 것이다.

하지만 인간 이외의 생물은 욕망에 정직하고 충실하다. 배추벌레는 깨어 있는 동안 오로지 식욕과 배설로 충만한 세월을 보낸다. 번데기가 되어서는 먹고 배설하는 것을 중단한 채 오로지 수면 욕구를 채우는 데 충실하다. 이 지난한 수면 상태를 거쳐야 비로소 날개 돋친 나비로의 비상을 준비한다. 강력한 수면욕은 결국 새로운 창조를 채비하는 가장 중요한 원동력이다. 아름다운 날개로 비상한 나비는 짝을 찾아 나선다. 이제 성욕으로 충만한 시기이다. 이 짧은 시기에 나비는 자신의 짝을 찾아 수정하고 생을 마감한다.

결국 생물에게 욕망은 가장 강력한 생의 원동력이자 숭고한 행위이다. 모든 욕망은 새로운 탄생을 준비하는 생명으로서의 기본적 행위이자 질서이다. 그렇게 불나방은 짝을 찾아 불길 속으로 뛰어든다.

네피. 이 새로운 존재는 생물의 원초적 욕망을 거부하고 있다. 지나치게 이성적이다. 차라리 나의 지적 거인 유전자를 제공하지 않았다면 지금 이런 혐오스런 대화를 나누지 않을 수 있었다. 나는 지금 지하에 묶여 있던 그 괴물보다 더 혐오스런 존재를 상대하고 있다.

─ 그렇게 이성적 판단을 할 수 있는 당신이 왜 그리 탈출을 서두른 것이오? 어떠한 준비도 없이 이렇게 헌신을 힘들게 하면서….
─ 일단 필요한 정보를 얻기 위해 지하 서고로 와야만 했소. 그 과정을 위해 헌신의 도움이 필요했을 뿐.
─ 차라리 헌신을 통해 단계적으로 지하 서고의 정보를 학습하

면 될 것 아니요, 당신의 능력이라면 그리 오랜 시간이 필요
하지도 않았을 텐데.

– 인간은 믿을 수 없소. 내가 직접 확인하는 게 가장 정확하고
믿을 만하지. 계획이 있는데 당신이 도와주리라 믿소. 그리
고 내 계획이라면 당신도 현신과 함께 안전하게 이곳을 빠져
나갈 수 있을 것이오.

– 무슨 계획?

– 나를 이 줄로 묶으시오.

네피가 줄로 묶인 채 철창으로 다시 가겠다고 했다. 내가 자
기를 포획한 것으로 하라는 것이다.

– 하하, 당신의 거대한 몸집과 힘을 생각하면 아무도 내 말을
믿으려 하지 않아요.

– 그래서 준비해 둔 것이 있소.

네피가 품에서 술병을 꺼냈다.

– 지금부터 이 술을 다 마실 테니, 그리 하시오.

술 마시고 잠든 네피를 발견하여 포획한 것으로 하자는 계획
이었다. 그럴 듯했다. 네피의 유전자적 특질에서 알콜 섭취에 따
른 변화를 그들이 알아차릴 일은 아무리 생각해도 만무하다. 그
들의 관심 영역에 알콜이 있을 리는 없을 테니. 게다가 얼마 전

까지의 네피의 유전자적 특질이라면 이런 상황에서 하등 꼬치꼬치 따질 일도 아니었다.

그럴듯하게 보일 필요가 있을뿐더러 현신에 대한 그의 태도와 향후 벌어질 일을 대비해서도 일단 그를 꽁꽁 묶어둘 필요가 있었다. 있는 힘을 다해 아까의 감정까지 실어 사내의 팔을 등 뒤로 돌려 관절을 최대한 꺾어 묶었다. 네피가 병에 남아 있는 술을 마저 입에 부어달라고 했다. 취기가 올라오는 듯 네피의 얼굴이 붉어지더니 바닥에 드러누웠다.

네피를 단단히 묶어 놓고 다시 환기구 안 통로로 갔다. 현신을 살피기 위해서였다. 현신은 환기 통로의 좁은 공간에 고치에 들어 있는 작은 번데기처럼 누워 있었다. 현신의 붉은 입술에 입을 맞추었다. 독사과를 베어 먹고 잠든 백설공주의 눈이 떠지기를 바라는 마음이었다. 하지만 현신에게선 아무런 변화가 없었다. 현신의 머리에 손을 얹었다. 보드라운 이마에서 따뜻한 체온이 전달되었다. 이대로 그녀 옆에 누워 있고 싶었다. 아직도 하루가 더 남았다. 내가 네피를 잡았다고 외치면 이제 현신의 실종이 문제될 것이다. 시간이 문제다. 어떻게 하면 좋을까?

기만

나는 현신이 잠자는 공간이 발각되지 않도록 네피를 다른 장소로 옮겨야 한다고 생각했다. 실제로 술에 곯아떨어진 듯 반응이 없는 네피를 질질 끌었다. 허리가 빠질 듯이 아팠다. 네피를 서고를 왕래하는 엘리베이터에 싣고 삼각형 버튼을 눌렀다. 엘리베이터의 CCTV가 이 화면을 잡아 통제실로 보낼 것이다. 엘리베이터 문이 열리자 총을 든 연구원들이 우리를 겨냥한 채 기다리고 있었다.

– 술에 취해 누워 있는 것을 묶었소.

사람들이 카트를 끌고 왔다. 네피의 사지를 고정시켜 지하 철창으로 옮겼다. 철창을 닫자 노인이 나타났다.

– 자네가 큰일을 했군. 고맙네. 네피가 현신과 같이 있었다면 큰일이었을 걸세. 다행히 이런 상태로 발견되었으니 망정이지. 그런데 현신을 보지 못했나?
– 겁에 질려 어딘가 숨어 있지 않을까요? 이 친구가 술에 취해 망정이지. 아주 얼어붙는 줄 알았다니까요. 저를 보자마자 흥분한 듯 얼굴이 벌게져 죽일 듯이 달려들더라고요. 다행히 몇 발자국 앞에서 쓰러졌지만 저는 그 상황에서 죽는 줄 알았어요.
– 천만 다행이군.

노인이 나의 거짓말을 믿는 눈치였다.

– 이 친구가 일어나면 상태를 자세히 살펴야 하네. 실험 결과

가 잘못되었을 수도 있고. 술을 먹는다는 것은 예상치 못한 의외의 반응이야. 술 먹은 후 나타나는 반응도 검사할 필요가 있겠어. 전혀 예상치 못한 행동 반응이니….

철창 근처에 감시 카메라가 설치되었다. 노인과 나는 네피를 비추는 화면을 보며 앉았다. 한바탕 소동이 연구원들 사이에 오랜만의 흥밋거리였는지 커피를 마시거나 삼삼오오 모여 대화하는 모습들이 이곳에 온 후 처음으로 눈에 띄었다. 얼마의 시간이 흘러 네피가 깨어났다. 머리를 세차게 흔들며 정신을 차리려고 애쓰는 듯했다. 그러다 느닷없이 철창을 향해 돌진했다. 머리가 철창살에 부딪혀 찢어졌다. 피가 이마를 타고 흘렀다. 폐쇄회로 화면을 보던 노인이 비상벨을 눌렀다. 몇몇이 달려들어 네피에게 마취 총을 발사했다. 네피가 힘을 잃고 그 자리에 쓰러졌다. 창살을 열고 사람들이 들어갔다. 이마에 흐르는 피를 닦고 찢어진 머리 부위를 약솜으로 문지르더니 몇 바늘 꿰매는 모습이 영상에 잡혔다.

– 음, 알 수 없군. 이상한 반응이야. 다시 옛날로 돌아간 것인가?

노인이 혼란스러운지 혼자 중얼거렸다.

다시 몇 시간이 흘렀다. 네피가 이상 행동을 보이는 동안 나는 한편으로 다분히 안도하고 있었다. 네피가 이러는 동안 노인을 비롯한 이곳 사람들에게 현신의 존재는 잊혀졌다.

마취에서 깨어난 듯 네피의 발이 움직였다. 이제는 양손과 발을 묶어 놓아 아까와 같은 돌발 사태가 일어날 일은 없어 보였다. 네피의 얼굴이 화면에 클로즈업되었다. 송곳니를 드러낸 분노에 찬 모습이었다. 포효하는 짐승이었다. 도무지 연기처럼 느껴지지 않았다. 원래의 그로 다시 돌아간 듯했다.

하루 만에 연구소는 예전의 정적 상태로 돌아갔다. 복도에 왔다 갔다 하던 사람들은 다시 어디론가 사라지고, 고요함이 감도는 가운데 어디선가 무슨 종류의 실험이나 작업이 이루어지고 있다는 추측만 가능했다. 현신은 어떻게 되었을까? 나는 현신이 걱정되어 틈을 보아 지하 도서실로 내려갔다. 조심스레 카메라를 피하여 환기구 안쪽 현신이 누워 있던 자리로 갔다. 현신이 없었다. 깨어나 이곳을 떠난 것이라 생각했다. 현신이 어디에 있는지 어떻게 변했는지 궁금함을 가늘 길 없었다.

도서관 중앙의 텔레파시 송출 장치가 미세한 발신음을 내며 작동하고 있었다. 갑자기 머리에 이상한 기운이 일었다. 장치 옆으로 다가갔다. 순간 강한 진동에 고개가 뒤로 젖혀지더니 다시 앞으로 튕겼다. 제어할 수 없는 진동에 순간적으로 장치에 손을 대었다. 그때였다. 눈앞에 이상한 막이 펼쳐졌다.

어제는 펄럭 펄럭 나타났다 사라지곤 했던 투명 막이 차분하게 눈앞에 펼쳐졌다. 그 투명 막으로 다양한 정보들이 펼쳐졌다. 상세 설계도면과 복잡한 각종 방정식들이 스쳐갔다. 이것을 외워야겠다고 생각했지만 펼쳐지는 속도를 따라잡을 수 없어 멍하니 바라볼 수밖에 없었다. 영화 한 편이 이어지듯 지나갔다.

그리고 정신을 잃었다.

얼마의 시간이 지났는지 알 수 없었다. 천장의 환한 불빛이 시력을 앗아갔다. 잠시 눈을 감았다 떴다. 사람들 사이에 둘러싸여 누워 있었다. 구부정하게 노인의 얼굴이 나를 향했다.

- 자네 여기서 텔레파시에 감응되었어.
- 어떻게 된 일이죠?
- 아직은 자네의 텔레파시 감응 정도를 확인하지 못했는데 예상치 못한 상황이야. 혹시 네피도 텔레파시에 감응되었을까 걱정이네. 오늘부터 이 장치를 잠시 중지시켜야겠어.
- 무슨 말씀이시죠?

나는 일어나면서 물었다. 현신이 서 있었다. 현신을 일별하고 노인에게 눈길을 향했다.

- 네피가 만일 이 장치에 감응했다면 엄청난 지식을 습득했을 것이야. 만일 그랬다면 현재 인류의 기술을 뛰어넘는 이 실험실의 기술을 사용하여 최악의 상황이 벌어질 수도 있어.
- 네, 최악의 상황이라뇨?
- 성경에 의하면 네피림은 고대의 유명한 용사들이지. 한편으로는 포악한 성질도 있어. 그 거대한 체구를 만들어 낸 유전적 형질 탓에 당시에는 사람들을 힘으로 제압하여 못되게 굴었지만. 만일 인류가 아직 알지 못하는 여기 지식으로 무장된 지적 거인이 그 포악성마저 드러낸다면 우린 이제껏 경험

하지 못한 가장 위험한 몬스터를 만든 꼴이라네.

— 여기 있는 지식들은 신을 믿건 안 믿건 항상 준비된 자, 순
수한 자, 사람들이 흔히 인류의 지성이라고 여겼던 자들에게
감응되어 노출되어 왔다네. 하지만 지금 이 경우는 달라. 만
일 네피가 우리의 시스템에 감응되었다면 감당할 수 없는 문
제가 발생할 수도 있어.

— 하하하. 걱정 마세요. 그 감응이 제가 겪은 경험이라면 문제
삼을 일 없어요. 그냥 어떤 투명 영사막 같은 게 나타나더
니 생각할 겨를도 없이 방정식이며 기하학적 그림 따위가 획
획 지나가더군요. 그게 감응이라면 당장에 무슨 효과가 있
겠습니까?

— 조금 후에 테스트를 준비할 것이네. 자네가 그 영상들을 다
시 기억해낼 수 있는지. 테스트 결과를 우리가 알아야 해.
매우 중요한 일이야. 그 결과에 따라 네피의 운명을 결정해
야 하네.

위기

노인의 얘기는 나에게 또 다른 불안과 공포로 다가왔다. 그
렇다면 네피가 내게 탈출을 부탁한 속내에는 인간들에게 자기
가 습득한 새로운 과학 기술을 이용하여 어떤 종류의 포악스런
시스템을 구축하거나 해를 입히겠다는 의도로 해석된다. 어제

의 일을 돌이켜 생각하면 사실 현신을 대하는 태도나 내게 했던 네퍼의 말은 신뢰할 만한 인간의 태도가 아니었다. 노인의 우려가 현실일지도 모른다고 생각하자 두려움에 소름이 돋았다.

— 현신 씨, 오랜만이에요.
— 네, 굉장히 긴 시간 같이 느껴지네요.

둘만 알 수 있는 의미를 짧은 대화에 담으면서도 사실 나는 현신과 더 많은 얘기를 자세히 나누고 싶었다. 무슨 변화가 없었느냐? 잠을 자면서 무슨 꿈을 꾸었느냐? 하지만 나는 노인의 지시를 받은 현신의 인도에 따라 일단 내가 받은 텔레파시 감응 강도를 측정해야 했다.

— 의자에 앉으세요. 우린 민호 씨가 감응될 당시 송출된 정보를 비교할 거예요. 당시 송출된 정보와 민호 씨의 회상을 비교하는 간단한 과정일거예요. 이 안경을 쓰세요. 이 안경은 민호 씨 망막에서 투시되는 신호를 재구성하는 토모그라피 장치예요. 눈을 감으면 안경에서 눈꺼풀을 통과하는 빛이 투과될 거예요. 그 과정에 민호 씨에게 충격 같은 것은 느껴지지 않을 거구요. 그렇게 산란된 빛을 장치가 측정해낼 거예요. 아마 이 기술은 최근 존스홉킨스대학 의대에서 발견해 발표되었을 거예요. 거기 연구진들은 이것으로 광우병 걸린 소의 뇌를 측정하고 그 결과물로 이제 겨우 박사 학위 하나가 나왔을 뿐입니다.

현신이 길게 설명했다. 현신의 설명을 들으며 적어도 현신의 지적 능력은 전과 비교해 쇠퇴하지 않았다고 생각했다. 적어도 이성적 부분에서의 변화가 없다는 것은 다행스런 일이었다. 내 마음을 알고 나와의 추억을 간직한다는 게 내게는 얼마나 큰 축복인가. 설혹 모두 잊었다 해도 시간이야 걸리겠지만 다시 노력하면 기억을 되살릴 수도 있을 것이다.

지시한 대로 안경을 썼다. 감응 당시의 기억을 떠올리려 애썼다. 눈앞에 예의 그 투명 장막이 펼쳐지기를 기다렸다. 좁쌀만 한 빛이 나타났다. 빛이 너울거리며 진동했다. 어느 순간 장막이 눈앞에 환하게 펼쳐졌다. 감응 당시 보았던 수많은 기하학적 그림들과 수식들이 정확히 재생되었다.

- 놀랍군요. 거의 100% 가까운 회상이에요. 이런 경우는 여태 매우 드물었죠. 장치 가까이에서 감응되어 나타난 결과일 수도 있어요. 여기에 감응했던 사람들의 대부분은 일부만 회상하고 나머지는 장면들 사이사이에 걸친 연결고리가 재생되지 않아 그 고리를 찾느라 애쓰죠. 그 과정이 몇 십 년 걸리는 사람도 있고 끝내 풀지 못해 사라지는 사람도 있어요.

현신은 내게 나타난 능력에 감탄했는지 평소답지 않게 흥분하며 말을 이었다.

- 아주 놀라워.

어디선가 노인의 목소리가 울려 퍼졌다. 노인이 우리의 실험을 폐쇄회로로 지켜보고 있었다. 잠시 후 노인이 나타났다.

- 우린 위험에 처했네. 네피가 이 장치에 감응하였다는 얘기지. 며칠간의 텔레파시 장치 운용 기록을 보니 매우 많은 양의 정보가 송출되었어. 그리고 그 강도 또한 그 어느 때보다 높았고. 더구나 그것들이 송출된 시간이 정확히 네피가 도망치고 사라진 그 시각이었네. 틀림없이 네피의 짓이야.
- 그럼 이제 어쩔 겁니까?
- 할 수 없지. 네피를 사살할 수밖에.

노인이 비장한 표정으로 권총을 뽑아 들었다. 연구원 몇이 중화기로 무장한 채 노인을 따랐다.

나는 네피의 죽음을 보고 싶지는 않았다. 하지만 지금 이 순간 그곳에 가 확인하지 않을 수도 없었다. 포악한 지식인이 되어 인간 세계를 어지럽히는 일이야말로 상상할 수 없는 최악의 상황을 만들어 낼 수도 있을 거란 생각 때문이었다.

불안의 폭발

지하 철창으로 갔다. 총을 겨누며 접근하던 앞의 무리들이 움직임이 빨라지더니 우왕좌왕했다. 네피가 있어야 할 철창 안이 비어 있었다. 철창 안 족쇄는 강한 쇠뭉치로 쳐 깨부순 것 마낭 절단면이 하얗게 드러나 있었다. 철창은 엿가락처럼 휘어 있었다. 네피가 여기를 부수고 유유히 도망친 것이다. 폐쇄회로 카메라 렌즈는 천장을 향해 꺾여 있었다. 카메라 렌즈가 향한 천장에는 철창이 찍힌 사진 한 장이 덩그라니 붙어 있었다.

자신의 연구가 가져온 재앙을 실감한 것인지 노인의 얼굴이 심하게 일그러졌다. 노인이 총구를 하늘로 쳐들며 외쳤다.

– 비상. 무조건 사살해!

어디서 나왔는지 다시 무장한 연구원들로 연구소가 어지러웠다. 현신도 총을 들었다.

– 출구마다 사람을 배치하고 작동할 수 있는 모든 감시 체계를 확인해.

노인이 빠르게 지시했다. 그리고 우리를 불렀다.

– 우리는 중앙 제어실로 가세.

처음 보는 노인의 잰걸음을 따라 노아의 방주 같은 공간으로 들어갔다. 삼층 꼭대기로 올랐다. 벽면 가득 설치된 화면에 연구소 설계 도면이 비쳤다. 그리고 출구로 보이는 화면이 번호와 함께 열렸다. 아직은 움직임이 없는 정지 화면을 보며 물었다.

– 이미 탈출했으면 어떻게 하죠?

노인이 말없이 화면을 응시했다.

- 찾아가야지. 반드시 없애야 하네.
- 말씀하신 정도로 사회에 영향을 끼치려면 시간이 걸릴 텐데요.
- 아닐세, 지금 사회는 충분히 취약해. 네피는 이미 그것을 알고 탈출을 시도한 거야. 지금 인간들은 정보 산업에 혈안이 되어 있지. 하지만 그 정보 산업이란 게 사실 인간 사회를 통제하는 가장 좋은 수단이지. 인간들은 그렇게 만들어진 정보에 홀려 끝없이 시간을 낭비한다네. 밤에도 일하고, 게임하고, 쓸데없는 일에 온통 시간과 정열을 낭비하고 있어.
- 그렇다면 네피가 정보를 통제한단 말인가요?
- 그렇지 어딘가에 숨어 어떤 종류의 시스템을 구성한 다음 이를 이용해 어떤 일을 저지를지 모르네. 불행히도 네피가 감응해 얻어간 지식은 차세대 정보 네트워크와 보안 관련 내용이 대부분이었다네. 과거와 현재의 지식은 물론 아직 공개되지 않은 새로운 지식과 기술들….
- 큰일이군요. 그렇다면 네피가 얻은 기술을 감당할 만한 보안 체계가 현재로선 당연히 존재하지 않을 테고요.
- 그렇지. 지금 네피가 만들 시스템을 방어할 시스템이나 방화벽 기술은 존재하지 않아. 네피가 원힌디면 전 세게 모든 정보를 움켜쥐고 원하는 대로 움직일 수 있어. 게다가 자기의 존재 자체도 추적당하지 않을 수 있어. 모두가 서로를 적으

로 인식하고 모두를 피해자로 만들 수 있는 그런 존재. 그렇게 조종하는 존재조차 인식 못 하게 하는 그런 존재….

― 아 참…. 내가 요즘 왜 이러는 거지….

노인이 중얼거리며 안절부절했다.

― 현신아, 네피가 읽은 자료 목록을 다시 가져다 줘.
― 네, 알겠어요.

현신이 목록을 뽑아왔다.

나는 슬며시 밀려드는 불안감에 조바심이 났다. 혹시 현신이 네피를 도운 사실이 드러나지 않을까. 더욱이 현신의 유전자를 노아의 홍수 이후의 평범한 인간으로 개조한 사실을 노인이 알게 되면 일은 다른 방향으로 흐를 수도 있다.

― 이상해.

노인이 고개를 가로저으며 중얼거렸다.

― 아무래도 이상하단 말이야.
― 무엇이 이상하단 얘기죠?
― 내가 네피라면 유전자 관련 조작법과 인조 유전자를 들고 나갔을 텐데.
― 그런데요.
― 네피가 유전자 관련 자료에 엑세스한 기록이 없단 말이야.

아무리 생각해도 이상해.

노인이 무언가 생각하다 갑자기 자리에서 벌떡 일어났다.

– 다 같이 가보세.

노인이 우리를 데리고 급하게 인조 유전자 저장고로 향했다.
육중한 문이 소리 없이 열렸다. 현신의 유전자를 꺼냈던 곳
이다. 노인이 목록을 뒤져가며 하나하나 확인했다. 네피림이라
고 인덱스되어 있는 곳이 이르렀다. 노인의 손에 들고 있던 목록
표가 툭, 바닥에 떨어졌다.
모든 종류의 네피림 유전자가 사라진 것이다.

– 도서관으로 가자.

노인이 그 어느 때보다 잰걸음으로 허둥대며 지하 도서관으
로 달렸다. 중앙 텔레파시 송출 장치로 향했다. 노인이 직접 송
출 장치를 조작하기 시작했다.

– 으…, 로그 기록과 송출 자료 일부가 지워진 것 같아. 그러
나 다른 파일에 로그 기록과 당시 송출된 자료가 백업되는데
그 파일을 열어보자.

노인이 다른 파일을 열었다. 장치가 작동하지 않은 것으로
조작이 의심되는 시간에 송출된 자료 목록이 떴다. 모두 유전자

조작과 생체 유전자 치환 관련 핵심 기술들이었다.

– 큰일이다.

　노인의 얼굴이 사색이 되었다. 식은땀을 뚝뚝 흘리며 장치에
기대어 어쩔 줄 몰라 했다.

묘한 헌신

　헌신이 말이 없었다. 이 사태와 관련해 정확하게 입장을 밝
힌 이는 네피와 노인, 이 둘이다. 네피는 이곳을 탈출하려 했고
노인은 네피 탈출 후 벌어질 수 있는 인류 재앙에 대해 말하며
사살을 지시했다. 그런데 헌신은 말이 없다. 어쩌면 그날 저녁
처럼 헌신은 네피와 만나 사랑을 나누고는 돌아와 다시 내게 네
피를 도와달라고 할지도 모른다는 생각이 들었다.
　왜 그들은 내게 자신들을 평범한 인간으로 만들어 달라고 했
을까. 그냥 구백 해를 사는 그런 존재로 살면 안 되었을까. 이제
평범한 인간으로 변한 헌신에게 네피는 어떤 존재일까. 유전자
적으로 끌릴 이유도 없다.
　쇼펜하우어는 유전학이 발달하지 않았던 시절에 이미 남녀
의 끌림에 대해 말한 바 있다. 키 큰 여인이 키 큰 남자에게 크게
끌리지 않는 이유는 자손이 거인화되는 것을 두려워하기 때문이
라고 했다. 적어도 쇼펜하우어의 말과 같이 만일 헌신이 네피와

결혼하면 평범한 인간으로의 회귀는 물거품이 된다. 그렇게 본다면 사실 현신이 네피를 좋아할 이유는 더 이상 없다. 물론 이런 생각도 나의 희망을 반영한 아전인수일지 모른다.

노인이 힘겨워하며 말 없이 자기 연구실로 돌아갔다. 커피를 따르며 현신에게 조용히 물었다.

– 현신 씨, 어떻게 된 거예요? 이렇게 되리라는 사실을 이미 알고 있었나요?

현신은 말이 없었다. 커피를 마시며 조용히 천장을 응시할 뿐이었다.

– 민호 씨, 피라미드의 방으로 가죠.

현신을 따라 처음 이곳에 왔을 때 보았던 피라미드의 방으로 향했다. 그곳에서 현신은 내게 다윗별에 대해 말했었다. 걸으며 현신이 말했다.

– 민호 씨, 이 세상에서 가장 소중한 것이 무엇인지 아세요?
– 글쎄요.
– 사랑이에요.

현신이 말을 했지만 나는 반응하지 않았다. 지금까지 나의 사랑에 현신이 보여준 것은 실망뿐이었다. 지식을 갖춘 거인으로 변한 네피를 탈출시키고 나서 네피에 끌리는 마음을 내게 애기할 때 받았던 모욕감은 안중에도 없는 듯했다.

  － 민호 씨, 내가 민호 씨에게 저를 구해달라고 했죠?
  － 그래서 지금 이 상황까지 온 것이잖아요.
  － 이제 반을 구한 거예요.
  － 나머지 더 할 일이 있다는 얘기군요….
  － 네. 더 큰 사랑을 품으세요.

  현신이 무슨 의미인지 모르는 말을 했다.
  피라미드 방에 도착했다. 중앙의 다윗별 모양의 중심에 마주
섰다. 현신이 눈을 감았다. 지난번처럼 상부의 피라미드가 우리
를 감싸듯 내려왔다. 바닥에 깔린 양탄자가 치워지고 거울이 나
타났다. 우리는 피라미드의 중앙에 선 채 거울에 연속적으로 반
사되는 서로의 얼굴을 보았다.

  － 민호 씨, 아래를 보세요.

  현신의 말을 따라 고개 숙여 바닥을 내려다봤다. 헉, 숨이 멎
을 만한 충격이었다. 피라미드 바닥으로 손목에 큰 흉터를 감
싼 채 웅크린 네피가 보였다. 네피는 우리를 보지 못했다. 무언
가를 계산하는지 손가락으로 연신 바닥을 끄적이고 있었다. 어
쩌면 출구를 찾거나 방어 장치를 무력화할 궁리를 하고 있음에
틀림없어 보였다.

- 우리를 못 보는 것 같군요.
- 네 맞아요. 사실 이곳의 모든 장치는 네퍼보다 제가 더 많이 알고 있지요.
- 노인보다도요?
- 네.
- 놀랍군요. 그렇다면 현신 씨는 현재 인류 최고의….
- 그렇다고 할 수 있어요.
- 그렇다면 현재 가장 위험한 사람은 바로 현신 씨군요.
- 그럴 수도 아닐 수도 있지요. 그걸 좌우하는 게 바로 사랑일 거예요.

더큰사랑

- 아까 제게 품으라고 했던 더 큰 사랑…, 그게 무슨 의미예요?
- 민호 씨가 갖고 있었던 것보다 더 큰 거요. 더 큰 사랑.
- 저는 아직 사랑이란 것조차 모르는데 더 큰 사랑이라니요.
- 이미 확인했잖아요.
- 무슨 말씀인지. 전 아직 현신 씨 손조차 제대로 못 잡아 봤는데요.
- 후, 민호 씨에게 이런 유치한 면이 있다니요. 그게 사랑인가요? 간절히 바라세요. 언젠가는 잡게 되겠죠.
- 현신 씨를 사랑하지만 결혼 같은 거는 안 한다고 했었는데,

그래서 부족한 건가요?

- 민호 씨, 진짜 순진한 건지…. 어쨌든 그런 거 아녜요. 결혼 같은 거 상관없어요. 그런 건 어쩌면 거추장스런 절차나 형식에 불과한 거예요.

- 그럼 제가 언제 사랑을 확인했다는 얘기죠?

- 제가 민호 씨와 같은 사람이 되었잖아요?

- 그게 무슨?

- 제가 왜 굳이 평범한 인간이 되어 생의 기간을 줄여야 했을까요? 민호 씨의 죽음을 보기 싫어서? 그게 이유일 수도 있지요. 하지만 전 선택한 거예요. 두 남자 중 한 남자를. 오래전부터 나를 죽도록 사랑한 한 남자를 말이죠. 꾹꾹 눌러두었는데, 아니라고 생각했는데, 하지만 날 사랑한다는 사실이 제 마음을 흔들었지요. 저는 민호 씨와 같아지려 노력하는 거예요.

- 오호라, 고마운 말씀이군요. 그러니까 저를 살펴보고 이놈이 쓸 만해서 홍수 후의 인간이 되기로 결심했다, 뭐 그런 말씀이군요.

- 왜 그렇게 삐딱해요. 그러시면….

- 미안합니다. 하지만 저한테 그런 현신 씨의 마음을 털어놓은 적 없잖아요. 저의 감정을 아랑곳 없이 혼자 결정해놓고는 그것이 나에 대한 현신 씨의 사랑의 결과다, 뭐 이렇게 말하는 게 어디 있어요?

- 그러니 큰 사랑을 품으세요. 더 큰 사랑….

- 알 수 없군요. 마치 예수 같이. 내가 널 위해 십자가에 못 박혀 죽었다…. 언제 제가 그러라고 했나요?
- 민호 씨에게는 큰 사랑이 있어요. 그 큰 사랑을 이해하면 예수의 행위조차 이해할 수 있을 거예요.
- 도대체 현신 씨가 얘기하는 큰 사랑이란 게 무언지….

현신이 나를 똑바로 응시하며 말했다.

- 같아지는 거예요. 같아지는 것.

갑자기 피라미드가 흔들리기 시작했다. 지진처럼 서서히 움직이더니 점차 격렬해졌다. 현신의 몸이 위아래로 흔들려 보일 정도로 요동쳤다. 현신을 보호해야겠다는 생각에 팔을 뻗었다. 그러나 현신에 닿을 수 없었다. 현신과 나 사이에 보이지 않던 유리벽이 가로막고 있었다. 나는 힘을 다해 주먹으로 유리를 쳤다. 유리가 깨지는 진동음과 동시에 주먹에서 피가 났다. 나는 다친 손의 고통을 참을 수 없어 손을 쥐고 무릎을 꿇었다.

피라미드 바닥으로 사람들이 몰려드는 모습이 보였다. 모두 네피를 향해 총을 겨누었다. 네피가 그들을 향해 이를 드러내고 환하게 웃었다. 노인이 다가섰다. 노인이 네피를 향해 총을 겨눴다. 네피가 천천히 노인에게 다가갔다. 노인이 뒤로 물러서며 네피에게 뭐라고 말을 건네는 듯했다. 순간 네피가 믿을 수 없는 민첩함으로 노인을 덮쳐 감싸더니 노인의 손에서 총을 뺏었다. 노인의 목에 총을 겨누며 사람들에게 무장을 내려놓으라고 명령했다.

사람들이 총을 겨눈 채 주춤주춤 물러섰다.

─ 이놈을 쏘게. 난 상관하지 말아.

노인이 쉰 소리를 질렀다.

네피가 거대한 팔로 노인을 안아 올렸다. 한 팔로 노인을 끼
고 총을 겨누며 사람들을 한 곳으로 몰았다. 사람들이 하나둘 총
을 바닥에 내려놓았다. 네피가 흡족한 미소를 지으며 그들을 구
석으로 밀어 넣고 무릎 꿇게 했다.

─ 자, 이제부터 이곳은 내가 지휘한다.

네피가 노인을 지하 철창에 가두라고 그들에게 명령했다. 긴
박한 상황 탓인지 네피는 아직 피라미드 속의 우리를 보지 못
하고 있었다.

─ 현신 씨, 이제 어떻게 해야 하지요?
─ 좀 기다려보며 생각해야겠어요. 일단 이곳이 안전하니 지금
  은 여기에 있어요.

복도 저쪽으로 사람들의 분주한 움직임이 보였다. 네피가 사
람들에게 여러 가지 일을 지시하고 있었다. 몇몇 사람들이 잡혀
지하로 끌려 내려갔다.

- 민호 씨, 지금 상황에서 어떻게 하는 게 최선이라 생각하죠?
- 이 사람들을 네피로부터 구해야겠죠.
- 이제 이곳은 네피에 의해 완전히 장악되었어요. 네피는 탈출을 원했기 때문에 이곳 보안 장치에 대하여 가장 잘 알고 있을 거예요. 지금 상황이라면 우리의 탈출 자체도 문제가 되죠. 누구도 못 나가도록 되어 있어요.
- 노인을 구합시다.
- 쉽지 않아요. 구해도 소용없을 거예요. 이제 사람들은 더 이상 노인의 말을 듣지 않을 거예요.
- 무슨 말인지.
- 이곳 사람들 대부분은 인조예요. 그리고 탑 헤드의 말을 듣도록 되어 있어요. 지금 탑 헤드는 노인이 아니고 네피란 말입니다.
- 어떻게 그런 일이….

라일락 향기

현신이 조용히 앉았다. 나도 말없이 앉아 피라미드 거울에 반복해 반사된 내 얼굴과 현신 얼굴만 조용히 들여다보고 있었다. 정보가 차단된 공간이 만드는 고요가 마치 어느 한가로운 공원 벤치에서 얼굴을 간지럽히는 솔바람을 즐기며 앉아 있는 느낌이었다. 긴박한 상황에서 현신을 보호해야 할 나는 오히려 현신에게 압도당하고 있었다.

현신이 갑자기 눈을 감더니 표정이 일그러졌다. 무슨 일일
까? 나는 현신에게 다가가 왜 그러는지 물었다. 현신은 대답 대
신 무언가와 사투를 벌이는 듯 힘들어했다. 무슨 일인가?

피라미드가 움직였다. 거울이 서서히 투명해졌다. 유리 밖에
네피가 서 있었다. 그가 우리를 찾아낸 것이었다. 현신이 포기
한 듯 눈을 떴다. 그녀의 눈에 눈물이 고였다.

‒ 이제 나오시지. 세상 밖으로 나가야 할 시간이야.

네피가 명령하듯 나직하지만 단호한 어조로 내뱉었다. 나는
현신을 등 뒤로 감싸 보호했다.

순간 피라미드가 서서히 움직였다. 그러더니 피라미드의 사
각뿔 꼭짓점이 겨누던 천장이 열렸다. 피라미드 하부에서 불꽃
이 일었다. 불꽃이 여기저저기서 튀었다. 네피가 황급히 피라미
드를 잡으려 손을 뻗었다. 분노로 일그러진 네피의 얼굴로 불꽃
이 튀었다. 네피가 황급히 몸을 젖히며 뒤로 피했다. 피라미드
가 열린 천장을 향해 치올랐다.

떠오르는 피라미드 아래로 화염이 일었다. 네피가 거대한 몸
을 틀며 피라미드를 향해 분노와 고통에 찬 고함을 질러댔다.
또 다른 화염이 이어졌다. 피라미드의 상승 단계마다 연쇄적으
로 화염이 이어졌다. 단계마다 도어가 열리고 닫혔다. 이제 화
염은 더 이상 보이지 않았다. 피라미드가 서서히 상승하다 어

둠 속에 멈췄다.

– 민호 씨, 나가죠.

현신이 내 팔을 잡아끌었다. 피라미드 한쪽 면이 열렸다. 눈앞에 굳게 닫힌 문이 있었다. 현신이 제어판에 손을 갖다 대자 소리 없이 문이 열렸다. 갑자기 습한 기운과 함께 쾌쾌한 냄새가 폐부를 찔렀다.

– 여기, 혹시 인비지블 지하 통로?
– 맞아요.

아무 말 없이 걸어 올랐다. 현신이 마지막 문을 열었다. 낯익은 방이 나타났다. 나는 인비지블 클럽의 방에 털썩 주저앉았다. 아직 가쁜 숨을 멈추지 못하고 있었다. 현신이 내 앞에 무릎을 꿇더니 두 손으로 내 머리를 감싸 가슴에 품었다. 따뜻했다.

– 민호 씨 큰 사랑을 줘서 고마워요.
– 네?

현신이 주머니에서 무언가를 꺼냈다. 두 개의 주사기였다.

– 민호 씨, 우린 이제 평범해지는 거예요. 둘 다 꼭 같은 인간
  이 되는 거죠. 나는 감응 장치를 통해 얻은 모든 기억을 지
  울 거예요. 민호 씨도요. 그 동안의 일은 이제 영원히 기억할

수 없겠죠. 우린 이제 지적 거인이 없어진 노아의 홍수 이후의 인간이 되는 거예요. 같이 아파하고 연민을 느낄 수 있는 그런 인간 말이죠.

현신이 주사기를 내게 건넸다.

‑ 현신 씨, 우리 사랑까지 기억 못 하면 어떻게 되는 거죠?
‑ 큰 사랑을 품으세요. 민호 씨는 분명 그렇게 할 수 있을 거예요.
‑ 현신 씨….

현신을 품에 안은 채 현신과 내 팔에 바늘을 꽂았다. 품 안의 현신에게서 라일락 향이 스몄다.

〈끝〉